紀嬰 著
反派未婚妻
總在換人設
下
第二部・嬌氣包與大魔王?!

目錄
CONTENTS

第十四章　刀與劍

若在一日之前，必定無人能料到，於尋仙會中角逐元嬰期魁首的會是兩個小輩。還是未婚夫妻。

玄武境不似外界，即便身受重傷，也能在擂臺之外很快恢復。兩場半決賽落罷，並未留出太多空餘時間，緊隨其後的，便是奪魁之爭。

擂臺上設有結界，相當於一處獨立的小小天地。結界之中無法修復傷口，因而謝鏡辭離開擂臺時，帶著滿身的傷。

她一眼就望見裴渡。

對決尚未落幕，他便候在結界出口等她，這會兒望見謝鏡辭衣上的血，無聲蹙了眉。

「謝小姐，」他本欲說聲恭喜，卻忍不住脫口而出提醒她，「傷。」

「小傷而已。」謝鏡辭怕苦不愛吃藥，對疼痛倒是不怎麼在意，聞言輕輕一笑，拂去身上血痕：「待會兒還有一場，就當提前習慣。」

裴渡正色：「我不會——」

他說到一半便停下，頗為無奈地泄了氣：「我會全力以赴。」

謝鏡辭眉眼一彎：「我也不會手下留情哦。」

他們身為未婚夫妻，亦是從學宮起，便相爭已久的對手。

正因心存尊重，才不會互相看輕，無論是誰心軟放水，都是對另一方實力的輕視與褻瀆。

謝鏡辭與裴渡都心知肚明。

「最後一場在正峰峰頂。」謝鏡辭捏捏他的手背，感受到裴渡順勢回握，不由一笑：「走吧。」

謝鏡辭已經很久沒認認真真同裴渡打上一場了。

他們先是被問道大會、歸元仙府的歷練占據時間，之後又忙於趕往琅琊祕境，莫說決鬥，連切磋都極少有過。

如今她手握鬼哭立於臺上，瞥不遠處長身玉立的少年劍修一眼，心中除卻緊張，更多是難以言喻的興奮。

這是她唯一認定的對手。

而身為刀客，此生最大的幸事，莫過於尋得一位勢均力敵的對手。

那個人是裴渡，真是太好了。

鐘鳴尚未敲響，渾身上下的血液便隱隱沸騰。戰意如同悄然滋生的藤蔓，攀爬在脊背、指尖乃至心上，引出無邊顫慄，叫囂著拔刀出鞘。

然而與謝鏡辭相比，裴渡模樣雖則認真，卻有一點不同。

他耳朵有些紅。

可憐老實人勤勤懇懇，臨到上擂之前，還要受未婚妻撩撥。

當時謝小姐的言語猶在耳畔，又低又柔，只有他們兩人能聽到：「新婚夜的時候，一切都由贏家做主吧。」

她真是有夠壞心眼，在發現少年短暫的怔忪後笑意更濃，往他耳邊吹了口氣：「要是輸給我，當心被我為所欲為哦。」

他腦海裡很可恥地浮現起奇怪的畫面。

裴渡心裡的小人軟綿綿縮成一團，身後傳來不知是誰的議論：「年輕人就是穩不住心神。快看裴公子，奪魁之爭還沒開始，就激動得臉都紅了。」

於是謝鏡辭笑得更歡。

裴渡輕吸一口氣，收斂思緒，握緊手中湛淵長劍。

最後一場對決，位於大雪紛飛的山巔。

四下重山層疊，連綿成片，山水之間雪白一色，滿目浮玉飛瓊。鵝毛雪花紛然下落，彷彿有人將天邊亂雲揉碎，灑向人間。

往下是清一色的白，抬眸上看，則是暗雲湧動的黑。

雪夜的月亮朦朦朧朧，月暈如墨汁般散開，清光婆娑；烏雲映了白雪，一切皆是灰濛濛的，隨夜色靜靜淌動。

他與謝鏡辭立於黑與白之間。

俄頃鐘磬起。

風雪肅肅，鐘聲也顯得沉鬱寥落，悠然低徊之際，攜來長劍如龍的嗡鳴。

開始了。

謝鏡辭揚唇淺笑：「裴道友，請賜教。」

裴渡拔劍，點頭：「請賜教。」

立於擂臺之上，彼此只剩下「對手」這個身分時，裴渡的氣勢與平日截然不同。

溫潤清雅、內向寡言的外殼褪去，站在風雪中的，是一名年少成名的劍修。

他生得高挑，眉目精緻清泠，一旦不見笑意，便陡增幾分高不可攀的凌然冷意，尤其鳳眼一掃，惹人心驚。

當真像一把所向披靡的劍。

謝鏡辭感覺鬼哭因興奮生出的顫抖，抬手拔刀。

她起手便用了殺招。

鬼哭乍起，淩空劃破片片雪花，所過之處風煙盡碎，爆開瑩白粉末。

雪色玉白，長刀暗紅，而在刀鋒上，竟生出星漢般的粲然白芒，點點星光閃爍不休，瞬息之間點亮夜色。

而在千百白芒之中，最鋒利瑩亮的一點，正向裴渡逼去！

「這是——」有人驚嘆道：「鍛刀門的『星河曙天』！」

「雖然只學到七成相似，但做了合理的改動。」一老者撫掌笑道：「如今真是不能看輕小輩了，實在有趣。」

猝然靠近的殺氣冷厲如冰，裴渡周身劍氣一凜，揮劍去擋。

他起手用了極為簡單的劍式，然而大道至簡，自有精妙。當靈力聚於這渾然一擊，厚重威壓向八方爆開，星光點點，恍如玉碎。

謝鏡辭料到他會格擋，眼底再度溢出淺笑。

既要星河曙天，幾點寒星定是不夠。

於是少女刀尖一旋，不過短短幾個瞬息，半空劃出數道亮芒，有如星河傾瀉、燦燦瑩瑩，無一例外，全部衝向近在咫尺的年輕劍修。

靈力步步緊逼，絲毫不留喘息的時機。裴渡凝神揮劍，斬落星漢浮空，與鬼哭相撞的剎那，耳邊響徹鐵器嗡鳴，悠久綿延。

旋即他出手。

既是決鬥，自然要竭力去贏。

湛淵輕吟如龍，再度與長刀兩兩相撞。二人皆是身法極快，不留退路，謝鏡辭瞬息與他對上數刀，呼吸漸生急促。

身側是疾風呼嘯，靈氣奔湧，隱有吞天之勢。在瀕臨生死的險境下，誰人都來不及多想其他。

腦子裡的技巧與方法皆成了廢紙，來不及細細閱讀，支撐著手揮刀的，唯有刻在骨子裡的本能。

像是站在鋼絲上跳舞，即便隨時可能丟掉性命，卻甘之如飴。

這是戰鬥的樂趣。

不知對了多少刀，二人動作皆是一滯。刀劍沉沉相撞，嗡然聲起，裴渡揚劍。

起初只是微光漸生，好似一泓秋水流瀉而下，映出孤光一點螢。

隨即四面落雪盡碎，白幕鋪天蓋地，霧氣深處，如有美玉沉鉤。

——須臾間白光陡盛，湛淵竟是弧光一轉，勾出一輪彎彎殘月，頃刻擊落星河浩瀚！

刀與劍雖是殺氣猶存、彼此對立，卻莫名生出幾分相和之勢。

這邊月牙方落，那邊星點便起，天地一色裡，唯有此處飛霜凝雪，星月相逐。

看客席上的龍逍摸摸下巴：「劍閣的『瑤臺望月』……裴公子怎麼也學謝小姐，修習了這麼多雜七雜八的劍式？」

「嘶——裴渡是不是故意用的這一招？」莫霄陽不由吸一口冷氣：「雖然我知道他們倆都很認真地打，但為什麼總有種錯覺……覺得謝小姐和裴渡是在玩某種情調？」

不怪他會這般去想，全因擂臺雖則肅殺，卻未免太過漂亮。

雪華流轉，天邊明月照拂地上清影，襯得刀光劍影格外醒目。放眼望去，但見流風回雪，星雲濺濺，一時竟比真正的夜空更耀眼，讓人挪不開視線。

孟小汀拍拍他肩膀：「好兄弟，自信點，把『錯覺』兩個字去掉。」

坐在後排的龍逍雙手環抱於胸前，饒有興致：「二位來猜猜，他們誰會奪得尋仙會魁首？」

這是個很難回答的問題。

同境界修士之間的對決，絕不能僅僅依據修為高低。除了靈力多少，經驗、武器、技巧乃至運氣，都很有可能影響比試勝負。

莫霄陽想不出結果，只得搖頭：「我還以為裴渡會讓著謝小姐，但從臺上看來，他居然也下了死手——我輩楷模啊！」

「辭辭肯定想和他公公平平打上一回。」孟小汀拿手托著腮幫子，目光一刻沒從擂臺移開：「你們不知道，當年在學宮裡頭，她每年年末最期待的事，就是能和裴渡一決勝負。」

龍逍起了興趣：「誰贏得多？」

小姑娘嘆氣：「五五開囉，不然辭辭為何會對他心心念念？」

風雪之中，謝鏡辭身形一動，長刀須臾變勢。

此擊有如蒼龍入海，再度重重對上湛淵，二人皆被巨力震得後退幾步。

裴渡抬手拂去嘴角鮮血，平復喘息。

他方才揮出的清輝未散，謝鏡辭立在瓊瓊月色下，一襲青衣如竹，膚白似玉，薄唇因血漬殷紅。

……還望湛淵能原諒他一剎的分神，以及無法抑制的心下悸動。

謝鏡辭朝他極快地笑笑。

周遭飛雪漫天，她彷彿成為風暴中心，牽引雪華飄然而至。無形卻強悍的靈力任她馭使，凌空生出風聲肅肅，再一眨眼，鬼哭已然直逼面門。

這一擊拼盡全力，難以接下，更無法躲藏。而裴渡凝神，長劍再起——

這是怎樣的一劍。

通天徹地，一往無前，甫一揮出，便有雪浪騰湧，好似銀海掀翻，捲作浮蕊千重，中有虎嘯龍吟。

直刀血紅，謝鏡辭眉眼亦被染作緋色，揚唇之際，眼底生出無窮戰意。

刀劍尚未相撞，靈力便已迸出轟然之聲。利器相抵之時，耳邊傳來更清脆的一道響。

錚——

漫天雪色散開。

準確來說，是瞬間爆開。

碎屑落了滿地，空餘霧氣瀰漫，生出一片氤氳白光。風聲層層綻開，愈來愈大、愈來愈凶——

在令人睜不開眼的光暈裡，孟小汀緊張得沒辦法呼吸，靜候結局。

恍惚之間，耳邊傳來瓷器碎裂的哢擦聲響。

與狂風呼嘯相比，這道聲音起初並不顯眼，好似春蠶啃桑，若有似無，但很快，碎裂之聲占據了耳朵。

是誰的武器壞了嗎？

她好奇轉頭，不由怔住。

湛淵與鬼哭皆是完好，若說哪裡生出了裂痕——

不會吧。

擂臺與看客席間隔著的結界上……為什麼會像有蛛網蔓延？

眾所周知，玄武境裡的結界由人為所設，擁有一定承載範圍。

像是元嬰期的擂臺，上限通常在化神中期。這本已經足夠保險，誰知謝鏡辭與裴渡的靈力在僵持中疊加，再加上兩股勢不可擋的戰意，竟硬生生把結界給……衝破了。

在場大多數人都感到大事不妙。

「這這這這個結界損毀以後，擂臺就和我們連著了對不對？」孟小汀猛地一哆嗦：「化神中期，我們還能活——」

她尚未說完，便聽見不遠處傳來震耳欲聾的鏡碎之音。

然後在下一瞬，被龍逍護在懷中。

孟小汀：「……」

謝鏡辭察覺到不對勁，是風雪忽停、山巒盡散的時候。

身邊的景物全都變了模樣，她心下生疑，向更遠一些的地方望去，瞬間頭皮發麻。

等等。

參與決鬥的分明是她和裴渡，可他們尚且活得好好的，觀眾席上除卻幾個活人……這橫七豎八倒在地上的是什麼？

謝疏與雲朝顏坐在原地，尷尬地朝二人笑笑。

謝鏡辭神色悚然：「誰殺了他們？」

第十五章　萬里天晴

時至深冬，空氣裡瀰漫著薄薄的霧。

積雪沉甸甸壓在枝頭，被冬風輕輕一吹，便有萬千雪屑紛然如雨下，驚起三兩鴉鵲。

距離尋仙會結束，已經過去了大半年。

謝鏡辭正好奇打量窗邊景象，忽而額頭被輕輕一點，聽見無可奈何的笑：「姑娘，別走神。」

於是意識回籠，她目光一轉，見到近在咫尺的妝娘。

「從三天前起，這丫頭就一直魂不守舍的。」一旁的雲朝顏笑著揶揄：「許是太緊張，魂兒都快丟了。」

謝鏡辭重重吸了口氣。

廢話，能不緊張嗎。

這可是她今生頭一回出嫁，總不能像請客吃飯似的，帶著靈石就大大咧咧往外衝吧。

更何況成婚的對象還是裴渡。

自從那日尋仙會結束，她就一直在思考應該何時同裴渡履行婚約，後來與謝疏、雲朝顏一商量，糊里糊塗，就把日子定在了今天。

從三天前起，她識海裡的元嬰小人就在不間斷地滾來滾去、螺旋升天，今日穿上一身大紅喜服坐在窗前，更是連心臟都緊張得懸空。

緊張歸緊張，卻又很期待——

這未婚妻的身分，終於要變成「夫人」了。

「姑娘平常心便是。」妝娘輕聲笑笑：「裴公子一表人才、劍骨天成，定不會虧待妳。」

她一面說，一面細細端詳眼前少女的容貌，忍不住嘆道：「姑娘極美，裴公子見了必然開心。」

她早就聽過謝鏡辭的名號，也曾經遠遠見過幾回。當初不過是驚鴻一瞥後的驚豔，如今離得近了，才不禁由衷感慨，姑娘真真生了副好相貌。

因求仙問道，修真界中的女子大多清雅出塵，有如仙露明珠，高不可攀。

謝鏡辭的美卻極有侵略性，柳葉眼纖長微挑，靡顏膩理，瑰態豔逸，自有一派風流。更不用說此刻描了花鈿與口脂，薄唇如丹，襯得面若桃花，讓人挪不開眼。

「好了。」待上妝完畢，雲朝顏頗為滿意地笑笑：「走吧。」

修真界的婚禮不似凡間冗雜，卻也要遵循拜堂洞房之禮。

新娘無需披上蓋頭，因而當謝鏡辭一出門，便見到靜候在外的裴渡。

她沒忍住，嘴角飛快往上一勾。

裴渡的衣物向來素雅，還是頭一回穿得一身紅。

這紅色穠穠豔豔，勾勒出少年修長挺拔的脊背與腰身，他本就生得清絕精緻，如今被襯出膚白如玉，眉目間平添綺麗之色。

裴渡無論穿什麼都很好看，這條真理應當被裱起來掛在床頭。

他定定看著謝鏡辭許久，直到被她上前戳了戳臉，眼底暗色才陡然消退，聽她笑著問：「怎麼了，沒睡醒？」

這不過是句玩笑話，謝鏡辭隨口一問，沒想到裴渡竟有些羞赧，低聲應道：「……像在做夢。」

直到現在，他還是覺得不甚真實。

謝小姐的出現如同一道分水嶺。

在遇見她之前，他的人生一塌糊塗，被泥潭束縛得動彈不能；與謝小姐相遇後，身邊的一切都因她變得熠熠生輝，美好得如同幻象。

見到她身著喜服走來，裴渡的心臟幾乎要躍出胸腔。

他說話時嗓音極低，裹挾著情不自禁的笑，像在謝鏡辭耳邊吹了一道風，微微發癢。

雖然有些不合時宜，但她忽然之間……更加期待入夜以後了。

謝鏡辭偏愛山水，因此新房位於雲京城郊，占地極大，連帶著大宅後的幾座綿延山川——

在此之前，她從未與裴渡商討過錢財之事，等這回購置新房，方被他儲物袋裡滿滿當當的銀票靈石嚇了一跳。

難怪當初裴渡還她丟給裴風南的那一百萬，眉頭都沒皺一下。

想來也是，修真界裡機緣奇遇眾多，為非作歹的妖魔邪祟更是肆意橫行，以裴渡的實力，隨隨便便一樁委託就能賺得不少。

少年的手掌溫和有力，一路握著她的手走向前廳。

庭院深深，鵝毛大雪紛紛揚揚。天地間銀裝素裹，謝鏡辭朝他靠近一些，攫取更多柔和熱度，忽而回頭一望。

裴渡亦是循著她的目光看去。

地面上鋪滿了被褥般的厚雪，如今被踩踏而過，留下一串串並排的深色印記。

他曾無數次捱過寒風刺骨的冬天，也曾無數次孑然一身地踏過雪地，前路茫茫，不知應當去往何處。

而現在，腳印是兩個人的了。

還未行至前廳，便已能見到許多迫不及待看熱鬧的賓客。

莫霄陽感動得如同嫁女兒的老父親，雙目通紅，猛地一伸大拇指：「好看！好看！裴公子與謝小姐簡直天仙下凡鴛鴦雙飛美輪美奐光彩照人我見猶憐！」

「你這些成語用對了幾個？」孟小汀趕緊把他往回拉：「快回來別擋路，當心耽誤人家拜堂。」

「謝小姐與裴公子的確般配。」龍逍笑得謔謔哈哈：「我早就看出二位有貓膩，要說情之一字，誰都瞞不了我。」

他是當真開心，因為以前只能和謝小姐一個人切磋，如今加上裴公子，那便是男女混合雙打，雙倍快樂，極致享受，對他的鍛體修煉大有裨益。

而且這樣一來，或許還能可憐兮兮地示個弱，說一人打不過兩個，讓孟小姐來同他並肩作戰。

嘿嘿。

——雖然當初第一次向她提出這個建議時，孟小汀很認真地打量他一番，神色複雜：「我和你，對上辭辭與裴渡？你認真的？」

於是站在他身邊的人變成了莫霄陽。

龍逍只想四十五度角仰望天空。

那邊男音已起：「一拜天地，二拜高堂——」

裴渡沒有親屬前來，代替他父母坐在堂前的，是喜上眉梢的謝疏。

明明是大喜之日，謝鏡辭卻忍不住心下一澀，聽得耳邊嗡響：「夫妻對拜——」

於是她轉身，與裴渡四目相對。

今日之後，他們便是順理成章的夫妻了。

少年默然不語，定定凝視她的眼瞳，因太過緊張而神情緊繃，須臾，露出一抹清潤笑意。

謝鏡辭在俯身的瞬間，嘴角終於無法抑制地上揚。

宴席之間觥籌交錯，人聲鼎沸，紅帳掩映雪色，自有一番風流韻致。

謝鏡辭隨著裴渡敬酒，衝她而來的酒水被後者一一擋下，沒過多久，少年的面頰便已泛了紅。

「別灌酒了別灌酒了。」有賓客看得好笑：「今日可是大日子，裴公子可不能喝懵。」

另一人哈哈大笑：「要真是如此，二位又能登上朝聞錄榜首了。」

天地可鑑，近一年來，謝鏡辭與裴渡幾乎成了朝聞錄常客，隔三差五就能在上面晃一圈。

先是裴渡與裴家的恩怨糾葛，後來又有尋仙會裡的裴渡墜崖，最離譜的是盛會結局，實打實令人大跌眼鏡。

出現史無前例的平局也就罷了，偏偏結界還被震破，看客席上的觀眾們何其可憐無辜，死了差不多九成。

慘，太慘了。

讓你們拼個你死我活，沒叫二位把觀眾當成韭菜來割，萬幸玄武境並非現實，經過一番修復，一柱香後又是一條好漢。

總而言之，這二位無論再幹出什麼事情，八卦群眾都不會覺得意外了。

……好吧，意外可能還是會有，只不過會從最初的「怎麼會這樣」變成「啊，不愧是你」。

「這酒好辣。」

顧明昭在淩水村待了百年，還是第一次來到雲京，抿了口酒，不由皺眉。

身邊的白寒朝他嘴邊遞了塊甜糕。

多虧藺缺出手相助，小姑娘體內的蠱毒總算得以壓制，顯出白皙柔嫩的皮膚。

她種蠱太久，短時間內沒辦法徹底根除，雖然仍會隱隱作痛，但比起曾經骨瘦如柴的模樣，還是恢復了許多。

她已經很久沒能置身於陽光下，坐在這麼多人之間。

這個餵食的動作猝不及防，顧明昭有些拘謹地張口接下，低低埋下腦袋，拿衣袖在側臉蹭了蹭。

雲水散仙遠在人間界，聽聞二人成婚，不要錢似的托人送來一大堆賀禮。謝家門客眾多，在不絕於耳的交談聲裡，謝鏡辭聽見一道無比熟悉的嗓音。

『終於趕上了，你們的婚禮還沒結束吧？』

自尋仙會落幕，分裂的位面終於逐漸合攏。系統身為這個位面的天道化身，與她道別以後，繼續滿修真界地執行任務，偶爾回來看一看，如同老朋友敘舊。

謝鏡辭失笑：「嗯。」

等酒宴落畢，暮色已是微沉，臨近回房時候。

裴渡之前服了醒酒的丹丸，總算不至於當場昏迷不醒，唯有步伐稍顯不穩，算不得大事。

臥房居於裡院之中，庭前兩樹梅花暗暗生香。在鋪天蓋地的雪色裡，只能見到團團簇簇的白，竟快要分不清哪些是雪，哪些是肆意綻開的花。

與不久前喧嘩的場面相比，房中未免太過安靜。

先是房門被關上的吱呀聲響，再是裴渡沉沉的腳步，最後甚至能聽見他綿軟的呼吸，帶著絲絲縷縷熱氣，灼得謝鏡辭耳根發燙。

洞房之夜應當做什麼，她心知肚明。

謝鏡辭摸了摸耳垂。

她即便看過再多話本，腦子裡裝了再豐富的理論知識，可之前的親親抱抱也就罷了，如今不著寸縷，肌膚相親，無論哪個詞都能讓她心生緊張。

但是……

識海裡的元嬰小人捂著臉打了個滾，兩腿蹬個不停。

她真的真的好期待啊。

兩人都是初出茅廬的新手，謝鏡辭順勢坐在床邊，笑意幾乎止不住，只能抿著唇抬頭看他。

裴渡也在注視她的眼睛。

他眼中仍有霧一樣的暗色，眼底則是淺淺緋紅，順著鳳眼上挑的弧度輕輕一勾，十足漂亮，也十足勾人。

謝鏡辭原本有些緊張，見他模樣呆呆，不由噗嗤笑出聲來，抬手晃了晃：「回神回神。」

她說著輕咳一下，佯裝出不甚在意的語氣：「接下來要做什麼，你應該知道吧？」

「……嗯。」

裴渡這才眼睫一動，沉沉應聲。

窗外一團積雪從房檐落下，悶悶的響音拂在耳膜上。與它一併響起的，還有衣物摩挲與邁步前行的聲音。

裴渡一步步朝她靠近。

謝鏡辭悄悄攥緊袖口。

少年身形頎長，立在床邊時覆下濃郁漆黑的影子。

一隻骨節分明的手落在她側臉，順著眼尾徐徐下行，裴渡力道很輕，彷彿在撫摸易碎的瓷器。

所及之處並非虛妄，謝小姐真真正正坐在他身前。

從今日起……她便是他的妻子。

他的目光太過熾熱，彷彿藏匿著足以吞噬一切的暗流，謝鏡辭被看得耳根發熱，稍稍別開視線。

她聽見低不可聞的笑聲。

「謝小姐。」裴渡俯著身子，用雙手勾勒出她側臉的輪廓，薄唇貼在耳邊，用了耳語般的音量：「我好開心。」

冬日陰冷刺骨，他開口時卻吐出團團熱氣。

先不說這樣的語氣欲意太濃，如同引誘，單論那絲絲縷縷的吐息，就能從耳垂一直蔓延到脊椎，帶來酥酥麻麻的癢。

謝鏡辭抖了一下。

她已經快要受不了，裴渡卻還用唇瓣輕蹭耳廓：「自十年前起，我便心悅謝小姐。」

他不善言辭，往往處於被撩撥的那一方，在今日，裴渡想告訴她更多。

他那麼那麼愛她。

「其實最初的時候，我沒想能……能像如今這樣。」

來自偏僻村落的男孩沉默寡言、伶仃瘦弱，與她隔著天塹一般不可逾越的距離。對於那時的裴渡而言，只要能遠遠看她一眼，便足以讓人歡喜雀躍。

被裴家收作養子，再到與她在學宮相遇，一切都顯得那麼不真實。

「當初妳來到鬼塚，告訴我不會解除婚約。」他喉音有些喑啞，似是哽了一下：「我那時……以為在做夢。」

那是裴渡一生中最頹廢落魄的時候。

可當他見到那抹逐漸靠近的影子，無比真切地感受到她的呼吸與溫度，那短短一瞬，亦是他除卻今日以外，最高興的時候。

彷彿所有靜默無言的仰慕都有了回應，在無邊黑暗裡，闖入一團足以點燃整個世界的亮色。

他的滿腔心動根本無處可躲。

覆在側臉的雙手緩緩向後，環住謝鏡辭後頸。

她的心幾乎化成一灘水，側眸看去，只能見到少年晦暗不明的眼瞳，以及濃郁又曖昧的紅。

「在學宮遠遠見到謝小姐一眼，能開心整整一天；見到你與師兄切磋，連湛淵也會不高興。」裴渡說：「我很早就想接近謝小姐，但我修為不高，性子沉悶，不懂如何才能討妳喜歡，害怕靠近以後……會把妳嚇走。」

他說著一頓：「對不起，如今我還是不夠好。」

才不是這樣。

謝鏡辭下意識想要反駁。

然而尚未張口，少年便吻上她的耳垂：「我有的不多……但全都是妳的。」

像是被什麼東西噗通射中了心臟。

在凜凜冬夜裡，萬物都消匿了聲息，臥房之內寂然無風，謝鏡辭聽見他說：「夫人。」

……啊。

元嬰小人安詳躺平，閉上眼睛時，嘴角揚著愈發倡狂的笑意。

「什麼叫『不夠好』，我夫君自是天底下最好的。」一聲「夫君」出口，謝鏡辭便見到他耳根泛起的紅，一時沒忍住笑意，側頭親了親：「夫君夫君夫君，夫君怎麼臉紅了？」

「謝──」

他越是心慌，面上就越熱，下意識想要制止她的調笑，一開口，又在轉瞬之間停下。

裴渡：「……辭辭。」

於是謝鏡辭笑得更歡，兀地仰頭，吻上他稜角分明的側臉：「這裡也是我的嗎？」

他被直球撞得有點懵，後知後覺點頭：「嗯。」

謝鏡辭動作沒停，又親了親緊抿的唇邊：「這裡呢？」

裴渡感到莫名的緊張，心跳隱隱加速，有些許遲疑：「……嗯。」

果然下一瞬，一隻手陡然落在他胸前，順勢往下來到小腹，輕輕下壓。

少年動作瞬間僵住，聽見她無比貼近的低語：「用衣物擋住這裡和其他地方的話，就不算是我的了，對不對？」

「其他地方」是指──

她感受到裴渡瞬間升高的體溫。

謝鏡辭竭力調整呼吸，按耐住撲通撲通的心跳。

裴渡期待這一天許久，她又何嘗不是。

無論綠茶、暴君、病嬌、霸總還是嬌氣包，即便沒有記憶，在那麼多個截然不同的人設裡兜兜轉轉，能被她所鍾情親近的，唯有裴渡一人。

從頭到尾，始終只有他。

他在泥沼裡獨自生活了那麼多年，沒有被人在意和疼愛的時候，前行的每一寸，都是舉步維艱。

謝鏡辭想把擁有的全部甜糖送給他，也想讓裴渡知道，他一點都不差勁，在這個世上，有人很努力很認真地喜歡他。

這樣想來，之前那些快要把胸腔填滿的羞赧竟少了許多。

「你方才對我說了這麼多，作為回報——」

木桌上的紅燭倏然一閃，窗邊風鈴叮叮噹噹。

燭光與月色兩兩相溶，光影昏黃，裴渡瞥見她纖細白皙的脖頸，以及凌亂四散的衣襟。

身著婚服的姑娘有如灼灼璞玉，輕輕握住他指尖，劃過鎖骨，再往下：「夫君……想知道我更多的祕密嗎？」

於是燈火倏滅，簾帳聲起，在降臨的暗色裡，謝鏡辭嗅到溫熱的竹樹清香。

當一切歸於平寂，回到最本真的人物設定，此時此刻，她是謝鏡辭。

作為原原本本的謝鏡辭，比任何人都要深深渴慕著裴渡。

冬夜漸深，月華如鉤。

窗邊是疏枝橫玉瘦，雪色映回風，較之常夜，泠泠清光更多。

當少年綿軟的薄唇與她相觸，謝鏡辭想，明日，定是晴空萬里的好天氣。

——《反派未婚妻總在換人設【第二部】嬌氣包與大魔王？！》（下卷）正文完——

——《反派未婚妻總在換人設》系列正文完——

番外、另一個世界的他們

深夜的鬼塚寂然無聲，天邊隱有流沙般鋪開的星空。然而此地偏僻，嶙峋怪石遮天蔽月，星光伶仃，唯有微芒沖洗靜謐的夜。

置身於這樣安靜的夜色裡，謝鏡辭有些緊張。

事情是這樣的。

她從沉眠中莫名其妙地醒來，得知未婚夫裴渡墮身成魔、被困鬼塚，於是拖著大病初癒的身體來到此地，特地尋他。

倘若這未婚夫平平常常也就罷了，可尤為關鍵的一點是，謝鏡辭一直悄悄暗戀他。

她心悅裴渡許久，對方從來不知道。

燭火映亮幽幽暗暗的沉沉夜色，一顆心臟懸在胸口，緊繃得讓她險些忘記應該如何呼吸。

她方才佯裝作渾然不在意的模樣，詢問裴渡是否還記得她。

對於這個問題的答案，謝鏡辭心裡沒有底。

她與裴渡雖是未婚夫妻，卻來往不多，之前在學宮裡，不過是見面會彼此微笑的關係。

聽說這人是個不折不扣的劍癡，日日夜夜潛心於劍道，對身邊女子一概不感興趣，想必謝鏡辭也是其中之一。

更何況她昏睡了整整三年，在這三年裡，裴渡不但墮身入魔，還屠盡了前來圍剿他的修士，被正道列為追殺榜頭名。

人生既已這般天翻地覆，對於三年前交情寥寥的掛名未婚妻，或許已經毫無印象了吧。

謝鏡辭心裡暗暗思忖著答案，對上裴渡漆黑的眼。

他的眼睛生得纖長漂亮，可惜瞳孔外滿溢血絲，紅線蔓延生長，顯出幾分陰沉的凶戾之氣。長睫則是像小扇一般輕輕下垂，沾染了乾涸的血汙，眼睫之下，是無法遮掩的驚愕與茫然。

她心下一動。

裴渡眼中雖有茫然，卻似乎……並非見到陌生人後的困惑，而是驚異於謝鏡辭為何會來。

這不會是她在自作多情吧？

這個念頭一湧上識海，謝鏡辭便見身前的人薄唇一動。

裴渡渾身上下盡是血紅，唯有嘴唇蒼白得可怖，低聲開口之際，喉音亦是沙啞，帶著隱隱的慌亂：「……謝小姐？」

許是覺得自己的嗓音太過粗糙，他很快抿唇，悶悶地輕咳兩聲。

周遭光線太暗，因而謝鏡辭不會發現，他不動聲色縮了縮血肉模糊、暴露在外的手掌。

這隻手手骨碎了大半，皮肉更是血肉模糊，裴渡不願嚇到她。

與之前那位來自另一個世界的謝小姐不同，眼前的姑娘身形單薄，膚色是久久未見陽光的白，所著衣物亦是不同。他心中驚愕難言，隨之而來的，是鋪天蓋地、洶湧如潮的狂喜。

這是……他熟悉的謝小姐。

雖然不知曉原因，但她終於從長眠中醒了過來。

被她看見如此落魄的模樣，裴渡本該感到難堪；念及如今與謝小姐之間遙不可及的距離，他亦是應當心中酸澀。

可一想到她睜開了雙眼，這樣那樣的情緒便在瞬間煙消雲散，被無邊慶幸填滿。

他墮落成這般模樣，曾經凌雲的志向破碎一地，早就沒理由繼續活在世上，之所以苟延殘喘這麼多年，是想為謝小姐尋得藥材，助她恢復神識。

裴渡心中遺憾太多，她卻是唯一一個無法拋卻的念想。如今見她醒來，他即便命喪於此，也算是圓了最後的願望。

只可惜……他與謝小姐的最後一次見面，竟是以如此狼狽不堪、骯髒頹敗的模樣。

這副樣子，連裴渡自己都覺得噁心。

他時刻關注著雲京的消息，直到兩日以前，謝小姐都沒有醒來的端倪。

也就是說，她受了那樣嚴重的傷醒來，卻在短短一兩日的時間裡……獨自來了危機四伏的鬼塚？

裴渡居然還記得她。

謝鏡辭心臟又是一跳，剛要開口，倏然聽他啞聲道：「妳來鬼塚做什麼？」

當然是為了找你啊！

這句話她不敢說出口，生生憋回了肚子裡頭。

裴渡所在的地方位於崖底角落，被重重怪石遮擋，很難被察覺。

若說閒逛，她一個大疾初癒的病人怎會獨自來到鬼塚，還找到了他的藏身處；若是看熱鬧，難免有些牽強。

謝鏡辭摸摸鼻尖：「我醒來時，床前擺了一張鬼塚地圖，圖上被人標了個記號。我覺得事有貓膩，便打算前來看看。」

她雖是如實相告，卻也隱瞞了一部分資訊。

床前有張地圖不假，地圖卻是被印在《朝聞錄》上，旁側刊登著的，是昨日震驚整個修真界的大事——魔修裴渡遭到正派圍剿，墜落鬼塚深淵。

入魔是什麼，裴渡又是怎麼回事，只要她沒看過那份《朝聞錄》，便對一切渾然不知。

謝鏡辭哪有那麼多彎彎拐拐的心思，謝鏡辭只不過是見到一張來歷不明的地圖，再循著地圖指引來到這裡罷了。

她絕對絕對不是明知裴渡入了魔，還特地來救他回家。

她說得一氣呵成，裴渡靜靜聽完，眼底生出自嘲。

地圖應該是另一名謝小姐心生憐憫，不願見他孤零零死去，於是去雲京悄悄留下的，可——

可眼前的她滿懷期待來到鬼塚，卻只見到一個滿身血汙、被正道追殺的魔頭，心中定是失望至極。

以他如今的地位身分，無論如何，都不應與謝小姐再有牽連。

「所以——」

喉嚨生疼，裴渡抬眼與她四目相對。

他看似冷然淡漠，實則用目光一點點描摹謝鏡辭的輪廓，貪婪卻不動聲色，不讓她察覺絲毫。

裴渡的聲音亦是極冷：「妳想殺我？」

謝小姐出生於名門正派，對於滿手鮮血的魔修，定是不留情面一概誅之。

那他做一個目中無人的魔頭便是，不需要太多對白，三言兩語，便能誘她揮刀。

這個想法順理成章，然而面前的姑娘卻是一愣：「殺你？我為何殺你？」

這回輪到裴渡微怔。

他這個魔頭當得不稱職，路遇正派中人，非但沒拼死反抗、只求同歸於盡，居然還耐著性子，忍痛向她解釋目前的情況：「我墮身入魔，殺人無數。」

謝鏡辭：「哦。」

不對。作為一朵什麼也不知道的小白蓮，她不應當是這種反應。

於是謝鏡辭語調陡然一揚，來了個山路十八彎：「哦——？真的？」

她昏迷多年，對外界之事一概不知，如今一醒來，便循著地圖來了鬼塚，哪有機會聽見他的事情。

更何況……倘若謝小姐打從一開始就知道他入魔一事，哪能面不改色提著燈靠近。

裴渡長睫一動，低聲補充：「我之所以在這裡，是遭到正派剿殺。妳若是帶著我的屍體出去，能得到仙盟嘉獎。」

這段話一點也不冷漠殘暴，他話音落下方覺失言，果然聽見謝鏡辭一聲情不自禁的輕笑：「裴公子真是實誠。」

裴渡抿唇，感到耳根陡熱，像被什麼輕輕一咬。

他似乎沒想殺她。

謝鏡辭細細打量少年神色，心中莫名生出一絲慶幸。

在來鬼塚之前她心中忐忑，思考了無數種裴渡可能做出的反應。

他之前就溫溫和和不愛說話，如今入了魔，應該會更加沉默寡言，與她相見之際，可能冷言相對，也或許會生出殺意。謝鏡辭做了千百個設想，獨獨沒猜中他的這番話。

準確來說，裴渡非但沒想殺她，好像還……並不討厭她。

謝小姐從小到大張揚跋扈，裴渡後退一步，她便立刻得到主動權，興高采烈地前進十步。

首先，要佯裝虛弱地重重一咳。

「可是裴公子，鬼塚妖邪橫生，此地又是最裡的角落。我來到這裡便已耗盡全部靈力，倘若出去，豈不成了邪魔的腹中物？」見到裴渡眸光一動，謝鏡辭心中暗暗發笑，面上卻是正色：「更何況我臥床數年，刀法已然生疏，如何能獨自應付它們？」

當初正派圍剿，長老們對他使出合力一擊，以那般吞天滅地的靈壓，尋常修士連屍骨都不會剩下。

加之魔氣與靈氣碰撞，驚擾了崖底諸多邪祟，鬼塚一時有如煉獄，因而即便有好事者前來搜尋他的屍骨，也稱不上多數。

以謝鏡辭的話來說，她靈力薄弱、毫無還手之力，在這種人跡罕至的絕境裡，必然死無葬身之地。

——這當然是句謊話，她神識完整，修為已入金丹，絕不可能如此輕易便將靈力耗盡。

可裴渡不知道啊。

這樣一來，他就沒理由將她趕走了。

「不知裴公子還記不記得，當初在玄月地宮裡，你曾經救過我一命。」謝鏡辭按耐住心中緊張，聲音卻是止不住地緊繃，始終注視他的神情變化：「我向來有恩必報。」

裴渡用了好一會兒，才反應過來她的意思。

方才還裝作漠不關心的少年終是擰眉：「胡鬧！我如今——」

「你如今聲名狼藉，世人皆欲誅之。然後呢？」

要是以前能勇敢一點，不像那樣猶豫不決，或許一切都會變得不一樣。

如果她能早些靠近裴渡——

面對裴渡，謝鏡辭很少有這麼勇敢的時候。

在火光裡，她對上少年的眼睛：「然後這個人人得而誅之的魔頭居然讓我快快將他置於死地，前去仙盟覆命？」

她不傻，能看出裴渡不願連累她。

從見到他的第一眼起，謝鏡辭就隱隱有種預感，即便這副血淋淋的模樣與往日大相徑庭，可歸根結底，裴渡並沒有變。

他都溫和乖順，哪怕出身低微、從小到大得不到絲毫寵愛，也能在那般骯髒汙濁的環境裡保持本心。

這也是謝鏡辭最初關注他的原因。

倘若當真如傳聞裡那樣，他成了個十惡不赦殺人如麻的邪魔，聽見她欲要報恩，定會心生慶幸，欣然接受。

然而直至此刻，在命懸一線的時候，裴渡心裡想著的，也是不能拖累她。

……怎麼會有這樣的人啊。

「雖然不知道這幾年發生過什麼，但我身為你的……同門，清楚裴公子的為人。」謝鏡辭暗暗抓緊袖口，嗓音迴旋於兩人之間溫熱的空氣裡，彷彿也帶著灼熱溫度：「你不可能心甘情願墮為邪魔，當年一定有人對你做了不好的事情，對不對？」

渾身上下的傷皆在發痛，然而心臟卻前所未有地重重一跳，久違恢復了氣力。

裴渡感到一瞬的眩暈，忽然下意識地思忖，眼前一切究竟是現實，還是臨死之前朦朧的幻覺。

整整兩年，從未有人對他說過這種話。

他本就無父無母，又被裴風南禁止了一切閒暇時間，身邊沒有任何熟識的朋友，唯一擁有的聯繫，不過是裴家。

被逐出裴家以後，他就真的什麼也不剩。

這麼多個日日夜夜，始終沒人願意相信他。

裴渡原以為自己已經足夠鐵石心腸，然而此時此刻，為天下人所懼的魔頭卻陡然紅了眼眶，倉促地低下頭，不讓身前的姑娘察覺。

謝小姐實在太好。

好到像他這般髒汙的人與她待在一起，都是種玷汙。

她來鬼塚一事倘若被其他人發現，定會被扣上私通邪魔的罪名，裴渡不能害她。

可她總是比他搶先開口，語氣雖淡，卻不容置喙：「你救了我的命，那就是我的救命恩人。天底下其他人如何想你，與我又有什麼關係。」

手指輕輕觸上他側臉的血汙，謝鏡辭聽見自己心跳撲通撲通。

裴渡瘦削得厲害，身上四處可見新傷舊疤，不知在這些年裡受過多少苦，只需晃眼一看，就能讓她胸口悶悶生痛。

如果她能早些醒來就好了。

這是她默默喜歡了很久的人，本應放在身邊好好哄著，哪能讓他被這樣折磨欺負。

「別怕……我不會害你。」謝鏡辭清楚感受到身前少年驟亂的呼吸，她同樣緊張，聽見自己的聲音：「我們先來療傷。」

她的指尖很軟。

修真界多的是靈丹妙藥，對於受盡千般寵愛的世家小姐而言，即便自小練刀，也能輕而易舉消去傷痕與薄繭。

這樣的手指落在裴渡傷痕累累的臉上，難免顯出幾分格格不入的突兀，可惜謝鏡辭尚未發力，便被他兀地避開。

她一怔，隱約明白裴渡心裡的念頭。

「妳沒必要幫我。」他方才失了態，竟呆呆盯著謝小姐凝視許久，直到此刻才回過神來，竭力壓抑聲音：「我身受重傷，已活不了太久。」

「那是之前。」謝鏡辭沒做多想，答得不假思索：「現在你有我了。」

她一面開口應答，一面微微低下頭，在儲物袋中細細翻找：「我來之前特地去過謝府珍品庫，這些都是難得一遇的仙藥，有白骨生肌、安魂續命之效。如今你傷勢太重，不宜隨我馭刀飛行，等先用這些藥緩和傷勢，我再帶你回雲京。」

她不是莽撞的愣頭青，在來之前做足了打算。

裴渡身上的傷一道接著一道，若是乘風而起，恐怕會全部裂開。在鬼塚臨時上藥不過是權宜之計，唯有等血痕凝固下來，才能確保他性命無憂。

裴渡默了一瞬。

他根本不是這個意思，他只是……不想讓謝小姐同他扯上關係而已。

在入魔的兩年裡，他見過形形色色的人。

裴家隻手遮天，白婉與裴鈺輕而易舉便能混淆黑白，將罪責盡數推在他身上，裴渡卻被困於鬼塚之內，依靠吞食魔獸的殘骸苟活於世。

於是他做不出解釋，被收養長大的裴小公子順理成章成了殘害親人的惡徒，罪可當誅。流言如風如水，幾乎在一夜間傳遍整個修真界，久而久之，所有人也便將它當成真相。

見到裴渡的修士們，大多數會露出憎惡與鄙夷的神情，其餘則是恐懼、倉惶與絕望，細細想來，他已經很久沒見到旁人的笑。

在學宮裡的時候，裴渡曾無數次設想，倘若謝小姐願意對著他笑，那應當是怎樣的模樣。如今心願成真，卻已經太遲。

他淪落到這般地步，已經不配和她有所牽連。

四下靜謐裡，少年啞聲開口：「謝小姐，妳莫非不明白？」

她不會知道裴渡究竟是以怎樣的心情說出這段話。

彷彿把衣物與皮肉一點點剝開，將自己所有的醜陋與不堪盡數展現，羞恥難言，然後決然伸出手，把最喜歡的姑娘推開。

正因為太喜歡，所以才要將她遠遠推開。

「我已落入此等田地，妳若與我一道，只會被認作私通邪魔。仙盟的手段何其強硬，一旦被他人發現，妳定會遭到懲處。」他說得艱澀，指節因用力而泛白：「而我筋脈盡斷、體無靈力……無法保護妳。」

最後那五個字如同蚊鳴。

可憐他一生執劍，臨到頭來，卻要對謝小姐說出這般無能的話。

她向來喜愛強者，理應對這個一無是處的廢人不屑一顧。

心中隱隱生起澀澀的酸，漸漸攥住胸腔。裴渡長睫低垂，不願去看她的神色，在短暫的沉默後，忽然察覺側臉一涼。

——謝鏡辭捧住他的臉，不由分說地往上抬。

她力道不重，卻因裴渡毫無防備，輕而易舉便讓二人四目相對。

似有月色掠過雲層，穿透層層疊疊的怪石，於深淵灑落瑩白的影子。

眼前唯有一雙纖長如柳葉的眼眸，他的心跳陡然加重。

咚。

「我自然知曉分寸。更何況當初在玄月地宮，正因有裴公子相助，才助我脫離困境。」謝鏡辭道：「如今我帶著刀……由我保護你便是。」

他的心倏然化作一灘水，又像有什麼東西轟地炸開，滿腔情緒無處安放，衝撞得胸膛發澀。

謝鏡辭見他不再言語，心中暗暗鬆一口氣，拇指往上，施了個除塵訣，口中沒停：「當年你在鬼塚遭人陷害，難道要就此認命，放任那些人自在逍遙？雖然已經過去許多年，但只要你還活著，一切就有希望，對不對？」

先是被正派圍剿，接而又跌落山崖，裴渡身上自是泥沙遍布。除塵訣一出，沙礫血汙便少了大半，露出少年蒼白得過分的臉頰。

指尖沾了膏藥，清清涼涼，落在他額頭的一條刀傷上。

裴渡屏住呼吸，一動也不動。

他靠坐在角落，整張臉不得不微微上仰，抬眼一望，就能見到謝小姐的眼睛。

她一貫恣意蕭颯，很少有在意的東西，眸中時時燃著灼灼亮光。然而此時此刻，這道亮光卻悄然黯淡下來，如同一束溫柔的火苗，靜靜落在他的傷口上。

謝小姐……會對他露出如此溫柔的神色嗎？

謝鏡辭看似穩如老狗，其實也慌得不行。

她充其量只是個小姑娘，從小到大從未與男子有過太多接觸，像這樣靠近裴渡、觸碰他的身體，實在……

更何況他還一直盯著她瞧。

謝鏡辭快被那道直白的視線看得爆炸，動作僵硬如木頭人。

求求求求求不要再看了，莫非她長得奇形怪狀？

食指塗了藥膏，從額頭慢慢往下，謝鏡辭心中暗自思忖。

首先可以確定的是，裴渡不討厭她，甚至還記得她。這個發現讓她有些開心，很快穩下心神，繼續考量對策。

修真界各大世家曾合力剿殺過他，按照《朝聞錄》裡的消息，那一戰中死傷慘重，白婉與裴風南僥倖逃過一劫。

鬼塚之事已隔多年，她雖然不知全貌，但稍稍一想就能明白，幕後主使與白婉、裴鈺脫不了干係。想找到破冰點，或許得從裴家人入手，才能還裴渡一個清白。

不過那是之後要做的事，如今最重要的是——

臉上的藥大致塗完，謝鏡辭視線向下，指尖停在他下巴。

真正致命的傷痕，皆在脖頸之下。

她感到些許緊張，手指即將觸碰到前襟，眨了眨眼：「裴公子。」

這只是提醒，由不得裴渡答應或反抗，等她食指輕輕一勾，前襟就順勢滑落。

靜默不語的少年眸光一動，連脖子都生出了緋紅顏色。

因為離得近，兩人之間只餘下一個極小的空間。呼吸、體溫、衣物滑落的摩挲聲響充斥於此，曖昧蔓延，謝鏡辭瞥見他手臂與小腹上的紋理起伏，識海悠悠一晃。

但這種恍神只有短短一瞬。

之前因為那件破破爛爛、滿是裂口的衣物，她還無法看清裴渡傷勢，此刻毫無保留地窺見，只覺心裡又澀又悶。

他身上幾乎沒有一塊完好的皮膚，新傷舊傷縱橫交錯，好幾處血痕深可見骨，也不知裴渡究竟用了多大的毅力，才能在劇痛中保持清醒。

「對不起。」許是見她神色不對，裴渡喉結一動：「是不是嚇到妳了？」

他說著有些慌，試圖抬起手，去拿謝鏡辭手裡裝藥的瓷瓶：「由我自己上藥便是，謝小姐不必動手，我身上──」

這句話沒說完，手腕便被握住，容不得他反抗，往身後的石壁順勢一按。

於是兩人之間的間隔更小，裴渡怔怔地看著她，嗓音低不可聞：「……很髒。」

謝小姐的眼眶，似乎泛著紅。

他的一顆心被踩進塵埃裡，在瀕死之際，因為這片緋紅重重發顫。

謝鏡辭自知失態，將他手腕鬆開，低頭繼續上藥。

她自小在爹娘的寵愛裡長大，每每受傷，都會得來溫柔照料。可當裴渡褪去衣物，首先想到的，居然是嚇到了她。

就像從未體會過旁人的關照，即便身受重傷，也要小心翼翼地顧及她的感受。

不會撒嬌，也不懂得示弱，甚至不願相信有人會真心對他好。

……裴渡究竟過著怎樣的生活，才能說出這種話。

她越想越覺得難受，拂過一道猙獰傷口，心中默默念訣，自指尖凝出一縷瑩白微光。

微光如線亦如水流，潺潺淌進少年蒼白的皮膚，裴渡幾乎是猛地一震：「謝小姐……！」

他雖未曾有過這種經歷，但在學宮中聽夫子講過，此乃神識交融，可連通二人經脈，有療傷止痛、增進修為之效。

神識是修士最脆弱的珍物，如此一來，無異於把自己渾然暴露。

此法不如雙修那般親暱隱私，卻亦是親近之人才可做出，甚至有學子笑言，這是雙修入門。

裴渡咬牙，將這個念頭拋之腦後：「謝小姐……妳不必如此。」

他的筋脈處處是傷，更混雜著諸多魔氣，她陡然闖入，恐怕會遭到汙染。

從裡到外，無論什麼地方，他都已是髒汙不堪。

不遠處的火光已經有些暗了，混沌的光影交錯，只餘下他們兩人交錯的呼吸。

身前的姑娘沒有應聲，在惹人心慌的寂靜裡，有股溫溫的熱度罩上他腦袋。

「乖。」她的右手在小腹輕輕打轉，左手則揉在少年烏黑的髮間，開口時微微抬起眼睫，目光灼灼：「……放輕鬆。」

聚在謝鏡辭指尖的靈力突然加重，順著他體內脈絡直衝衝往前。連綿的疼牽引出抓心撓肺的癢，裴渡深吸一口氣，旋即感到難以言喻的舒適。彷彿五臟六腑都被溫暖的陽光填滿，照亮陰暗濕冷的角落，魔氣無處可藏，漫無目的地慌亂逃竄。

無形潮水湧動在支離破碎的筋脈，好似漫無止境的電流，途經四肢百骸，最終彙聚於識海。

謝小姐長驅直入的靈力，溫柔得不像話。

伴隨這股力道而來的，還有她猶如瀰漫的低語：「我輕輕進去，不會弄疼你。」

裴渡眼睫輕顫。

這句話乍一聽來，似乎與如今的場景十分契合，然而細細一想——

謝鏡辭說完才意識到不對勁，後腦勺轟地炸開。

不對不對。

她她她……到底在說什麼啊！裴渡不會、不會覺得她是個病入膏肓的淫賊吧！

她匆匆抬頭，又匆匆低頭。

他果然臉紅了。

謝鏡辭心裡的小人面目猙獰。

謝鏡辭故作鎮定，輕咳一聲：「我不是那個意思。」

也不對。

——「那個意思」是哪個意思，裴渡的臉好像更紅了！她居然還用如此鎮靜的語氣講出來，簡直像在故意逗他一樣！

救命救命救命！

謝鏡辭在心裡咚咚撞牆，最終決定少說話多做事，專心為他擦藥療傷。

神識交融是個不錯的法子，不消多時，裴渡筋脈裡的瘀血便被清洗大半。

他實在累極，之前一直強撐，這會兒好不容易安心得了休憩，靜靜閉了眼睛。

直到這個時候，謝鏡辭才敢直白大膽地凝視他。

他瘦了許多，眉宇間稜角更鋒利分明。因為沾染魔氣，眼底時常盤旋著陰戾暗色，這會兒閉上雙眼，眼睫纖長如扇，映出側臉白皙似玉，無害得宛如嬰孩。

他本該是個名震八方的劍修，坐擁無限仰慕，然而湛淵劍鬥得過邪魔，卻看不透人心。

待裴渡醒來，謝鏡辭便要帶著他前往雲京。

裴渡之前說得不錯，他如今聲名狼藉，不說修真界裡的其他人，就連謝疏與雲朝顏，謝鏡辭也不知道他們兩人的態度。

纖細的食指悄悄往上，如同許多年前那樣，落在裴渡瘦削的側臉。

謝鏡辭輕輕一戳。

沒有酒窩，只有累累傷疤，曾經所向披靡的少年靠坐在角落，把身體蜷成小小一團。

她終是沒忍住，掉下一滴淚來。

這一切太不公平，裴渡的人生……本不應當是這樣的。

修真界裡對她的評價，大多是天賦異稟、肆意妄為，其實謝鏡辭一生大多遵規守距，不過是心性傲了些，不愛理旁人。

唯有今日不同。

什麼道理法則、世俗眼光、因果秩序，全都與她無關——謝鏡辭想，既然事已至此，那便乾脆大大方方地肆意妄為一把吧。

夜來風寒，八方皆是涼意刺骨，謝鏡辭不敢做出太大動作，無言垂了頭，靜靜看裴渡一眼。

他褪了衣物，傷口被繃帶密密縛住，隱約可見肌肉起伏的輪廓。如今冷風驟然吹來，即便置身於睡夢之中，少年也還是下意識皺了眉。

萬幸在來鬼塚之前，她從錦繡坊購置了不少衣物。

謝鏡辭動作極輕，自儲物袋尋出一件玉貂裘，俯身為他蓋上。

衣物厚重，將毫無血色的身體包裹，裴渡似是感覺到異樣，長睫微微一動。

緊隨其後的，便是一雙突然睜開、殺氣滿溢的黑瞳——

這一切來得毫無預兆，謝鏡辭沒有防備，等一瞬的怔忪之後，已被一隻手掐住脖子。

裴渡亦是愣住。

他在無盡追殺中苟延殘喘這麼多個日日夜夜，睡眠一向很淺。想趁他入眠偷襲的大有人在，久而久之，往往一有風吹草動，裴渡便會下意識還擊。

手指能感受到隱隱跳動的脈搏。

他扼住了……謝小姐的脖子。

鬆開手的瞬間，在白皙側頸留下一道淺淺紅痕。

那些人說得沒錯，或許他當真成了個殺伐成性的怪物。

裴渡呼吸微滯，垂眸看向身上的厚重錦裘：「抱歉，我以為——」

謝小姐想為他穿衣摒退風寒，結果就連這件衣物，也被他無意間散發的靈力劃開了條口子。

裴渡不知道她會如何想他。

「無礙。」他下手不重，痛意也不明顯，謝鏡辭摸了摸側頸：「這外袍破了道口，我再替你拿另一件。」

她說著低頭，本欲打開儲物袋，卻聽裴渡啞著聲道：「不用。」

於是謝鏡辭抬頭。

月光昏昏悠悠的，好似縷縷薄紗，落在少年蒼白的面龐，平添幾分攝人心魄的瑰色。裴渡靠坐在石壁角落，如瀑黑髮凌亂披散，薄唇現出若有似無的弧度。

他抱著那件外袍，如同抱著珍貴的寶物，長睫低垂，嗓音裡噙著笑：「這件……已經很好了。」

這是謝小姐送給他的禮物，哪怕今後再也見不到她，留下這份念想也是好的。

裴渡說罷一頓，視線來到她側頸上醒目的紅痕：「疼嗎？」

自然是不疼。

裴渡很快收了手，她脖子上只剩下微不可查的疼與麻，謝鏡辭好歹是個修士，還沒嬌弱到會因此哭哭啼啼的地步。

但是——

即將脫口而出的話語被吞回喉嚨，謝鏡辭抬眼看了看裴渡。

她悄悄喜歡裴渡這麼多年，從來只敢站在原地遠遠地看。他生性清冷寡言，如今又遭遇了這樣的禍端，心心念念不願拖累旁人，定然不會主動親近她。

唯有她主動向前邁開一步，才能打破僵局。

耳朵後像被小蟲咬了一口，灼灼發熱。

夜色靜謐裡，響起她輕緩的嗓音：「不算疼。裴公子，我看不見那地方的情況，可否請你幫我擦藥？」

裴渡脊背兀地一僵，再抬眼，謝鏡辭已經遞來了藥膏。

他無意中傷了謝小姐，為她擦藥理所當然，可是……

手輕輕一動，牽引出無窮無盡的疼。

他執劍的右手手骨斷裂，連最簡單的撫摸都做不到，左手倒是能動，卻遍布著疤痕與血汙，髒汙不堪，也十足醜陋。

瞥見她目光往下，裴渡把左手藏在外袍後。

「除塵訣沒清理乾淨嗎？」謝鏡辭笑笑：「這個法訣對血跡好像不怎麼管用。比起除塵訣，有時清水更加方便吧？」

她一面說，一面從儲物袋拿出水壺，悠悠一晃，朝他勾了勾手指頭。

裴渡當即明白了她的意思。

有個聲音告訴他，他的雙手入不得眼，謝小姐若是見了，只會平添厭惡。

然而她目光赤誠，只要微微一笑，便能讓他心甘情願遵循指引，伸出那隻殘破的左手。

謝小姐握住了他的指尖。

清水微涼，隨著謝鏡辭的摩挲漸漸蔓延，裴渡分不清這究竟是肌膚相貼，還是隔了層薄薄屏障。

她的手指溫溫熱熱，裹挾著水漬的冰冰涼涼，順著拇指一劃，逐一勾勒出他掌心的條條紋路，彷彿羽毛掠過，生出細密的癢。

在以往時候，無論面對何等劇痛，裴渡都能咬著牙一聲不吭；此刻被她這樣一撫，後背竟生出絲絲顫慄，呼吸漸重。

他實在沒出息，不過是碰一碰手而已。

「手指張開，放鬆，別用力。」指腹在他手中碾轉，謝鏡辭一把按住少年凸起的骨節，轉了個圈：「我會帶你回雲京。」

裴渡抬眼，與她四目相對。

「回了雲京，才能尋到醫修為你療傷。」她看出對方眼底愕然，繼續道：「筋脈、識海，還有這些七七八八的外傷，我醫術尚淺，只懂得綁帶和上藥，幫不了太多。」

「不必。」裴渡蹙眉：「謝小姐想要做的，不過報恩而已。妳救我於重傷之中，已算回了恩情，我倆之間互不虧欠，無需勞煩。」

接受上藥已是極限，他除非傻了，才會隨她前往雲京。一旦被人發現他們相伴而行，謝小姐無論如何都洗不清。

謝鏡辭卻是笑：「所以呢？你要我把你獨自留在鬼塚，變成邪魔妖祟的口糧？鬼塚近日動盪不堪，裴公子應該知道吧？」

她步步緊逼，輕而易舉便瓦解所有防禦。

這是任何人都無法拒絕的言語，裴渡卻只能將她一把推開，竭力冷下語氣：「妳我二人相交寥寥，本就毫無干係，謝小姐不必——」

沙啞的少年音堪堪一頓。

裴渡心臟一揪，悶悶地疼：「不必死纏爛打。」

……他真是爛透了。

謝小姐沒有說話，他不願去看她的眼睛。

「毫無干係？」

她居然沒發怒，而是低聲笑笑，拇指按住他的掌心，輕輕一勾。

這個動作曖昧得過分，裴渡聽見胸膛裡止不住的心跳，以及屬於她的嗓音：「裴公子，究竟什麼時候……連未婚夫妻也成了『毫無干係』？」

一滴水落在心中，無聲一蕩，引來無窮無盡的狂浪滔天，勢不可遏，渾然撞在胸膛上。

裴渡整個人都是懵的，像在做夢。

拇指繼續順著掌紋拂動，在抓心撓肺的酥癢裡，他感到前所未有的緊張。

「既是未婚夫妻，那便是今後命定的道侶，道侶落了難，沒有棄之不顧的道理。」謝鏡辭道：「我並非莽撞之人，已在事先做好了考量，不會讓人輕易察覺你的身分，裴公子也不必擔心毀我聲譽。至於爹娘那邊……我自會前去交涉。他們並非頑固之人，想必能明白你的苦衷。」

裴渡因她的撫弄輕輕一顫。

「你先在雲京安定下來，我會竭力調查當年真相，還你清白。」她察覺這一瞬的顫抖，語氣裡多了絲笑意：「我還不至於太過無能，你暫且相信我一回，好不好？」

全然沒辦法反駁。

心中的情緒滿得快要溢出來，裴渡看見她挑了挑眉，伸出手，遞來一瓶藥膏。

於是他用食指蘸取一些，而謝小姐湊上前，隔出咫尺之距。

空氣因她的靠近陡然升溫，裴渡被灼得心尖緊繃，隱隱約約地，能感覺到她輕柔和緩的呼吸。

指尖落在側頸，她低低地笑，身形一動：「抱歉……有點癢，你繼續吧。」

僅憑這聲笑，就足以讓他屏住呼吸。

之前從淺眠中醒來，裴渡的第一個反應，是做了場不真實的美夢。夢醒之後，他仍是在鬼塚掙扎求生，稍不留神，便會遭到他人暗中刺殺。

可他睜眼，卻看見真實存在的謝小姐。

他苦得太久，當所有人背棄而去的時候，唯有一道身影步步靠近。

偏偏那個人是他傾慕許久的姑娘。

如同一張裹滿糖漿的網，漸漸收攏，緩緩桎梏，將他渾身上下的自制力轟然擊垮，心甘情願沉溺其中。

裴渡想，他完了。

裴渡休憩一夜，傷口大多止住，凝作一塊塊堅硬血痂。

等天色濛濛亮，謝鏡辭給了他幾件成套的裡衣外衫，直到交給裴渡，才忽然感覺不太對勁。

她是下定決心要去鬼塚見裴渡，才會買下與他身量相仿的衣物。然而裴渡對這個目的一無所知，由他看來，謝鏡辭好端端的一個女子，為何要在儲物袋裡裝滿男裝？

還是比她的尺寸大上不少的男裝。

裴渡顯然也想到這一點，露出有些困惑的神色。謝鏡辭當即正聲，挺直脊背：「這是打算送給我爹的禮物，你先用著吧。」

也不對。

她在錦繡坊買下時，店主似乎說過……這是當季最新的款式，剛出現沒多久。

這些衣物不可能是謝鏡辭三年前的存貨，而據她對裴渡所言，自己一醒來就立刻趕往鬼塚，除非孝心感天動地，否則哪有時間給謝疏精心挑選衣物。

那她究竟用了什麼法子才能買下它，夢遊嗎？

謝鏡辭澈底解釋不清了。

好在裴渡雖然覺得奇怪，卻並未多問。她嘻嘻哈哈轉開話題，旋即便是鬼哭出鞘，馭刀飛行。

雲霧穿身而過，謝鏡辭很認真地想，她這樣算不算是……把裴渡拐回了家？

嘴角悄無聲息地一勾，又被她輕輕壓下，謝鏡辭在心裡打了個滾。

「白婉對你做出那般不仁不義之事，倘若真相能夠大白，世人對你的印象會好上許多。」她細細思忖：「我聽聞這世上有些記憶回溯的法子，要是找到，想必能順利許多。」

之前擦完藥膏，謝鏡辭向裴渡詢問了當年鬼塚裡的前因後果，以及近年來修真界發生的大事。

修真界之所以恨他，是因為站在大多數人的角度看來，裴渡都是個殘害親人、一心妄圖奪取家產的凶徒，討伐他乃是替天行道。

只要真相公開，一切都會截然不同。

被他們深惡痛絕的裴渡，其實才是當年真正的受害者。他們滿心以為的正義公道，不過是替白婉做了嫁衣，肆無忌憚殘害良善之人。

他們才是那個不分青紅皂白的劊子手，而裴渡要面對的，是來自整個修真界的惡意。

到那時候，局勢定能逆轉大半，畢竟把所有人當作小丑戲弄的，是白婉和裴鈺。

正道的天之驕子們大多心高氣傲，倘若知曉真相，得知自己被耍得團團轉，甚至為虎作倀——

謝鏡辭已經迫不及待想要看到那時的景象了。

鬼哭凌厲蕭颯，於天邊劃出凜然紅光。謝鏡辭與裴渡有一搭沒一搭地閒聊，不知過去多久，終於來到雲京城。

裴渡的身分絕不能被旁人發現。

謝鏡辭不在乎她會不會被認為私通邪魔，唯獨在意的是，一旦身分暴露，裴渡在重重圍剿中必死無疑。

她早就做了準備，為他抹上藏匿氣息與相貌的靈藥。按照原定計劃，是先將裴渡安置於客棧，等她對爹娘旁敲側擊一番，循著謝疏與雲朝顏的反應，再決定是否告訴兩人前因後果。

當然，這一切的前提，都是「按照原定計劃」。

站在喧囂嘈雜的雲京城裡，謝鏡辭眼角一跳。

誰能告訴她——為什麼剛一踏入雲京，就和她爹她娘撞上了啊！

她離開謝府之前，在桌上留下一張紙條，說自己臥床多日，想外出走走散散心，還望莫要擔心。

這張紙條存在的意義，是提前做個預防，保她不會被暴怒的爹娘打死。但此刻看來，似乎，好像，大概，並沒有多大用處。

雲朝顏冷冷一笑：「我們搜遍整個雲京，原來謝大小姐是去了別處，真是好生瀟灑。」

謝疏笑咪咪：「辭辭去了哪兒？玩得開心不開心？這位小道友又是何人？」

大意了。

他們的修為何其之高，定是在鬼哭凌空靠近的第一時間就察覺了氣息，於是一路循著刀意來到這裡。

謝鏡辭覺得自己就是條砧板上的魚。

「我去了……城郊。這是我在城郊認識的朋友。」她給裴渡悄悄使一個眼色，上前一把抓住雲朝顏手臂：「對不起嘛娘。我醒來時周圍靜悄悄的，你們也不在家，躺了那麼多天，總得動一動，找個人說說話對吧？」

「原來是城郊。」眉目清冷的女修揚唇笑笑，語氣雖淡，吐出的言語卻是有如平地驚雷：「我還以為妳去了鬼塚。」

謝鏡辭心臟砰砰一跳，像被人打了一下後腦勺。

她佯裝好奇，勉強笑笑：「鬼塚？為何要去那個地方？發生了什麼事嗎？」

不知道是不是錯覺，謝鏡辭總覺得她娘神色不對。

像只靜候獵物的狐狸，讓她隱隱有些不安心。

而事實是，這個下意識的直覺並非是假。

雲朝顏面色不改，脫口而出：「因為妳不是很喜歡裴渡嗎？」

如果謝鏡辭此刻嘴裡含著口水，定會一股腦全噴出來。

喜喜喜歡什麼？她她她很喜歡裴渡？

謝鏡辭猛地抬頭。

「我們方才正打算前去鬼塚尋妳。」謝疏亦是笑：「當初和裴渡訂婚，妳不是興奮得五天沒睡覺，夜夜在牆上爬來爬去，還笑個不停嗎？」

才沒有。

她明明只是縮在床上滾來滾去而已！而且一邊笑一邊爬來爬去……她又不是猴！

謝鏡辭嘗試對裴渡傳音：「他在胡說八道，你你你信我！」

該死她為什麼要結巴！

「妳的臥房裡，不是收藏了幾十張他的畫像嗎？」雲朝顏接話，目光落在裴渡臉上：「這位小道友，你說她像不像入了魔？用丫鬟的原話講，是『小姐又在對著畫像傻笑』。」

越說越離譜，她是這種人嗎？

她只不過是經常在日記裡偷偷摸摸描摹裴渡的側臉，偶爾一邊畫一邊笑而已。讀書人的事，那能叫「入了魔」嗎？

謝鏡辭明白了。

這兩人都是活了百年的老狐狸，一眼便看穿她的心思和裴渡的身分，之所以這樣說，是在逼她儘快承認真相。

——那也不能拿你們女兒的名譽開玩笑啊！

她已經不敢去思考，裴渡聽罷會作何感想了。

「這位小道友，可是覺得身體不適？」謝疏慈祥一笑，看不出絲毫壞心思：「我們在說辭辭和她的意中人，小道友的臉為何這樣紅？」

謝鏡辭那個「意中人」嚇得頭皮發麻，抬眼匆匆一瞥。

好傢伙，不只耳根，裴渡整張臉全紅了。

裴渡臉紅了，她的臉沒了，謝鏡辭只想捂著臉嗚嗚嗚地藏進地底下。

隨即便是須臾的沉默，再一眨眼，少年已然上前一步，沉聲開口：「之前在鬼塚，多謝前輩相助。」

他用靈藥暫時變換了模樣，聲音卻是如初，清清泠泠的，帶著點啞。

謝疏早就看出他身分，聽罷也不吃驚，不過輕聲笑笑：「不用多禮。」

謝鏡辭：？

這回輪到謝鏡辭聽不明白：「等等，什麼鬼塚，什麼相助？」

裴渡低聲解釋：「之前各大世家發動圍剿，千鈞一髮之際，是謝前輩放了我一馬。」

當初四面楚歌、殺機重重，裴渡衝出重圍已是身負重傷，狼狽逃竄時，與謝疏撞上。

執劍的青年並未出手，而是靜靜凝視他良久，長嘆一口氣：「可否要我助你？」

他已是負罪之身，怎能拖累前輩。

於是裴渡搖頭，謝疏則側身讓出一條道路：「走罷。」

「小丫頭，這麼不相信妳爹妳娘？我們是那麼不通情理的人嗎？家中傷藥少了大半，方才路過錦繡坊，又聽說妳深夜特地買了好幾件男裝，一來二去，我們還能猜不出妳的去向？」雲朝顏按著太陽穴，頗無奈的模樣：「不過這樣也好。萬般防備，總是沒錯。」

傷藥少了大半。

特地買了好幾件男裝。

謝鏡辭覺得要完。

她彆彆扭扭撒了那麼多慌，結果這段話一出，豈不就擺明在告訴裴渡，她之所以前往鬼塚……全因格外在乎他，迫不及待想把他帶回家？

謝鏡辭僵著脖子，抬頭悄悄一望。

裴渡臉更紅了。

——所以她之後究竟要怎麼解釋啊！娘！

「外面不便談話，不妨先回謝府如何？」謝疏揚眉：「你們兩位，應該有不少話想說吧。」

他不傻，之所以願意相助裴渡，不只因為知曉女兒的心思，也能隱約猜到一些白婉、裴鈺的陰謀。

無論彼此是否相識，眼見無辜的孩子受辱隕落，身為一名修士、一個前輩，謝疏都不會吝惜協助。

謝鏡辭呆了好幾個瞬息。

回到雲京之前，她滿心忐忑地做足了準備，心裡爭論的說辭一套接著一套，下定決心要讓爹娘不再排斥裴渡。然而聽她爹的語氣……

她一句話沒說，這兩位就已經心平氣和接受現實了？

離譜。

不愧是她爹她娘！

因隱藏了氣息與相貌，裴渡時隔數日，終於能行走在人潮如織的大街上。

日光熹微，久違地落在少年面龐上。他新奇地打量一草一木、一棟棟鱗次櫛比的參天樓閣，眼底光影明滅，看不出思緒。

謝鏡辭輕咳一聲，亡羊補牢：「方才我爹娘說的那些話——」

「我明白。」裴渡抿唇笑笑，因置身於太陽底下，眼中頭一回映著淺淺的光。光線溫和，卻生出莫名的澀：「前輩不過開了玩笑，催促謝小姐將我的身分如實相告。我有自知之明，謝小姐不必多想。」

他說得雲淡風輕，謝鏡辭卻是一頓。

什麼叫……什麼叫「有自知之明」。

這分明是最不符合他的詞。

其實他很好，同其他人不一樣；其實有人一直悄悄喜歡他，會因為他身上的傷疤掉眼淚。像這樣那樣的事情，裴渡什麼都不知道。

心又跳了一下。

也許是陽光太刺眼，又或是心裡的情緒太滿太多，嘩啦啦溢了滿地，謝鏡辭抬眼對上他的視線，指尖攥緊袖口：「如果我說，那些都是真的呢？」

之所以頭腦發熱講出這句話，全因一時興起。

直到望見裴渡怔然發愣的神色，謝鏡辭才終於反應過來，自己究竟說出了多麼不得了的話。

什麼叫……「那些都是真的」。

這不是擺明了告訴裴渡，她是個偷偷摸摸喜歡他很久、甚至會因為一紙婚約滾來滾去的怪人嗎？

謝鏡辭覺得不行。

她之所以不敢向裴渡表明心意，其中很大一部分原因，是因他從不與女子親近。

裴渡模樣出眾，劍術更是千裡挑一，學宮裡對他有意的姑娘不在少數。然而他雖溫馴有禮，一旦遇見他人示好，卻定會出言拒絕，毫不猶豫。

有人說他無情無欲，一心只求劍道；也有人說他心中早有了傾慕之人，之所以守矩得近乎古板，是為等到那位不知名的姑娘。

當初說到這裡，向她傾訴八卦的師姐輕輕一笑：「不過這樣一來，豈不就是另類的『守身如玉』了？」

謝鏡辭當時面色如常，其實心裡早就砰砰跳個不停，只希望老天保佑，千萬別是第二個。

……雖然第一個也不怎麼好。

總而言之，無論緣由如何，裴渡總會刻意疏離對他有意思的姑娘。此刻她說得如此直白——

謝鏡辭微不可查地皺眉。

她不是凡事胡來的性子，去往鬼塚時，很認真地思考過自己應當如何與裴渡相處。

如今的他無處可去，又在修真界處處樹敵，對於裴渡而言，唯一稱得上安全的地方，唯有謝家府邸。

謝疏與雲朝顏，應該也是唯一可能幫他的人。

倘若她一開始就大大咧咧表明自己的心思，對於裴渡而言，或許會成為負擔。

他們雖為未婚夫妻，卻交流甚少，以裴渡那樣的性子，不可能輕易對她生出愛意。

如果以朋友的身分相處，再冠以「報恩」的名頭，一切都合情合理、理所當然；可一旦全盤暴露，郎無情妾有意，難免顯得尷尬至極。

那未免太糟糕了。

她不想在剛剛開頭的時候，就被裴渡下意識遠離。

日色如水，謝鏡辭抬頭與他對視，伴隨長睫一眨，柳葉眼裡微光流轉。

「被嚇到了？」她嗤地笑出聲，很快垂下腦袋，不去看裴渡的眼神：「逗你玩的——正常人誰會在牆上爬來爬去啊？又不是蜘蛛精。我爹娘最愛開玩笑，你千萬別被他們騙了。」

裴渡很快回了聲「嗯」，聽不出情緒。

他腦子向來好使，方才聽見謝小姐那句話，卻用了很長一段時間才明白話裡的意思。

只不過是十幾個司空見慣的文字，所能引起的震動卻是天翻地覆、狂浪如潮。

在那一瞬間，裴渡連心臟都停止跳動。

當時的不真實感猶如做夢，夢還沒完，謝小姐就用另一段話將他拉回現實。他理應感到自嘲或失望，然而充斥在心頭的，居然只有淡淡的澀。

畢竟這是最理所當然的結果，裴渡心知肚明。

若說謝小姐早就對他情有獨鍾……恐怕夢裡都不一定能成真。

這個話題很快被略過不提。

穿過人潮如織的長街，不需多時，便來到雲京謝家。

雲京性喜繁盛奢靡，謝府作為世家大族之一，該有的氣勢總得護住，在門面上不遑多讓。與裴家一板一眼、處處規整的庭園不同，府中松柏竹枝肆意橫生，飛閣流丹賞心悅目。高閣拔地而起，好似玉宇瓊樓，唯有翹起的簷角映著綠意青蔥，清風一吹，端的是恣意瀟灑，林葉聲聲。

此行終點，是距離正門最近的會客廳。

「所以當年在鬼塚，的確是白婉和裴鈺陷害你。」四下俱靜，謝疏坐於精雕細琢的金絲木椅上，聽罷裴渡所言的來龍去脈，低頭喝了口茶：「後來你墜入崖底，活不見人死不見屍，她認定你再無出現的可能，乾脆加油添醋，澈底抹黑你，讓你淪為眾矢之的。」

這是個一箭雙雕的法子，身為加害者的她能順理成章得到同情；至於窮凶極的裴渡，所有人都會覺得死有餘辜。

謝鏡辭蹙眉：「有什麼辦法……能讓修真界的人知道真相嗎？」

雖然不太想承認，但目前的狀況是，他們手裡沒有任何證據。

白婉聲稱裴渡「私通邪祟、魔氣入體」，這句話在當時是假，然而自從被擊落山崖，裴渡已在鬼塚生活了兩年之久。

幾百個日日夜夜何其漫長，每天都要被濃郁邪氣侵蝕五臟六腑。待得氣息入骨，如今的他早就與魔物無異。

所謂三人成虎，關於裴渡的印象已然根深蒂固，修真界的人不是傻子，不會因為謝鏡辭一句話而選擇相信。

「此事我和妳爹會儘快想辦法解決。」雲朝顏說著一頓，似是又想到什麼，眉梢一動：「裴渡受傷頗重，藥膏只能治些皮外傷。我們會請來靠得住的醫師，你專心養病就是，不必操心太多。」

「體內的魔氣也得想辦法解決。」謝疏道：「魔氣入體，不但引得筋脈受損，更嚴重一些，甚至會讓人失去神智、劇痛無比——你可曾有過此類感受？」

他語氣正經，嗓音沉甸甸落在耳邊，不知怎地，讓裴渡感到一瞬的恍惚。

這是種很奇怪的感覺。說來好笑，他作為裴風南精心培養的利劍，習慣獨來獨往，不被任何人關照，這還是頭一次，有長輩在意他是不是很疼。

這讓他暗暗生出一個可恥的念頭，彷彿偷來了零星的、屬於謝小姐的家。

那是裴渡從來沒有過的東西。

「多謝。」少年指節微一用力，遲疑片刻，終是沉聲開口，道出心中留存已久的困惑：「二位前輩……不怕我有所圖謀？」

謝疏哈哈一笑：「我們兩人活了這麼久，有些事自能看清。」

他知曉裴渡絕非魯莽之人，倘若真想殘害白婉和裴鈺，不會用那樣愚笨的法子。歸根結底，那兩位所謂的「被害者」，才是一切利益的既得方。

更何況，當初他與入魔後的裴渡相遇，後者已成了走投無路的強弩之末，卻寧願冒著死無葬身之地的危險，也不願接受庇護，拖累謝疏。

他們把一切看在眼裡，誰善誰惡，自有分寸。

「裴渡體弱，辭辭先帶他去客房歇息吧。」謝疏抬眼笑笑：「丫鬟、小廝不能與他接觸太多，以防身分暴露；我和妳娘得為他找個可靠的大夫，一時半會兒走不開。妳一個人沒問題吧？」

「這裡是桃林，那邊是藏書閣。你若是覺得無事，能去閣中看書。」

謝府偌大，要從會客廳行至客房，需要一段時間。

謝鏡辭走在裴渡身邊，看似在認真介紹府邸布局，其實視線一轉，餘光全在他稜角分明的側臉上。

他仍是清雋又漂亮，長睫浮著淡淡陽光，只可惜面無血色，盡是病態的蒼白。

有時裴渡轉頭看她，謝鏡辭便成了個做賊心虛的小偷，匆忙挪開目光。

能像這樣與他肩並肩走在一起，是她多年以來的願望，可如今當真實現，雖然心跳躍動不休，卻也有難言的難過。

「對了，」謝鏡辭佯裝不在意，輕聲開口，「我扶著你吧。」

——雖有續命的靈藥將他拉出鬼門關，但此刻的裴渡仍是傷病纏身，渾身上下沒有太多力氣。

最初見到他時，他連站立起身都做不到，如今走起路來，不知道該有多麼吃力。

這並非疑問句。

她說得斬釘截鐵，見對方沒立即拒絕，很快抬了手。

姑娘家的手掌綿軟舒適，隔著薄薄衣物壓在裴渡的手臂上。

他聽見衣物摩挲的輕響，也感受到謝鏡辭逐漸加重的力道，有股香氣包裹縈繞，裴渡別開腦袋沒做聲，脊背僵硬如鐵。

好在他緊張得一動也不動，才察覺不到謝鏡辭嘴角上揚的弧度。

……抓到了。

以裴渡的性子，她還以為會來上一句「不用」或「男女授受不親」，沒想到進程順利得不可思議，當指尖觸碰到少年柔軟的外衫，謝鏡辭心跳如鼓，情不自禁地想笑。

他好乖哦。

如果不排斥這種動作，是不是說明裴渡願意同她更親近一些？

心臟緊繃在胸口，謝鏡辭止住笑意，低著頭問他：「沒碰到你的傷口吧？」

她說話時又朝裴渡靠近一步，於是兩人手臂堪堪擦過，隔著衣衫，蔓延開說不清道不明的觸感，如同稍縱即逝的電流。

這個動作看似無意，裴渡也只當她是無意，在相撞的瞬間耳根驟熱。

謝小姐一心幫他，他卻總在胡思亂想，真是糟糕透頂。

至於更加糟糕透頂的謝鏡辭。

謝鏡辭心裡瘋狂尖叫。

她心裡存著拘謹，手裡規規矩矩，只敢乖乖放在裴渡手臂上。他的臂膀與她截然不同，摸起來硬邦邦的，肌理分明，鼓出肌肉流暢的線條。

雖然男子的手臂大多堅硬，可裴渡似乎僵得過了頭，被她碰到的瞬間陡然一頓。

這個反應不大尋常，謝鏡辭下意識以為自己觸到了他的傷，於是牽引出一絲靈力，嘗試為裴渡止痛。

大拇指稍動，在裴渡臂上輕輕一劃，勾勒出起伏的輪廓。她四處搜尋，卻並未發覺傷口迸裂的痕跡，只能順勢抬頭：「哪個地方不舒服？」

仰頭的剎那，她總算明白了原因。

……糟糕了。

裴渡應是頭一回與女子這般靠近，理所當然會覺得緊張，如今又被她這樣肆無忌憚一捏——

謝鏡辭只看他一眼，便悻悻然低下腦袋。

不只耳朵，他的臉也是紅的。

對不起，裴渡，對不起。

一時間沒人說話，為了挽救這種尷尬至極的氣氛，謝鏡辭決定轉移話題，又指了一處遠方的建築：「那邊是紅河苑，啊不，青河苑。」

四下寂靜了一瞬。

謝鏡辭：「……」

沒救了，完蛋了。

她現在滿腦子全是裴渡臉上的紅。

裴渡隱約明白她口誤的緣由，少有地露出侷促窘迫的神色，把頭側到另一邊去，竭力掩去面上的緋色，奈何更顯欲蓋彌彰。

謝鏡辭心頭一梗，秉持著無堅不摧的道理，繼續轉移話題：「青河苑再往裡，就是側山。山中有泉有溪，我兒時常與小汀前往山中遊玩，你若是想去看看，可以托我領路。」

過了這麼多年，山中景色大有變化，她只能記起大概，也不知孟小汀還認不認得道路。

想起孟小汀，謝鏡辭眉頭輕舒。

她已有整整三年沒見到這位密友，孟小汀從小到大悠哉悠哉、沒什麼煩惱，時至今日，一定也能過得很開心。

待會兒得到空閒，便去孟家尋她好了。

謝鏡辭攙扶了一路，來到目的地時，太陽已然高高懸在半空。推開房門，隨著「吱呀」一聲輕響，身前滿滿溢開流水般的日光。

裴渡受不了如此刺眼的光線，無聲垂下眼睫。

謝府客房眾多，這次讓裴渡住下的，是最大也最精緻的一處，與謝鏡辭臥房極近，只有百步之距。

這個房間位置特殊，向來無人入住，久而久之便成了獨屬於謝鏡辭的祕密之地，曾進進出出過許多回。

自她昏迷不醒，除必要的清掃之外，這扇門應該沒再打開過。

「你暫且住在這裡便是。」謝鏡辭環顧四周：「我家會嚴守你的身分，不讓別人知道。」

不只是修真界裡的諸多大能，即便面對府內的丫鬟、小廝，也必須死死隱瞞裴渡的真實身分。世上可信之人太少，無法保證所有人都會守口如瓶。

但躲躲藏藏終究不是權宜之計，像裴渡這樣的人，不該在黑暗裡度過餘生。

可是……她究竟應當怎樣破局？

「多謝小姐。」裴渡輕咳幾聲，連咳嗽都顯得有氣無力：「如此勞煩謝小姐與兩位前輩，抱歉。」

「你不必覺得歉疚。」謝鏡辭刻意放冷聲音，語調平平：「謝家對你並非施捨，而是你來我往的交換。你救過我的命，如今只當是在報恩，倘若你當真覺得感激，那便好好養傷，將來報答我爹我娘。」

謝鏡辭很少安慰人，更不用說是這種費盡心思拐彎抹角的形式。她深思熟慮好一陣子，才終於編出這套說辭，想著這樣一來，他心裡的負擔應該能消減許多。

她說完有些緊張，不知會不會起效，謝天謝地，裴渡終於笑了笑：「好。」

起效了。

她在心裡高興地打了個滾。

「你識海虛弱，需要好好歇息，不妨先在房中睡一會兒，等我爹娘找個大夫來。」謝鏡辭摸摸鼻尖：「我娘說了，要讓你靜思冥想，不能打攪。」

她當然想多和裴渡說說話，但以他此刻的狀態，連睜眼都算強撐。

他亦明白自己的情況，低低應了聲「嗯」。

「這房間很大，那邊的角落算半個書房，架上有不少典籍圖冊，能在閒暇時候解悶。」

裴渡循聲向書架靠近幾步。他喜愛讀書，將架上書目掃視一遍，隨手拿起其中一本。

謝鏡辭介紹得饒有興致：「這本是——」

剩下的話語全被噎在喉嚨裡頭。

她雙眼一滯，瞬間屏住呼吸。

裴渡拿起的是本小冊，封皮漆黑，看上去薄薄的，沒有書名。

沒有書名的原因是，它壓根就不是書。

那是日記。

那本她在學宮……悄悄記錄了全部心思的日記。

孟小汀有時會去她的臥房，書房雖大卻人來人往，儲物袋可能在戰鬥中受到損傷，無論哪裡都稱不上安全。

謝鏡辭不願把日記丟掉，左思右想，將它藏在了這個從沒被人住過的房屋。

她是萬萬沒想到，頭一個發現它的，竟是日記裡的另一位主人公。然而那些日記黏黏糊糊，能讓人起滿身的雞皮疙瘩，一旦被裴渡看見，她可以當場宣布死亡。

她現在的臉一定很紅。

但謝鏡辭管不了太多，只能快步衝向裴渡，倏地抬起右手：「等等，這個不能——」

從鬼塚到雲京，她把心思全都放在裴渡身上，因而忽略了另一個重要的訊息。

裴渡身受重傷不假，可她也剛從昏迷中醒來，後來又馭刀飛行許久，已經沒剩多少力氣。

日記被發現已足夠離譜，謝鏡辭同樣沒想到的是，當她火急火燎靠近木櫃，腿上竟是脫力般一晃。

於是腳下打滑，身體不受控制往前傾。

當裴渡即將把黑冊子打開，忽然被人撲得後退幾步，壓在書架上。

他嗅到熟悉的香氣，脊背僵成一條直線。

謝小姐……正雙手壓著書櫃，靠在他懷中。

有那麼一瞬間，裴渡想要反手將她抱住，念及自己的身分境遇，眼底晦暗不明，終是沒有動作。

「謝小姐，」他說話時胸腔微顫，震得謝鏡辭隱隱發癢，「……妳還好嗎？」

謝鏡辭覺得她很不好。

屬於裴渡的氣息一股腦湧上鼻尖，胸口輕輕壓在他身前，隔著單薄衣物，任何律動都無處可藏，一動也不動的時候，能感受到彼此劇烈的心跳。

這也太、太太太近了。

尤其是她一抬頭，直接與裴渡目光相撞。

因離得近，他的眉目格外清晰凌厲，一雙漆黑瞳仁近在咫尺，好似漩渦深深，能將她須臾間納入其中。

四周盡是少年熾熱的氣息，曖昧得有如綿綿暗火，短短一瞬的視線相交，她無法克制地心動。

不能再看下去了。

她的臉險些爆炸。

謝鏡辭匆忙後退一步，從他手裡拿過日記時，指尖微微發顫：「這是我的東西……不是書。」

裴渡再怎麼遲鈍，也能猜出冊子裡的內容與她有關，於是安靜點頭，不再多問。

這檔子事一出，謝鏡辭只覺沒有臉面再見裴渡，很快同他道了別。

她迅速離開，等房門一關，深深吸了口氣。

然後抿著唇，嘴角再也無法抑制地上揚。

這一切順利得不可思議。先是裴渡認出了她的名字，後來又答應同她來到雲京，不久之前，謝鏡辭還試探性抓了他的手臂。

四捨五入，他們就是牽過手了。

方才她還躥到裴渡懷裡，沒有被掙開。

呼呼。

超開心！

想起裴渡與她對視時的目光，謝鏡辭用力揉了揉發熱的臉頰，在原地咚咚蹦跳兩下，跳完仍然不夠舒解激動，又在手裡做出下意識的揮刀基礎動作，走路帶風。

她心裡高興，跨步像是在飛，猝不及防，忽然聽見一道「吱呀」聲響。

有人打開了房門。

謝鏡辭心裡咯噔，一個滑步靠在牆角，拿手撐住額頭，佯裝沉思狀。

裴渡見她沒走，似是有些驚訝：「謝小姐？」

「嗯？你怎麼出來了？」謝鏡辭聞聲仰頭，側身看他一眼，看似穩如老狗，實際慌不擇路，腦子裡的說辭一個接一個過，沒找到合適的藉口：「我在——我在賞景。你看那邊，今天的太陽挺漂亮，要和我一起嗎？」

雖然比起「高興得像隻手舞足蹈的猴」，賞景的說辭能讓她保留一點點面子，可是……啊該死這是哪門子的爛理由，太陽能有多漂亮。

她瞥見裴渡笑了一下，自知理虧，梗著脖子繼續沉思狀望天。

也因此，謝鏡辭沒能見到裴渡的目光。

其實他之所以開門，不過是想遠遠看謝小姐的背影一眼，沒料到她居然並未離去，當房門被打開，兩人四目相對。

她沒有離去，真是太好了。

冬日的陽光和煦溫暖，將少年的眼瞳映出琉璃色澤。

日暈耀眼，他卻沒看天上的太陽，目光柔和，始終靜靜凝在地上的人影上，面上薄紅未退，噙著笑低低應道：「嗯……很漂亮。」

謝鏡辭來到孟府，正值晌午時分。

她想給孟小汀一個驚喜，因而事前並未告知，與裴渡告別以後，便直接來了這裡。

孟家從商，雖然並非雲京城中首屈一指的大戶，卻也稱得上家財萬貫。只可惜後輩子弟一代不如一代，如此衰落下來，勢力已大不如前。

從外看去，能見朱門映白牆，依依竹影深，門前守著兩個身形魁梧的小侍，皆是從未見過的陌生模樣。

謝鏡辭有些好奇，將兩人粗略打量一番。

孟家由孟良澤把持，此人是出了名的性情懶散、懦弱無能，整天被交易忙得焦頭爛額，壓根沒功夫整頓家宅，是以府中有不少侍女小廝消極怠工，得過且過。

她在昏睡之前常來孟府，清楚記得門前的小侍時常不在，要麼躲進了房中避暑，要麼去了不知什麼地方抓蛐蛐，三番四次見不到人影。

奇觀啊。

眼前這兩位腰身挺得筆直，看樣子還是築基期的修士，莫非孟良澤終於開了竅，願意動一動他的腦袋？

其中一人見她頓足，投來視線。

「二位，」謝鏡辭開門見山，上前幾步，「我是城北謝家的謝鏡辭，同孟小汀是朋友，闊別多日想來見見，不知她可否還在家中？」

他們認不出她的臉，但一定聽過「城北謝家」與「謝鏡辭」的名號，聞言神色微變，顯出些許驚訝的模樣。

謝府聲名遠播，他們做出這樣的反應並不奇怪。

然而不知為何，當孟小汀的名字出口，謝鏡辭坦言欲要與她見面時，兩人臉上的驚訝陡然加劇，成了近乎於茫然的困惑。

她很快察覺不對，心臟重重一跳：「出什麼事了嗎？」

四下靜了一會兒。

「我聽說謝小姐昏睡多日，莫非仍不知曉……」左側青年低咳一下，在心裡斟酌語句，問得小心：「兩年前的那件事？」

兩年前，也就是在她神識受損的一年以後。

他語氣不對，謝鏡辭心中愈發不安，下意識攥住袖口：「什麼事？孟小汀……她怎麼了？」

她很少有如此緊張忐忑、心緒複雜的時候，既想儘快瞭解過往的真相，同時也恐懼著即將來臨的答案，腦子裡不停傳來嗡嗡聲響，讓整個人都是懵的。

兩個小侍對視片刻，右側那位默了一瞬，嘆出一口氣：「兩年前，雲京城裡發生過一起頗為古怪的案子。接二連三有人遭遇不測，受害之人不會死去，而是陷入無盡夢魘，非但無法醒來，還要承受常人難以想像的折磨。」

他說著頓了頓，看謝鏡辭神色一眼：「後來……小姐就失蹤了。我們也是很久以後才知道，原來案子的幕後主導者名為『夢魘』，是種極為罕見的邪物，之所以帶走她，是想以少女軀殼為養料，從而實現永生。」

養料。

謝鏡辭的太陽穴突突直跳，攥在袖口的指尖愈發用力：「失蹤？整整兩年過去，莫非仍沒能找回來？」

她說到這裡，微微蹙了眉。

也許不是「不能」，而是沒有人。

孟小汀身分尷尬，身為孟良澤的私生女，這麼多年來住在孟家，從未得到過重視。

她爹之所以收留她，全是為了保全面子，不讓自己背上負心漢薄情郎的名頭，一旦當真出事，定會置之不理；

林蘊柔作為孟家主母，一向與她不怎麼親近。更有傳言說，以那女人雷厲風行的性子，不將孟小汀暗中殺害、澈底剷除這顆眼中釘，就已經算是仁至義盡。

她在家裡格格不入，學宮中的朋友亦是不多。結伴成群的世家子弟個個自恃清高，看不起來歷不明的私生之女，要說最好的朋友，孟小汀只有謝鏡辭一個。

可當時的謝鏡辭重傷不醒，莫說幫她，就連睜開雙眼都做不到。

在九死一生的時候……沒有一個人留在她身邊。

謝鏡辭不願去想，那時的孟小汀究竟是怎樣的感受。

孟府定是靠不住，她心裡生了怒意與自責，不等兩位小侍開口，便急匆匆問出下一句：「有夢魘的線索麼？」

那兩人怔了一瞬。

很快，謝鏡辭聽見一聲低低的笑。

「謝小姐，妳可能誤會了我們的意思。」左側青年撓撓頭：「雖說夢魘以人為養料，卻並非將她作為食物吃掉，而是占據識海，操縱身體行動——所以當小姐被救出來時，除了昏迷不醒外，並未受到太大傷害。」

「識海被占據，豈不是會——」謝鏡辭應得不假思索，說到一半才反應過來什麼，飛快眨眨眼睛：「小汀被人救出來了？是誰？」

「那人也在雲京城裡，謝小姐應當認識。」右側青年咧嘴笑笑，忽地眼前一亮，朝她身後揚了揚下巴：「龍公子！」

龍公子。

謝鏡辭脊背倏然一僵，識海裡浮現起某張十足熟悉的面孔，在順勢回頭的剎那脫口而出：「龍逍？」

「當初那起案件毫無頭緒，凶手更是沒留下一丁點兒線索，幾乎所有人都認了命，覺得不可能把真相找出來。多虧龍公子潛心調查整整一年，才終於憑藉蛛絲馬跡尋到夢魘老巢，得以救出不少人。」小侍說罷笑笑，出言補充一句：「我們家小姐就是其中之一。」

「謝小姐，」龍逍將她上上下下左左右右掃視一遍，眼底生出幾分驚訝，「妳什麼時候醒來的？」

謝鏡辭亦是緊緊盯著他瞧：「昨晚。」

她有些印象，當初在學宮裡，龍逍對孟小汀有意。

他憋著不說，從來只是悄悄對她好，例如暗地裡教訓那些欺負孟小汀的世家子弟，或是在祕境中偷偷摸摸跟在她倆背後，以防喜歡的姑娘遭遇不測。

就連龍逍找她比試，也一定會挑孟小汀在場的時候。

謝鏡辭當初沒怎麼在意。

他的存在感太低，經常好幾天才能露一次面，因為見得不多，彷彿連龍逍的那份喜歡也變得很淡，隨時都有可能消失不見。

她無論如何都不會想到，最後竭盡全力救下孟小汀的，竟會是他。

「謝小姐也是來探望她的吧？」龍逍很快褪去驚愕，恢復神色如常：「不妨與我一併前去看看，如何？」

於是謝鏡辭跟著他進了孟府。

「孟小姐體質特殊，識海恰與夢魘契合，能被它完美附身。當我們找到她，已是失蹤的一年之後。」

她對許多事情一無所知，龍逍一邊走，一邊沉聲解釋：「她的識海被夢魘侵占，受了不小損傷，後來夢魘灰飛煙滅，傷口卻是很難癒合。直到今日，孟小姐仍是沉眠不醒。」

這已是不幸中的萬幸，好歹保住了一條命。

孟小汀住在一處安靜偏僻的小院，以往沒有侍女小廝陪在身邊，除了謝鏡辭與她，一向無人逗留。

出乎意料的是，待她今日再去一探，竟見到兩個眉清目秀、正在清掃院落的小丫鬟。

謝鏡辭吸了口冷氣，滿目的不可思議：「孟良澤什麼時候變得這麼大方？」

「孟良澤？」龍逍眉目一怔，失笑搖頭：「忘了告訴妳，在夢魘的信徒裡，曾有一個被他滅了滿門。仙盟懷疑他與幾樁滅門慘案有關，已將孟良澤帶走扣押，如今整個孟家，都是林姨在管。」

正因如此，府邸傭人才來了一場澈澈底底的大換血。

「至於林姨，許多人說她心狠手辣、為達目的不擇手段，其實不然——倘若她當真厭煩孟小姐，早就處處刁難，不留退路了。」龍逍道：「她曾告訴我，當年是孟良澤一人的過錯，無論是被他欺騙的女人還是誕下的孩子，都不應當受到憎恨。孟小姐出事後，許多藥材都是她相贈的。」

林蘊柔不愛孟良澤，嫁入孟家全因家族聯姻。

她對孟小汀也沒有太多感情，之所以願意幫忙，不過是站在客觀的立場上，起了一時的善心。

或許對林蘊柔而言，世上唯一重要的事情，只有如何才能賺到更多的錢。

房前的兩名侍女認出龍逍，領著兩人打開臥房大門。謝鏡辭踏足而入，嗅到一股濃郁藥香。

孟小汀不喜歡喝藥，一定很討厭房間裡的味道。

龍逍堪堪停在門口，沒向房內踏出一步，謝鏡辭好奇回頭，聽見他的傳音入密：「畢竟是女子的臥房，沒得她的允許，我就不進去了。」

聽小侍丫鬟們的意思，他應該經常來這裡探望。所以龍逍他……一直都是站在門口，遙遙眺望孟小汀的身影嗎？

室內極靜，窗戶半開半掩，淌進幾縷燦若華金的陽光，孟小汀一動也不動躺在床上，彷彿連身邊的空氣也一併凝固。

比起記憶裡大大咧咧的小姑娘，如今的她顯得虛弱許多，毫無血色的面頰蒼白不堪，因瘦得厲害，讓人想起薄薄紙片。

謝鏡辭心裡悶悶地難受，伸手輕輕觸在孟小汀鼻尖。她說不清心裡的思緒，指尖一動，忽然傳音問他：「你還喜歡她？」

龍逍有生之年，應該頭一回聽到這種問題。

他的怔忪並未持續太久，很快應聲：「……嗯。」

正因如此，所以才會在她失蹤後幾乎發瘋，亦會在不知她死活的情況下，三百多天如一日地拼命調查，只為抓住無比渺茫的一絲希望，再度見到活生生的孟小汀。

對某個人產生傾慕之情的時候，往往無法控制，也沒有說得清的來由。

身為世家子弟，龍逍習慣維持溫和的笑容，不去招惹麻煩事；與他相比，孟小汀則像一陣捉摸不透的風。

沒有來路與退路，不被世俗綱常所束縛，肆意來去，悠然自得，讓他心生嚮往，情不自禁想要靠近。

「我聽說，她一向不喜歡世家子弟。」龍逍停頓片刻，斟酌字句：「我怕嚇著她，本想慢慢接近，讓她不那麼討厭我——」

卻沒想到險些錯過。

謝鏡辭笑笑：「你三番四次前來探望，等她醒來被侍女小廝吹吹耳旁風，豈不就全都知道了？」

她說話時回頭，目光清幽，落在門邊那道高挑的影子上。

在以往無數個日日夜夜裡，龍逍就是像這樣站在門邊，一言不發且小心翼翼看著床前。

日光讓他的面貌有些模糊，謝鏡辭察覺到他的緊張，在微光四溢裡，聽見屬於龍逍的聲音：「那就……在那之前，由我親口告訴她。」

攥在袖口的右手緩緩鬆開。

她輕輕呼了口氣。

孟小汀曾半開玩笑地說過，這輩子當一個普普通通的傢伙就好，想修煉就修煉，想睡覺便睡覺，自在逍遙，不會被任何人注意到。

她其實是個沒有太多自信的小姑娘，把自己裹在小小的殼裡，自認沒什麼優點與長處，普通得毫不起眼。

其實並不是這樣。

沒有人是真正意義上的平凡或普通，也許連孟小汀本人都不會知道，在許許多多她未曾察覺的時候，在某個人寂靜無聲的眼中，自己有多麼與眾不同，熠熠生輝。

——至少對於龍逍而言，她是獨一無二的孟小汀。

謝鏡辭與龍逍交情尚可，算是說得上話的好友，時隔兩年再度相見，免不了一番寒暄。

據他所言，夢魘乃是無形無體之物，之所以附身於他人識海，是為了增進修為、汲取天地靈氣。

識海本就脆弱，哪怕僅僅受到少許損害，也會造成難以估量的後果，輕則喪失記憶，重則當場斃命。萬幸孟小汀被救出的時間不算太晚，識海尚未遭到完全侵蝕，因而保住了一條性命。

「想修復識海，只能寄希望於天材地寶和靈丹妙藥。」等離開孟小汀臥房，龍逍終於開口出聲，不再使用傳音入密：「在收尋藥材一事上，除卻龍家與孟府，謝小姐爹娘也幫了我們許多。」

謝府裡有個同樣神識受損的謝鏡辭，謝疏與雲朝顏四處尋藥，總會捎帶著孟小汀的那一份。她受傷不似謝鏡辭那般嚴重，一來二去，識海已被修復了大半。

「大夫說了，如今她傷勢漸輕，什麼時候醒來，全憑自己的意志。」龍逍眼底生出柔色，溫聲道：「她那樣的性子，定能很快好起來。」

他高大俊朗，平日裡總是好脾氣地帶著笑。

謝鏡辭經常見到龍逍笑起來的模樣，漫不經心、輕車熟路，彷彿微笑成了種刻在骨子裡的習慣，然而這回卻與往日不同，含了沉沉篤定，不容置喙與反駁。

他是真心對孟小汀好。

謝鏡辭心下微軟，誠意嘆道：「龍公子奔勞至此……多謝。」

她是在以孟小汀好友的身分道謝，龍逍聞言笑意更深：「是我要謝謝二位前輩相助。」

他說著眼神一晃，將謝鏡辭細細打量：「倒是妳，如今身體怎麼樣？」

謝鏡辭點頭：「並無大礙。」

並無大礙，但是很奇怪。

按理來說，她識海受到重創，記憶本應出現一部分缺漏，修為亦會下跌。然而自謝鏡辭醒來之後，不但腦子裡完好如初，修為也並未受到影響，甚至因為在昏睡期間吃了太多靈丹妙藥，竟往上竄了幾個小境界。

就好像……損失的那一塊神識，莫名其妙重新回到了她的腦袋。

完全想不明白。

在謝鏡辭的印象裡，當初她閒來無事，獨自去了東海的琅琊祕境，沒想到在祕境裡遇到偷襲，被一個通體黝黑的邪祟突然襲擊。

莫非還能是那怪物良心發現，特地偷偷摸摸來到雲京，把神識還給了她？

這個猜測太天馬行空，謝鏡辭不免感到有些好笑。

同樣奇怪的，還有她醒來之際見到的《朝聞錄》。

謝府每日都會得到一份新出的報刊，卻都是寄放在門前。昏迷不醒的狀態下無法自保，為確保絕對安全，她房中被布滿法陣，一旦有外人闖入，便會立即觸發，被爹娘二人感知。

那個不知名姓的人想進入房中，究竟是用了怎樣的法子躲過陣法的重重制約？他或她又是出於何種原因，才會把《朝聞錄》上的地圖畫上記號，引她前往鬼塚尋找裴渡？

不會被陣法攻擊、篤定她一定會去救下裴渡，像這樣的人……

總不可能是她自己吧。

真是越想越離譜，謝鏡辭把這些亂七八糟的思緒拋在腦後，又聽龍逍開口：「對了，謝小姐，妳與裴家小公子婚約還在嗎？」

聽對方說起裴渡，她的心微微一動：「怎麼？」

「妳醒來以後，有沒有聽人講起他入了魔？」龍逍蹙眉：「不只入魔，他還在鬼塚遭到各大宗門圍剿，如今恐怕已遭遇不測。」

裴渡天生劍骨，修道天賦遠遠超出常人，後來又在鬼塚吞噬無數魔氣，兩兩相加，不過短短兩年，便成了修真界裡人盡皆知的墮魔。待他跌落深淵，人們自然奔相走告，無人不曉。

謝鏡辭忍下心中澀然，靜靜點頭：「聽說過一些。」

她說著一頓，終是忍不住補充一句：「他心地不壞。」

這只是她下意識講出的話，並不期望能得到回應，沒找到龍逍竟目光一動，若有所思：「其實……此事頗有貓膩，他或許是身不由己。」

瞧見她驚訝的視線，龍逍撓頭笑笑：「曾有不少名門正派前去鬼塚殺他，我家也不例外。他本有機會殺光所有門客，卻在千鈞一髮之際留了不少人的性命——怎麼說呢，在我看來，比起所謂殺人不眨眼的魔頭，裴渡更像是在自保。如果是我置身於那種境地，可能也會做出同樣的事情，甚至比他更加過分。」

謝鏡辭安靜地聽。

「除此之外，在修真界裡還有一種說法。」他看出謝鏡辭很感興趣，慢條斯理地繼續：「或許當初鬼塚事變，根本就是白婉設下的局。她兒子裴鈺是出了名的不好相處，天賦也沒裴渡高，裴鈺想繼承家主之位，一旦裴渡還在，無疑是他們兩人最大的威脅。」

修真界並非人人都是傻瓜，多的是見多識廣的老狐狸，細細一品，便能察覺到不對勁。

「我覺得這個可能性不小，但即便真是這樣——」龍逍嘆了口氣：「即便真是這樣，找不到證據，也只能吃啞巴虧。聽說這次正派圍剿，就是白婉提出的建議，可惜了，早就聽聞裴小公子劍術超群，始終沒能同他比上一場。」

類似龍逍這種想法的修士不在少數，人心游移不定，如同星星點點的火，雖然微弱，卻無處不在。

如今她所缺少的，是一根將所有火星串聯的引線，一旦引線被點燃，就能瞬間扭轉局勢，燃出翻天覆地的火。

一切都還有希望。

謝鏡辭眸光微定，聽見自己心臟跳動的聲音。

「是啊。」她說：「……只差證據。」

謝鏡辭回到家中，正巧撞見即將出門的謝疏與雲朝顏。

「辭辭。」她爹臉上是一貫的笑：「為他療傷的大夫找到了，藺缺待會兒就來。」

裴渡身分敏感，定然不能交給外人醫治，一旦謝府私藏墮魔的消息傳出，難免惹來不必要的麻煩。

藺缺乃是藥王谷首屈一指的醫修，同謝疏自小便是朋友，關係極為密切，思來想去，的確是最恰當的人選。

一旁的雲朝顏道：「方才裴家來了消息，聲稱邪魔已死，特地宴請為此出過力的家族門派。」

「所以，」謝鏡辭看兩人整整齊齊的衣裝一眼，「爹娘是去赴宴？」

雲朝顏：「呵。」

雲朝顏毫不掩飾眼底鄙夷，嗓音微冷：「讓我和妳爹浪費時間離開雲京，裴家也配？我們得到藺缺的消息，他在落月谷遭遇麻煩，需得我倆親自接他。」

「我和妳娘很快回來。」謝疏笑著摸了摸自家夫人肩頭，如同撫摸一隻炸毛的貓：「小渡傷筋動骨，體內魔氣橫生，想澈底醫治，得吃不少苦頭。妳不妨去他房裡看一看，讓他做做準備。」

不知道為什麼，謝鏡辭總覺得他的笑裡別有深意。

準確來說，自從她把裴渡帶回家，她爹看她的眼神，就一直別有深意。

她爹她娘，不會已經……知道她對裴渡的心思了吧。

她她她、她不是一直偽裝得很好嗎？

謝鏡辭只覺頭皮發麻，耳朵不受控制開始發熱，刻意避開謝疏的視線，摸了摸自己耳垂：「……好。」

她故作鎮定與爹娘道別，一路心神忐忑地來到裴渡房前。

悄悄喜歡某個人，是只能藏在自己心裡的祕密，久而久之，彷彿成為了獨屬於自己的寶藏，一旦被他人戳穿，寶藏被瓜分，不可避免地心慌意亂。

而且……他們應該不會告訴裴渡吧？

裴渡居住的客房很靜，如今時值傍晚，在昏昏沉沉的暮色裡，這份寂靜更顯出幾分幽謐。

房門緊閉，她不知道裴渡是否醒著，只能上前輕敲房門，聽見咚咚的響音。

沒有人回答。

他受了那麼嚴重的傷，體力早就嚴重透支，或許仍在睡覺。

謝鏡辭原本想走的。

可四下靜謐，她的感官也就變得愈發敏銳，房內沒有絲毫動靜，細細探去，卻能感受到一絲格格不入的氣息。

陰戾幽暗、裹挾著淡淡殺意，那是來自鬼塚的魔氣。

裴渡身為修士，體內本應充斥著清澈凜冽的劍意與靈力，後來墜入鬼塚，不得不汲取魔氣延續性命。

劍意極清，魔氣極濁，兩股截然不同的氣息一並存於他體內，定會引起爭鬥。

打個比方，就像兩方形同水火的勢力爭戰不休，除卻兩方勢力本身，爭戰的土地必然滿目瘡痍、千瘡百孔。

而對於劍意與魔氣而言，這份「土地」，便是裴渡體內的經脈。

謝鏡辭脊背一涼，又抬手敲了敲門，音量漸重：「裴渡！」

還是沒有人回答。

她來不及等待太久，心下一急，手中暗自發力。

門鎖被陡然破開，房門晃動，發出吱吱呀呀的暗啞低吟。

她的心跳越來越重，無聲抬了眼，望向昏沉室內。

屋子裡沒有亮燈，這會兒天色漸暗，晚霞輕飄飄落下來，浮在空氣裡，瀰漫開黯淡的血色。

藥草的味道縈繞於鼻尖，視線往裡，在逐漸加深的夜色中，謝鏡辭望見一抹灰黑霧氣。

那便是外溢的魔氣。

魔氣源頭，是角落裡安靜的床鋪。

她心裡悶悶地難受，放輕腳步緩緩向前。

裴渡把身子藏在被褥之下，從謝鏡辭的角度遠遠望去，只能見到少年微微蜷縮的身形，他定是竭力抑制顫抖，才能在劇痛裡一動也不動。

謝鏡辭行至床邊，魔氣愈濃。

修真界裡的魔修不在少數，若是尋常魔氣，並不會引人反感。奈何鬼塚裡盡是邪祟妖魔，魔氣夾雜邪氣，便成了人人厭惡的邪息，不僅煞氣四溢，還可蠱人心智，讓其淪為沉溺於殺戮的野獸。

裴渡本無意傷人，之所以在四大家族圍剿之時大開殺戒，很大程度是因為它。

她小心翼翼喚了聲：「……裴渡？」

被褥下的身形沒動，倒是空氣裡的黑霧淡了一些，似是裴渡在有意壓制魔氣。

然而他身受重傷，靈力所剩無幾，哪能壓下如此洶湧的氣息，黑霧淡了短短一瞬，很快捲土重來，氣勢更甚。

她遲疑稍許，輕輕伸出手去，試圖拉開少年身上厚重的被褥，方一用力，才發覺裴渡從裡面按住了被子。

「謝小姐，」他嗓音很低，連說話都沒了力氣，尾音微微顫抖，帶著懇求的意味，「……妳出去，不要看。」

裴渡是被疼醒的。

這種感覺他並不陌生，獨自待在鬼塚時，甚至稱得上是家常便飯。靈力與魔氣彼此吞噬，生生衝撞在筋脈上，若是在平日，或許還能咬牙挺過去，奈何他的筋脈早已斷裂，新傷牽引出舊痕，四肢百骸皆是劇痛難忍。

更何況……魔氣纏身之際，他不但會變得樣貌古怪，還極有可能傷害謝小姐。

唯獨在她面前，裴渡不想露出那樣狼狽不堪、凶殘如野獸的模樣。

那樣一來，說不定會被她討厭。

他將自己藏在被褥之間，眼前所見唯有一片漆黑。在籠罩整個世界的黑暗裡，忽然有股柔和的觸感無聲落下，隔著厚重布料，拂在他頭頂上。

「沒關係。」謝小姐音量極低，如同溫柔的誘哄：「你鬆一鬆。」

像是哄小孩似的，他才不會上當。

可心裡雖是這般想，裴渡手中力道卻漸漸消退。他從沒聽過這樣的語氣，輕柔得近乎曖昧，如同一捧糖漿，在心上倏地化開。

若是……謝小姐不會害怕他呢？

於是被褥被緩緩拉開，謝鏡辭依次見到少年凌亂的黑髮，白皙的額頭，以及高挺的鼻梁。

他沒出聲，把臉埋進枕頭，不讓她看見。

「沒關係。你看，我就算掀開被子，也沒出任何事情。」謝小姐摸摸他的腦袋，仍在繼續說：「你別怕。」

她從沒像這樣說過話，與男子做出如此親暱的動作，更是有生以來頭一次。

若是在從前，謝鏡辭連和裴渡講話都會覺得緊張，此刻見到他這般模樣，心中羞怯竟瞬間蕩然無存。

當時初初來到雲京，裴渡曾說他有自知之明，知曉謝鏡辭不會對他有意。

他出身低微，後來又遭遇此等劇變，心裡一定沒有太多自信，甚至於厭惡這具怪異的身體，不願讓其他人看到。

她只想認認真真地，以自己最本真的心意對待他，讓裴渡知道，他不是惹人嫌惡的怪物。

因著她的撫摸，少年身形一動，從枕間抬起頭。

他被魔氣纏身，眉宇盡是陰戾之色，雙瞳映了血紅，側臉更是生出藤蔓一般的魔紋，絲絲縷覆在皮膚上。

謝鏡辭卻是心臟輕顫。

這本是令人心悸的模樣，可裴渡那雙血紅的眼睛裡，卻帶著慌亂無措的柔色，面頰帶著淺粉，朝著她抬頭，好似受了傷的溫馴小獸。

她僅僅因為這道眼神，不可控地臉上發熱。

謝小姐沒有後退，也沒露出厭煩的目光。

許是錯覺，裴渡瞥見她眼底的一抹異色。想來他真是疼得失了理智，謝小姐怎會因他而眼眶生紅。

「我會幫你。」

指尖觸碰到他的臉頰，謝鏡辭緊張得不敢呼吸，順著側臉輪廓緩緩向下，撩起一縷垂落的黑髮，將其從面上撥開。

她的氣息清新乾淨，如同溪流淌進裴渡身體，穿過重重疊疊的黑潮，撫平筋脈裡躁動的靈力。

屋子裡只有他們兩人，因而顯得格外安靜。

傷口引來不絕的痛，謝小姐的氣息則帶來清淺的癢。這是種十分難熬的感受，裴渡咬牙不發出聲音，呼吸卻逐漸加重，夜色降臨，耳邊是他再清晰不過的喘息。

謝小姐也能聽見這種聲音。

他因這個念頭紅了耳根，本想屏住呼吸，氣息卻更亂。

「你一定不知道。」謝鏡辭忽然說：「裴渡，其實你一點都沒有自知之明。」

少年身體陡僵，心像被用力一割，夜色無邊，很快又聽見她道：「當初在學宮，你是我唯一的對手。你一定不知道，每至年末，我最期待的事情，就是同你光明正大比上一場。」

這道聲音迴盪在耳邊，因為太過超乎預料，裴渡疑心著這是劇痛引來的幻覺，自枕邊仰頭，帶著訝然與她對視。

「你以為我為什麼要帶你回來？倘若當初在鬼塚受難的不是你，難道我也會毫不猶豫把那個人帶回家嗎？」謝鏡辭咬牙：「你應當知道我的脾氣，我又不是……對所有人都好。」

最後這句話氣勢很弱，竟像在撒嬌。謝鏡辭面上一本正經，實則心跳格外重。

當推開客房的木門時，她曾無端想起龍逍。

那道頎長的身影立在孟小汀門前，經過不知多少個日日夜夜，卻只能遠遠看著她。

他的傾慕同樣是默默的，靜候著時機，可有些話如果不儘快說出來，或許就再也沒有機會了。

「像是入魔和魔氣，其實都沒有關係。無論變成什麼模樣，只要是你，那就足夠了。」

她淺淺吸了口氣：「在我心裡，你是很特殊的那一個……也是很好、很好很好的那一個。」

沒有人能拒絕這般言語。

裴渡怔怔地看著她的眼睛，有股力道一下又一下衝撞在胸口，連帶著識海咚咚作響。

她怎麼能……對他這種人講出這樣的話。

他下意識感到眼眶上騰起的熱，謝小姐一定察覺了這抹紅潮，微微一愣。

不等她做出反應，雙眼便被捂住。

謝鏡辭能感到裴渡坐起了身子，指尖因疼痛仍在顫抖。

在視覺被侵占之前，她分明見到裴渡眼裡的水光。水色瀲灩，暈開一層空蒙緋色，漂亮得不像話。

他自尊心那樣強，定是不願讓她見到自己掉眼淚的模樣。

裴渡不說話，謝鏡辭便靜靜地等，在無止境的黑暗裡，看不見面前血紅的眼睛，以及逐漸滋生的欲色。

魔氣纏身時，衝動總會比平日裡更強烈。

耳邊是被褥的摩挲聲、窗邊的風聲與兩人交纏的呼吸聲，裴渡目不轉睛看著她的臉，夜色朦朧裡，唯有紅唇不點而朱，張開小小的縫隙。

他喉結一動，在心底暗罵自己無恥。

卻也無法遏制地瘋狂心動。

謝鏡辭聽見她喚了聲「謝小姐」，喉音低啞，輕得彷彿能化作一汪水。

她茫然仰頭，感受到猝然貼近的熱。

但這已是她所能知道的全部，四下無人，唯有一片月色清凌，瞧見那道向她靠近的影子。兩道人影靜靜相貼。

裴渡心下劇顫，用盡了渾身上下全部勇氣，輕輕吻在覆在姑娘眼前的手背上，嗓音有如呢喃低語：「謝小姐……最好。」

謝鏡辭聽不見裴渡的呼吸。

她被捂著眼睛，所見唯有昏昏沉沉的黑，直到少年修長的右手從她面上移開，再睜開眼，才終於窺見一絲明晃晃的月色。

心臟在砰砰砰地跳動。

謝鏡辭用了好一會兒，才確定此地並非夢境，自己也沒有因為過分緊張，產生任何不切實際的幻聽。

裴渡說……謝小姐最好。

她最好。

她的臉定是紅透了，唇角卻不由自主渴望著上揚。倘若身邊沒有旁人，謝鏡辭必然會當場一蹦三尺高，順便笑出哼哼哼的小豬叫。

但此時此刻面對著裴渡，她只能竭力壓平嘴角，實在忍不住想笑，便假裝咳嗽幾聲，用手臂遮住嘴巴。

她真是太——太太太開心了。

也許裴渡的這句話只是為了償還恩情，也許他疼得厲害，識海一片迷濛，這句話糊里糊塗脫口而出，來不及收回。類似於這樣那樣的原因，謝鏡辭通通不關心。

她被哄得超級心滿意足，就差一把將裴渡抱住，拿腦袋高高興興蹭他臉。

矜持，千萬千萬要矜持。

謝鏡辭抿唇輕咳一聲，抬眼望向他。

裴渡仍然保持著之前的動作，端端正正坐在床上。他身形極正，哪怕渾身劇痛難忍，脊背也始終挺得筆直，好似一把即將出鞘的利劍，自有鋒芒。

與這股氣質完全相反的，是他眼尾濃郁的酡紅。

鳳眼細細長長，尾端一抹上揚的弧度最是勾人，此刻再添縷縷桃花色，映襯著瞳孔的猩紅，十足漂亮。

他之前在床上睡了許久，長髮未束，懶洋洋披在肩頭，其中幾縷不安分地向上翹起，也有些搭在側臉與脖頸，順著脖子的輪廓蜿蜒往下，鑽進凌亂前襟。

謝鏡辭的視線像被燙了一下，倉促眨眨眼睛。

如今的裴渡不僅眼眶泛紅、黑髮披散，就連裡衣……也亂糟糟地敞開了些許，露出一片蒼白皮膚。

他察覺出對方的目光閃躲，並未細想太多，順勢向下望去，待明白她所見到的景象，不由身形一僵。

然後謝鏡辭就眼睜睜看著大魔頭的耳朵由粉變紅，一聲不吭低下腦袋，匆匆撫平前襟。

他怎麼能這麼可愛啊。

她覺得有些好笑，又情不自禁感到幾分酸澀。

世人都說他是個十惡不赦的邪魔，人人得而誅之。卻沒有人知道，其實褪去那層看似猙獰可怖的外殼，藏在裴渡內裡的，不過是個不善言辭、溫馴和善、甚至經常會害羞臉紅的小少年。

直到這時，她又能重新感應到裴渡的呼吸。

真奇怪，之前被他捂住雙眼時，謝鏡辭清晰察覺到了幾個瞬息的氣息暫停。她原以為只是自己的錯覺，此時此刻的感受卻不像有假，莫非裴渡在那時做過什麼事情，特地屏了呼吸？

她想不出答案，思緒胡亂一轉，忽然記起在那片無邊無際的黑暗裡，朝她額頭靠近的熱氣。

像是某個人身體的氣息，溫柔又克制，很難被發覺。

如果那是裴渡在向她靠近，以他們當時的動作來看——

謝鏡辭心臟轟隆隆一震，在想像出畫面的瞬間，臉頰生出沸騰的燙。

不會吧。應該，不，絕對不會吧。

裴渡怎麼可能趁機偷偷摸摸親她，雖然以她想像出的情景來看，確切來說，是親吻上了他自己的手背。

但即便是這樣的動作，對於謝鏡辭而言，也已是極限。

開玩笑，怎麼可能不是極限。她連裴渡的手都沒認認真真牽過，親吻更是只敢偷偷去想。

倘若方才發生的一切真如所料，她心心念念的人坐在床邊一點點靠近，任由髮絲凌亂散在被褥之間，薄唇染了血漬，最終親吻在蒙住她雙眼的右手手背上——

謝鏡辭懺悔，她真的好沒用。

僅僅想到那樣的畫面，她就已經快要受不了，只想把自己縮成一團，兩腿胡亂蹬。

不過……裴渡應該不會做出那樣的事吧。

他們尚且不熟，只能勉強稱上一句「朋友」，或是說，唯有謝鏡辭單方面很熟悉他。

哪裡來的那麼多風花雪月，裴渡不過是靠得很近，對她說了一句話而已。

那句話已經讓她很是高興，謝鏡辭懂得循序漸進，不能貪心。

她整理完畢思緒，摸摸鼻尖：「在鬼塚……你經常會這樣嗎？」

「偶爾。」裴渡搖頭：「謝小姐不必擔心。」

多虧有她相助，這次的魔氣才能早早平復。

在以往，他都是一個人孑然坐在山洞角落，等待魔潮漸漸退下；若是疼得厲害，那便死死咬住手臂，用手上的痛楚轉移部分注意力，一場魔氣消去，小臂往往血跡斑斑。

對於獨自忍受疼痛，裴渡從小到大都很有經驗。

「我之前偶然聽說過，能透過這個法子抑制魔氣，讓你不那麼難受。」謝鏡辭笑了笑：「身體好些了嗎？」

裴渡點頭。

他之前被疼痛占據了大部分思緒，如今思潮退下，再想起謝小姐說過的話，只覺恍如夢裡。

當裴渡仍是裴家養子時，曾聽過來自許許多多人的恭維話。

他們稱他是百年難得一遇的劍道天才，年紀輕輕便修為超絕，將來必成正道首席。後來墜入鬼塚，裴渡亦曾見過其中幾人。

掛在臉上的笑意消失不見，人人皆是手持法器嚴陣以待，站在滾滾淌動的靈力裡，厲聲喚他「邪祟」或「孽障」，滿滿帶著嫌惡的語氣。

這種話聽得多了，久而久之，待裴渡深夜從噩夢驚醒，茫然地看著鬼塚裡遍布的血跡，情不自禁會想：原來他當真成了怪物。

相貌可憎、魔氣橫生、體內洶湧的殺氣無法抑制，生活在無人問津的角落裡，與魔物為伴。

他已經無法回頭，被大半個修真界所厭棄，幾乎爛進了泥裡。在此之前，裴渡甚至不敢去想，會有誰願意誇他——畢竟這具身體連他自己都厭惡至極。

可謝小姐卻摸了他的頭，還說他很好。

……無論變成什麼模樣，只要是他，就很好。

語言擁有蠱惑人心的力量，他的整個胸口都為之一空。

「對了，我之所以來這裡，是想告訴你。」眼下的氣氛不大對勁，謝鏡辭方才失了態，難免感到些許慌張，努力壓下羞赧，正色道：「爹娘尋來了藥王谷的藺缺前輩，特地來為你療傷。藺前輩與我爹是故交，為人很好，你不必擔心。」

謝天謝地，話題終於回歸了正常的軌道。

她在心裡暗暗鬆了口氣，不等裴渡應聲，耳邊忽然傳來一聲大大咧咧的男音：「辭辭，我們回——」

謝疏的聲音陡然挺住。

在寂靜夜色裡，這道聲響顯得格外突兀。謝鏡辭順勢回頭，見到三抹截然不同的影子——嘴巴和眼睛都圓圓睜著的她爹、若有所思的她娘、以及瞇瞇眼笑著的藺缺。

謝鏡辭又轉頭看裴渡一眼。

她正坐在床邊，臉上的紅暈尚未褪去；裴渡亦是面色緋紅，雙眼隱隱泛了水色，衣衫與長髮凌亂不堪。不管怎樣看，這種場景都很能讓人浮想聯翩。

更何況，她爹她娘還知道她對裴渡的心思。

要。死。

謝鏡辭義正辭嚴：「方才裴渡身體不適我正上前查探傷勢真的不騙你們！」

她嘰里呱啦一股腦吐出來，等說完了才後知後覺，這種說辭反而更像欲蓋彌彰。

謝疏含笑點頭，表面風平浪靜，一副慈父模樣：「我明白，小渡畢竟是妳朋友，理應多多關心。」

下一瞬就偷偷發來傳音：「對不住啊辭辭，是不是打擾你們了？我們應當晚些來的。」

——才沒有！爹你不要自顧自想像一些奇奇怪怪的劇情！

雲朝顏點頭：「情況如何？屋子裡有幾縷微弱的氣息……莫非是小渡體內魔氣暴動？」

旋即同樣傳音入密：「他有沒有反抗？沒反抗就找時間繼續，得寸進尺一些也無妨。」

——什麼叫「他有沒有反抗」！莫非娘妳已經下意識覺得她對裴渡用了強嗎！妳女兒在妳心裡究竟是個什麼形象啊！

一旁的藺缺笑而不語，指尖一動，點亮角落裡的蠟燭，瞬間滿堂明亮，映出被褥上的道道褶皺。

謝鏡辭：「……」

謝鏡辭放棄解釋，迅速從床邊離開，乖乖站在雲朝顏身側：「總之，還請前輩快些為他療傷吧。」

「妳倒是心急。」藺缺話雖這般，卻是依著她的言語緩步上前，一面坐在床前一把木椅上，一面挑眉問道：「我聽說，妳的識海恢復如初了？」

謝鏡辭應了聲「嗯」，引來對方嘖嘖稱奇：「不可思議。那樣嚴重的傷勢，竟能在一夜之間渾然癒合，說是神跡也不為過。」

他說罷一頓，嗓音裡忽地帶著笑：「辭辭，待我為裴小道友療完傷，妳那腦子能不能借我玩玩——咳，研究一番？」

這位前輩沉醉醫術，平日裡最愛鑽研。恰好謝鏡辭也對自己失而復得的神識滿心疑惑，雖然聽見了那句「玩玩」，也還是毫不猶豫答應下來。

藺缺得到應允，面上笑意更深，抬眼與裴渡對視一瞬：「小裴公子。」

面對陌生人，裴渡向來顯得清冷寡言，不見絲毫怯色，聞聲強撐起精神，沉聲應道：「藺缺前輩，多謝。」

「先別急著道謝。」藺缺笑：「我今日來，除了療傷以外，主要是為祛除你體內的魔氣。你在鬼塚待了那麼多時日，氣息早已滲入五臟六腑，若要祛除，定會受到反噬。」

既是深入骨髓，那反噬之際，自然也會疼在骨髓之中，非常人所能承受。

他思忖片刻，繼續說：「更何況魔氣厚積已久，祛除絕非一日之功。恐怕接下來的許多日子，你都得疼上一遭——想明白了嗎？」

裴渡明白得很。

魔氣滲入骨髓，完全祛除的難度極大，縱觀整個修真界，能做到的不過數十人。他在此之前孑然一身，以為自己會日復一日地無可救藥，永遠逃不出邪魔的身分。

疼痛算不了什麼。

只要他還……仍有機會。

一個變得更好，足夠與她相配的機會。

胸口像被用力一撞，少年長睫輕顫，輕輕吸了口氣：「嗯。」

正如藺缺所言，祛魔的過程很難熬。饒是作為旁觀者的謝鏡辭，也緊張到不時屏住呼吸。

藺缺祛魔的法子，是以靈力穿過身體長驅直入，裹挾出其中一團魔氣，再將它緩緩往體外拉拽。

他力道不大，奈何裴渡體內魔氣濃郁，早已深深滲進血肉，所謂牽一髮而動全身，哪怕是小小的動作，也能引得少年皺緊眉頭。

皺眉和悶哼已是極限，裴渡自始至終死死咬了牙，沒怎麼出聲。

「真是厲害。」一次祛魔堪堪結束，他已是體力不支沉沉睡去，倒是身側的藺缺奇道：「魔氣能擾人心智，讓人淪為聽憑欲望使喚的怪物。按理來說，像他入魔的這種程度，應該早就沒了理智……真是無法想像，裴小道友究竟是如何在鬼塚撐過來的。」

謝鏡辭聽得有些難受，正色問他：「這樣一來，他體內的魔氣就能減少了嗎？」

「妳還信不過我？」藺缺抬眼笑笑，兀地一摸下巴：「不過今日是頭一回，魔氣突然減少，我的靈力又與他彼此相撞，身體極有可能無法適應——問題不大，好生看管便是。」

一番談論作罷，這人還當真查探了一道謝鏡辭識海，只可惜她腦子裡風平浪靜，看不出一絲一毫的不對勁。

自謝疏等人回到謝府，就已經入了夜。如今天色已晚，眾人皆是回房歇息，等謝鏡辭第二天睜開雙眼，已然日上三竿。

她一向早起，很少有正午起床的經歷，甫一睜眼，腦子裡浮起的第一個念頭，居然是不知裴渡有沒有好些。

……她真是著了魔。

自嘲歸自嘲，路過裴渡房前，謝鏡辭還是沒忍住上前敲了敲門。

出乎意料的是，房間門沒關。

裴渡生性嚴謹，大多數時候，定會好好把門鎖上。如今房門微敞，極可能是遇上某種突發情況，匆忙進屋，顧不得其他。

這讓她想起昨日藺缺說過的話。

打個比方，裴渡的身體相當於一處湖泊，魔氣則是湖中滿滿當當的水。如今一部分水被取走，留出大大的空隙，四面八方的湖水必然會向那處聚集，同樣，魔氣也會在他體內瘋狂流動。

他的筋脈本就脆弱，哪經得起魔氣的橫衝直撞。謝鏡辭心下發緊，沒聽見屋子裡傳來回應，把門推開。

入眼是一片傾瀉而下的陽光，少年身形頎長，立在木桌旁側，弓著身子，雙手死死撐在桌面上。

果然。

許是想起昨晚，謝鏡辭關上了房門。

與昨日相比，如今裴渡身側的黑霧更濃，見她進屋，慌亂地開口：「……別過來。」

——魔氣翻湧的結果，是他的衝動也比昨晚更凶。在如此強烈的慾望之下，裴渡不敢保證，自己不會對她做出什麼。

謝小姐那樣好的心腸，一定仍想幫他。

可她卻不會想到，眼前是條陰狠毒辣的蛇，只想將她吞吃入腹。

他制止，對方卻並未停下。裴渡聽見她逐漸靠近的腳步聲，熟悉的香氣充盈鼻尖，絲絲縷縷撩動心弦，也勾起心底塵封的渴望。

他下意識後退一步，強忍劇痛：「我會傷妳，謝小姐。」

腳步聲在他身側停下，裴渡咬牙，半闔長睫之際，感受到蠢蠢欲動的暗潮。

「你是不是難受？」她道：「我可以幫你，像昨天那樣。」

可今日與昨晚截然不同。

他羞於告訴她那些見不得光的念頭，恍惚間，忽然感到有隻手輕輕觸在自己頭頂。

這個動作猝不及防，幾乎是出於本能地，少年瞳孔驟暗，一把按住她手腕，將眼前人壓在桌前。

他清楚感覺到謝鏡辭的呼吸驟停。

這是個極度貼近的動作，身體之間隔著一層滾燙空氣。當他低頭，能見到她慌亂的雙眼與緋紅側臉，視線向下，最終停在白皙如玉的脖頸。

心裡有道聲音在暗自叫囂，不如破開這層薄薄的皮膚，嘗一嘗內裡血液的味道，一定美味至極。

他真是瘋了。

自厭感源源不斷，裴渡眉頭微蹙，彙集氣力，重重擊在自己胸膛。

這一擊毫不留情，生出的劇痛總算讓他找回些許理智，然而正欲離開，身形卻兀地頓住。

這個停頓並非他本人的意願。

本應被嚇壞的謝小姐……竟一把抓住了他的前襟。

目光撞上她漆黑的眼瞳，裴渡猜不出這個動作的用意，心臟悄然上懸，如同被一隻大手用力攥緊，生生髮澀。

謝鏡辭亦是緊張。

她娘說過，倘若裴渡不做反抗，大可得寸進尺。

她喜歡他，想要同他更加親近，也想讓他不那麼難受。歸根結底，這是她見不得人的小心思，別有用心的引誘。

容姿卓絕的姑娘微微仰頭。

裴渡見到她有意露出纖長脖頸，紅唇輕啟，說出讓他不敢置信、做夢都不曾去想的話語：「你想要這個？」

識海轟地一炸，耳根像是點燃了火。

他做不出回應，唯有喉結上下滾動，前所未有地倉皇無措。而在下一瞬，便見謝鏡辭眸光一動，靈力上揚，劃破頸間皮膚。

微妙的血腥味蔓延開來，血滴自側頸滾落，好似雪上紅珠。

入魔之人會渴望鮮血，這是修真界人盡皆知的常識。

謝鏡辭鼓起勇氣，直勾勾看著他的眼睛，嗓音低而清，宛如難以抗拒的蠱惑：「給你，過來。」

僅憑四個字，便足以將他好不容易搭建起來的壁壘轟然擊碎。

「只是為了幫你舒解魔氣而已，不必多想。」屋子裡滿是和煦的微光，在一片朦朧寂靜裡，裴渡聽她繼續說：「你不會讓我白白流血吧？裴渡。」

她總是有許許多多的辦法，能讓他找不到拒絕的理由。

於是少年垂眸俯身，單薄蒼白的唇笨拙且生澀，在半空停滯片刻，終究還是落在那片瑩白肌膚上。

薄唇柔軟，輕輕陷在凝脂般的側頸之間。裴渡心尖發顫，遲疑著輕輕一抿，當唇瓣觸碰到第一滴血，瞳色愈紅。

這是他放在心上許多年的姑娘。

他從未與她如此親近,親近得……近乎於褻瀆。

可他們擁有的藉口卻是再合理不過,一切全為了抵消魔氣帶來的衝動。

有了這個冠冕堂皇的理由,伴隨心底逐漸滋生的渴求,薄唇漸漸加大力道,由淺嘗輒止的觸碰變為碾轉反覆,任由血液流淌,被他吞入腹中。

此刻正值晌午,陽光明亮得晃眼,映亮每一處難以言明的角落。

少年的呼吸打在謝鏡辭側頸,好似潮水起浪,一波接著一波,生出漫無邊際的癢。

脖頸本就是極為私密敏銳的地方,她被勾得脊背發顫,聽見自己越發沉重的呼吸,羞怯感鋪天蓋地,無言伸出右手,覆在裴渡微微弓起的後背。

若想讓魔氣褪去,她得像以往那樣,儘快為他疏通筋脈。

可這種姿勢,實在是——

謝鏡辭已經足夠害羞,不成想在這般情境之下,門外竟有一道人影匆匆晃過。

耳邊傳來意料之外的敲門聲,以及一道清亮男音:「小渡,辭辭在你房間嗎?」

是謝疏。

若是他在這時進了屋——

她的心跳亂了節拍,下意識想找個地方藏起來,然而剛有掙脫後退的動作,脊背便被不由分說按住。

裴、裴裴裴渡？

謝鏡辭因這個動作瞬間睜大眼睛。

房間裡唯有兩人交織的呼吸聲，空氣瀰漫開黏膩的熱。裴渡右手按在她後背，薄瓣則略微移開，若有似無貼在皮膚。

他的聲音很低，如同剛剛睡醒，回應門外之人：「謝小姐不在。發生什麼事了？」

「那丫頭，一個人不知道又跑去了哪兒，房間裡找不見人影。」門外的謝疏嘆了口氣：「你是不是在休息？抱歉抱歉，我再去別的地方找找。」

薄唇輕輕落下，又悄無聲息地移開，引出一道道微不可查的電流。

謝鏡辭的臉滾滾發燙，聽他沉聲開口，語氣倒是一本正經，尋不出貓膩：「辛苦前輩。」

口口聲聲說著「辛苦」，其實正把對方找的人壓在身下，雙方只隔著一層木門。

怎麼會有這樣過分的人。

她咬住下唇，竭力不發出奇怪的聲音，聽見謝疏臨走前又道：「對了，昨日你第一次祛魔，身體很可能不適應。倘若覺得有異，一定要告訴我們。」

裴渡應了聲「好」。

門前人影消失的瞬間，屋內隱祕的暗潮逐漸釋放。

裴渡動作沒停，右手覆在她凸起的脊骨，拇指輕輕一按，透過薄薄衣物，感受近在咫尺的溫度。

他不敢相信這是由自己做出的舉動，在朦朧意識裡，莫名想起那個自另一處世界而來的謝小姐。

聽說在她那裡，他們兩人已相互表明了心意。

哪怕微乎其微，可在大千世界中，的確存在著那樣一種可能性，謝小姐也會心悅於他。

那……他也可以嗎？在此時此刻，主動向他揚起脖頸的謝小姐，她又對他懷抱著怎樣的情愫？

衣物摩挲的聲響窸窸窣窣，脖間的觸感不似吸血，更像親吻。恍惚之間，謝鏡辭察覺到一抹溫軟的溫度。

這雖是她主動造成的結果，可親身體會到這種感受，才發覺一切都超出了預期。

謝鏡辭整個身子都在燒，頭皮轟隆隆地炸開，心裡的小人縮成一團。

柔軟的觸感裹挾著滾燙的熱，撩撥出絲絲顫慄。肌膚的觸碰時有時無，瘋狂，放肆，卻也極度克制。

這是一種曖昧至極的試探。

裴渡他……用舌尖，輕輕一勾。

像被貓咪舔了一口。

這是全然陌生的感受，謝鏡辭感到來自脊背上的顫慄，酥酥癢癢，剎那之間席捲全身。

她的身體從沒像這樣燙過。

周圍分明是和煦舒適的風，謝鏡辭卻好似置身於巨大的火爐，任由熱氣蔓延，連識海都是暈暈乎乎。

真奇怪。癢並不是一種多麼討人喜歡的感覺，如今裴渡溫熱的呼吸打在她側頸，卻彷彿擁有別樣的魔力，讓人難以控制地步步沉迷，甚至祈求得到更多。

最後這個念頭灼得她耳根一熱。

謝鏡辭想，她真是完蛋了。

舌尖的動作淺嘗輒止，當裴渡自她頸間抬頭，空留下令人臉紅心跳的淡淡餘溫。

於是潮水漸漸褪去，迷濛的目光無聲聚攏，謝鏡辭略微張了唇，又很快深吸一口氣，用力把唇瓣抿緊。

她究竟……在想什麼啊。

方才她差點就當著裴渡的面脫口而出，告訴他想要繼續。

要是當真講出那樣不知羞恥的話，從今以後，她就再也沒臉去見裴渡了。

隨著少年抬頭，兩人之間的距離總算隔開一些。謝鏡辭不敢與他對視，目光兜兜轉轉好一會兒，最終停在裴渡凌亂的前襟：「你……好些了嗎？」

蒼天可鑑，她幾乎是用了渾身上下全部的勇氣在說話，雖想偽裝成面不改色的模樣，臉上熾熱的紅潮卻把心思出賣得一乾二淨，無法掩藏。

之前割破側頸時，她還在暗自擔憂：以裴渡那樣的性子，或許不會願意碰她。沒想到事情的發展完全超出預料，謝鏡辭是真的毫無防備，裴渡他居然會這麼——

這麼凶。

「嗯，多謝。」裴渡默了一瞬，伸手向前，拇指擦過她側頸上的血痕，惹來蜻蜓點水般的癢。他聲音很低，帶著與平日裡截然不同的喑啞，自是一種勾人心魄：「還疼嗎？」

脖子上不過是道小傷，謝鏡辭身為一名刀修，連生死都經歷過，自然不會因此哭哭啼啼。她還沉浸在不久前的餘韻裡，整個身子都在軟綿綿地發僵，聞言搖搖頭，低聲應道：「小傷而已，不礙事，不用管它。」

她應得不甚在意，身旁聽的那人卻不這麼想，拇指擦過傷口邊際，緩緩注入一絲靈力。這股氣息乾淨清涼，好似炎炎夏日裡的一捧清泉，當頭澆下，很快便將疼痛拂去大半。

「妳不必因我……做出這種事。」裴渡喉音發澀，停頓片刻，帶著幾分遲疑的語意：「這股靈力裡沒有魔氣，不髒。」

他體內的兩種氣息彼此混雜、相互融合，早就沒了邊界。謝鏡辭不會知道，裴渡究竟有多小心翼翼，才能將這份最純淨的靈力送給她。

即便如此，他還是會情難自抑地感到自卑。

「什麼髒不髒的，魔氣又不是見不得人的東西。」

因他的這股氣息，側頸上血滴已被止住，疼痛亦不那麼明顯，謝鏡辭抬手摸了一把，彷彿仍能感受到少年指腹的熱度。

直到這時，她才敢飛快抬起眼睛，偷偷看一看裴渡的神色。

他聽上去語氣淡淡，其實臉紅得與她如出一轍，甚至連脖子也浸著粉色。謝鏡辭莫名想笑，只能抿住嘴唇，再度垂下腦袋。

不得不說，當裴渡形狀漂亮的薄唇染上她的血，紅沁沁又濕漉漉，張開微微一道縫隙，實打實勾人。

「藺前輩說了，開頭幾次適應不過來，出現這種情況很正常。」她把腦子裡上不得檯面的念頭通通清空，輕咳一聲：「等身體漸漸熟悉，你遲早能澈底清除魔氣。」

謝鏡辭說著一頓，揉了把發熱的側臉。

她事先雖然強調過，割破脖子只是為了抑制裴渡體內的魔氣，可無論出於怎樣冠冕堂皇的目的，如他那般吻上脖頸，都太過曖昧。

為緩解尷尬的氣氛，謝鏡辭決定轉移話題：「對了，方才爹來找我——」

她的本意是把注意力轉開，說到一半才意識到，當時謝疏敲門，自己正被裴渡按住後背，任他睜著眼睛說瞎話，把門外的老實人騙得團團轉。

甚至於，當時的她心臟砰砰直跳，因為偷偷摸摸、隨時可能被戳穿的刺激感而樂在其中。

謝鏡辭心中悲切。

對不起。爹，她是個只顧自己快樂的不孝女，對不起。

「他來找我，許是同你的治療有關。」她識海裡咕嚕嚕冒泡泡，面上則是一本正經的模樣：「我去找他問問看，你先好好休息吧。」

過了這麼久，聽她正色講出這種話，少年的心跳好不容易恢復了平穩的速度。

裴渡點頭，正欲開口道別，卻見面前的姑娘揚唇一笑，踮起腳尖靠近他，在耳邊低低說了句話。

謝鏡辭的聲音又輕又快，如同一陣倏然而至的風。他的心臟卻因這道風再度收緊，脊背挺得筆直，黑瞳一晃。

謝小姐對他說……

「以後若是還想要，儘管告訴我便是哦。」

謝鏡辭神識歸位，修為並未受到損傷，但她畢竟在床上一動也不動躺了好幾年，與往日相較，體能下降不少。

裴渡的情況更不必多說。他先是身受重傷，後來又被魔氣侵蝕筋脈，哪怕有醫聖藺缺相助，想要恢復，也得等上不少的時間。

家裡養了兩個病號，在接下來的很長一段時間裡，謝鏡辭都過著米蟲一樣舒適愜意的日子——

平日只需要吃吃喝喝玩玩睡睡，或是提刀練習揮砍的技巧，不必理會那些亂七八糟的恩怨情仇，每天三點一線，樂得自在。

等裴渡的傷勢總算好上一些，謝鏡辭帶他出門逛雲京一圈。

乍一聽見這個提議時，少年神色微怔，下意識想要拒絕；她的語氣卻是輕快活潑，大大咧咧告訴他，用易容術遮掩相貌就好，不必擔心。

「而且，」謝鏡辭說話時托著腮幫子，目光悠悠噙著笑，「你已經很久沒出去看看了吧？有我在，兩個人一起的話，一定沒事的。」

這語氣讓人無法拒絕，裴渡聽罷沉默須臾。

他在修真界裡聲名狼藉，已有多年未曾光明正大、毫無負擔地行走於陽光底下。初來雲京的那日倒是見了幾眼街道，奈何步履匆匆，來不及細看。

其實他早就習慣了隱於黑暗，把自己藏匿在不為人知的地方，可當謝小姐開口，裴渡還是忍不住生出淡淡的、拘謹的期待。

——除了外面的世界，對他同樣擁有致命吸引力的，還有謝小姐那句「兩個人一起」。

哪怕面對屍山血海、九死一生，這個殺伐果決的魔頭都能面色不改，始終保持著冷然目光。

修真界裡無人想到，當裴渡同她一併邁出謝府的朱紅大門，僅僅站在普普通通的雲京長街，迎著日光抬頭，黑瞳中若隱若現的，會滿滿盡是猶豫與茫然。

「這裡的景色還不賴吧？」謝鏡辭立於他身側，眼尾稍稍一勾，嘴角亦是揚了笑：「裴渡，歡迎來到雲京。」

這並非裴渡頭一回來到雲京。

他入魔以後，仍在尋找能讓謝鏡辭甦醒的藥物，只要得到一個，便會悄悄來到雲京城，將其放在謝府門前。那時的一切全是偷偷摸摸，他來了就走，從未有過逗留。

原來在白天，雲京城裡會是這副模樣。

人潮如織，高閣林麗。街邊遍布零零星星的小攤，匯作一條無頭無尾的長龍，他聽見嘈雜的笑、叫賣聲與交談聲，如同籠中之鳥掙脫禁錮，來到廣袤無垠的天空，一時間眼花繚亂，略微睜大雙眼。

謝鏡辭抬頭看他一眼，手指抓了抓袖口。

「裴渡。」

悄悄藏著的小心思催促她儘快開口。謝鏡辭動機不純，剛一叫出這個名字，心跳便止不住地加速。

她輕輕吸了口氣，向他伸出右手，語氣裡是微不可查的緊張：「雲京城裡行人繁多，要是走丟就糟了。你不妨抓著我——」

這句話沒來得及說完，整隻手就被冰涼卻柔軟的觸感包裹其中。

少年的動作生澀至極，生著薄繭的掌心劃過她手背，正在小心翼翼調整動作，卻聽謝鏡辭懵懵地同時出聲：「……袖子。」

這兩個字出口的瞬間，裴渡瞬間頓住。

他感到臉上爆開的熱。

按照謝小姐的本意，不過是讓他抓緊她衣袖，以免在人潮中失散。可他卻會錯了意，那樣直白地握住她的手。

「抱歉。」心裡的思緒紛亂如麻，裴渡不敢去看她眼睛，狼狽卸下掌心力氣：「我以為——」

他說著把手往回縮，行至一半，卻被兀地按住。

屬於世家小姐的手心柔軟如絲綢，輕輕罩在他皮膚上，當裴渡抬眸，聽見她低低的嗓音：「比起袖子，還是這樣比較方便，對吧。」

這自然是強裝鎮定。

謝鏡辭看似不動如山，其實心底早就尖叫連連，緊張得屏住呼吸。

救命救命，這當真是她能做出的動作、講出來的話嗎？要是裴渡不願被她握住，把手決然抽回，那她一定會覺得難過傷心。

可倘若他乖乖順從，讓他倆保持這樣的動作……又實在令人害羞。

這種曖昧不明的推拉最是折磨人，謝鏡辭把握不了分寸，進退兩難。

思緒一道接著一道，胡亂浮現在識海。被她握著的左手突然一動，自掌心掙開。

謝鏡辭的手比他小了許多，握起來已經有些吃力，此刻只能任由裴渡抽離，心上失落落地一空。

旋即便是更劇烈的跳動。

——與她掌心錯開的左手並未離去，而是順勢往下一捏，修長的五指覆下，輕而易舉便將她的整個手掌裹挾其中。

謝鏡辭耳後發熱，胸口傳來無比劇烈的咚咚咚。

「嗯。」裴渡說：「這樣……更方便。」

他說了「嗯」，還反手握住她的手。

謝鏡辭怔愣片刻，心裡的小人瘋狂蹬腿，滾了一圈又一圈，高興得能上天，一面嘿嘿發笑，一面捂住通紅的臉。

這這這算是牽手吧，她和裴渡。

連牽手都有了，其他的進度還會遠嗎！

謝鏡辭從不會主動與人牽手，孟小汀卻是個黏人的性子，時常握著她的手腕蕩來蕩去。

多虧如此，她才不至於表現得太過生澀，反觀裴渡，整條手臂彷彿成了根木頭，僵硬得很。

或許他也在緊張。

謝鏡辭因為這個念頭心情大好，嘴角的弧度止不下來，帶著裴渡從南逛到北，一張嘴沒停過。

「這裡是玲瓏坊，專門賣些精緻的小玩意。」

「那邊叫琴樂閣，是樂修們時常聚集的地方，也賣些樂器和鋪子。若是運氣好，能在那裡聽見樂修們自發的合奏。」

「一直往這個方向走，能抵達郊外的荒山。雲京城裡修士眾多，通常不會有妖邪作亂，可一旦深入荒郊，就經常有怪事出現。」

她一路走一路介紹，行至書鋪，察覺裴渡腳步微頓。

從學宮起，他就一直很愛看書。

謝鏡辭眨眨眼睛：「我們進去看看？」

雲京書鋪眾多，這家算不得最大，好在書冊擺放得整整齊齊，令人心生舒適。

裴渡用了易容的藥膏，魔氣亦被藺缺藏好，書鋪老闆沒能認出他身分，含了笑地湊上前來：「二位，可有什麼中意的書冊？」

謝鏡辭禮貌一笑：「我們自行看看就好，多謝。」

兩人都是許久沒來過書鋪，對大熱書籍皆已陌生。裴渡將木架一一掃視而過，目光隱忍又探究，露出淺淺的好奇。

這才是與他年紀相仿的神色，在此之前，盡數被晦暗的靜默所掩蓋，懂事得讓人心裡難受。

他看得認真，謝鏡辭便也卸下心中防備，將熱門書冊端詳一番。這原本是個漫不經心的動作，目光途經某個角落，卻在中途突然停下。

能在書鋪搏得大熱銷量的，往往不是裴渡鍾愛的正史或劍訣，老百姓們熱衷的作品，通常得帶有幾分有趣的噱頭。

比如眼下這一本，就叫《裴府祕聞錄》。

「看上這一本？」店老闆就在不遠處，見狀湊上前來：「二位知道裴渡吧？這冊話本就是以他為原型，講述主人公一步步墮身入魔，最終慘遭誅殺的故事——行俠仗義看得多了，偶爾瞧一瞧叛離整個修真界的惡人，也是很有意思的。」

身旁的少年安靜不語，謝鏡辭瞥見他眼底暗色漸濃，後腦勺嗡嗡作響。

近期一段時間，裴渡隕落的消息傳遍四海八洲，無人不知無人不曉，一躍成為當之無愧的大熱門。

像眼前這種書冊，既然已經取了如此直白的標題，內容會怎樣加油添醋、搏人眼球，答案不言而喻。

踏入仙道的少年修士們，哪個不想修成大道、挽救蒼生。裴渡劍骨天成，心中自有一捧凌雲抱負，如今的這冊話本，卻是將他的自尊死死壓在地下。

她下意識覺得噁心，正要伸手去拿，沒想到卻被另一隻手搶了先。

那手不大，白白嫩嫩，帶著孩童獨有的稚嫩，當謝鏡辭回頭，果然看見一個十三四歲的男孩。

男孩白淨纖瘦，衣著布料一看便是價值不菲，拿了書後並不多言，手腕一轉，將其遞給身邊小侍模樣的青年。

謝鏡辭蹙眉：「這本書——」

男孩以為她對話本感興趣，面色不耐，冷聲打斷：「這本書所言非實，何必看它？你們年紀應當不小了，莫非還分不清是非曲直麼？」

她莫名其妙被教育一番，等想清了對方話裡的意思，試探性接道：「那你為何要將它買下？這本書哪裡說了假話？」

「買下這種東西，自然是扔進火裡，一併燒掉。」男孩抬頭瞥她，眼神冷冷，顯然沒有太多耐心，輕哼出聲：「哪裡說了假話？它全篇都是假話。什麼恃才放曠、自視甚高……算了算了，說了你們也不懂。」

他的語氣稱不上好，謝鏡辭卻露了笑：「所以，你覺得裴渡不是壞人？」

尋常修士聽見裴渡的名字，定會當即露出不屑之色。男孩應該頭一回見到像她這種反應，臉上的敵意消退一些，悶聲應答：「……他救過我。」

謝鏡辭飛快看了眼裴渡，仍是輕笑：「那他是你的救命恩人囉。」

「對。」他猶豫一瞬，鼓起勇氣又說：「他和話本裡寫的完全不同，溫溫柔柔的，還為我包紮了傷口，讓我不要害怕。所以你們不要再看那些話本，全都是假的。」

果然是這樣。

即便修真界裡處處遍布蜚語流言，可那些曾與裴渡真正接觸過的人，總會有幾個對他心懷一份信任。

這樣的信任雖然微小，在鋪天蓋地的惡意裡顯得不值一提，但正如暗夜裡的一點流螢，只要仍然存在，就足以生出溫暖的、瑩亮的光。

小孩子的世界非黑即白，認定了就很難更改。

謝鏡辭俯身看他：「所以，你就把書鋪裡關於他的書冊買下來，然後丟進火裡燒掉？」

男孩點頭。

他不知在思考什麼，眼珠子咕嚕咕嚕轉，將她從頭到尾打量一遍，半晌，終於好奇開口：「姐姐，妳也喜歡他嗎？」

裴渡明顯一怔。

小孩話裡的「喜歡」語意單純，不似成年人那般彎彎繞繞，雖然對此心知肚明，謝鏡辭還是感到側臉發熱：「不能說是『喜歡』，我——」

「哦。」他眉眼低垂，很是失落的模樣：「原來妳不喜歡他，我還以為姐姐跟其他人不一樣。」

那、那倒也不是，倘若直說「不喜歡」，豈不就和討厭沒什麼兩樣了？這小孩分明就是強盜邏輯，她不管怎樣回答，都會踩進陷阱。

可是……或許也並非全是陷阱。

謝鏡辭本就一直喜歡他。

書鋪人頭攢動，四面八方盡是嘈雜聲響，到他們這邊，卻莫名陷入了古怪的靜謐，有某種說不清的因數緩緩發酵。

裴渡垂著長睫，眼底幽暗，劃過一絲自嘲。

方才他竟動了貪念，妄想著謝小姐會順著男孩的意思，哄騙他回答一句「喜歡」，想來真是恬不知恥，奢求得太多。

至於那些與他有關的書……

更多的自厭與頹敗湧上心頭，在一片蔓延的沉默裡，裴渡忽然聽見她的聲音。

謝小姐說：「喜歡……我也很喜歡裴渡。」

就算知道這是一句安撫性質的謊言，他還是難以控制地心臟發顫，倉促抬頭。

「對吧！」男孩的雙眼瞬間發亮，嘴角高高咧開：「他當時為了保護我，被魔物刺穿過肩膀，即便流著血，也要站在我面前。」

他說著壓低聲音：「我問過爹娘，他們都說鬼塚一事頗有蹊蹺，只可惜沒留下任何線索，這才把所有罪名安在他頭上。」

謝鏡辭暗暗攥住袖子，一顆心緊繃著懸在半空，等終於下定決心，才輕聲應道：「我也見過他幾次。」

這是一場假戲真做，虛虛實實辨不清晰，看似逢場作戲，其實句句源自真心。

那些話本一定讓他很是難受，謝鏡辭想把心裡的話說給他聽——雖然裴渡一定覺得這是哄小孩的玩笑話。

其實他才是那個需要被哄一哄的小朋友。

她道:「裴渡性子溫溫和和的,不太愛講話。劍術非常厲害,卻並不因此覺得高人一等,對所有人都一視同仁。」

男孩少有地找到同好,兩眼放光連連點頭:「而且他還很好看!」

小孩哪裡懂得太多大道理,總共就這麼點心思。

謝鏡辭笑意不止:「對,很漂亮,誰都不及他好看。」

小朋友說得興起,視線不經意一轉,掠過她身邊一直沒說話的裴渡:「哥哥,你臉好紅,莫不是生病了?」

裴渡聽見謝鏡辭噗嗤笑出了聲。

他本就意亂,這聲笑輕輕撓在心上,勾出更滾燙的火。除卻羞赧,心裡更多還是從未有過的喜悅,像是糖漿砰地炸開。

感受到她的注視,裴渡別開視線。

「其實他還很可愛哦。」與之前的言語不同,謝小姐這回帶著調侃般的笑:「有時候呆呆的,若是有誰當面誇他一句,裴渡很容易臉紅害羞。」

謝鏡辭意有所指,裴渡聽出話裡的逗弄,胸口如被貓爪一抓,把頭壓得更低。

她真是……

「哇——」男孩若有所思，細聲細氣地應和：「難怪妳會喜歡他。」

自己親口說出來是一回事，被人如此直白地點明，那便是截然不同的另一種感受了。

謝鏡辭摸摸鼻尖，有些不好意思，偏偏有恃無恐，口中仍在接話：「因為他很好啊。」

方才見到那話本時生出的自厭情緒，全因她的話語轟然消散。卑怯的心臟幾近枯涸，卻在此刻猛地一震，用力衝撞胸腔，徒留心動難當。

周遭極鬧也極靜，裴渡聽見她說：「像他那樣好的人，只要見過一面，很難不喜歡上吧。」

謝鏡辭與小朋友相談甚歡，一番問詢之下，得知男孩名叫孫玨，乃是雲京孫家的小兒子。

孫家世代修習道法，於幻術之上頗有造詣。孫玨上有四個兄長姐姐，自小在全家人的溺愛中長大，便養成了無法無天、恣意嬌縱的小霸王習性。

而他之所以遇見裴渡，是聽聞鬼塚妖邪橫生，又有實力強橫的邪魔出世，一時心中好奇，纏著其中一位兄長去了那地方。

按照時間推算，那時裴渡剛被裴風南推下懸崖沒多久，莫說靈力貧乏，連筋脈骨骼都是處處破損，稍稍一動，渾身上下都是劇烈生疼。

恰逢孫玨偷偷溜出帳篷，想去神祕無邊的鬼塚看看熱鬧，不料路遇邪魔，九死一生。

略去慘烈且血淋淋的經過，總而言之，身為今後令所有人全都聞風喪膽的大魔頭，裴渡在那天竭盡全力抵禦邪魔，於生死存亡之間，護住了男孩的性命。

孫玨雖然年紀尚小，卻對是非曲直看得格外分明。

小孩的心思最是簡單，始終認定一個不變的道理：倘若那個渾身血汙的哥哥是壞人，定不會捨命前來救他。

哪怕是在正道裡，他也聽過許多關於「背信棄義」、「見死不救」和「臨陣脫逃」的故事。

陌生哥哥並未告訴他自己的名姓，護送男孩回到營地不遠處，就道別離開。

直到數日之後，鬼塚邪魔的通緝榜被張貼在雲京各處，孫玨才終於知曉，原來他名叫裴渡。

可那人分明溫溫柔柔對他說過話，為了確保男孩的安全，寧願冒著被人發現的風險，也要親自將其送回營地附近。

說他固執也好，鬼迷心竅也罷，孫玨總有種隱隱約約的念頭，或許裴渡並不像大多數人所說那樣，是個無惡不赦的魔頭。

他喜歡那個大哥哥。

小少爺得了同好，差點要拉著謝鏡辭去拜把子，後來被侍衛提醒天色已晚，才依依不捨道別回了家——

自從那次在鬼塚偷偷摸摸溜走，他爹他娘氣到險些發瘋。

今日是個宜出行的大好時機，當謝鏡辭回到謝府，毫無防備地，被兩則消息迎面砸在頭頂。

其一是東海異變，有上古妖邪破開琅琊祕境，盤踞於祕境之外的凌水村。

傳聞妖邪名為「憶靈」，能吞噬修士的記憶與神識，轉而煉作養料，化為己用。

憶靈蟄伏於琅琊祕境多年，如今破境而出，已引來不少世家門派爭相圍剿，裴府亦在其中。

若是能合理利用憶靈，找出當年鬼塚裡的記憶……恢復裴渡清白，或許不再是天方夜譚。

其二是，孟小汀醒了。

她被龍逍及時救出，神識並未遭到致命重創，後來又在靈丹妙藥的護養之中休憩多日，汲取了天地靈氣，識海漸漸復甦。

謝鏡辭是一路跑去的孟家。

坐在床上的小姑娘比曾經清瘦許多，面上沒什麼血色，好似玉器白瓷。她身旁圍著林蘊柔和幾個噓寒問暖的小丫鬟，瞥見謝鏡辭的身影，眼淚嘩啦啦就掉下來：「哇——！辭辭妳醒了！」

「今日應當要慶祝妳平安無事。」謝鏡辭心下酸澀又好笑，敲敲孟小汀腦袋，為她抹去源源不斷往外湧的淚珠：「我已經醒來一月有餘了。」

「我們怎麼就這麼難兄難弟啊，連受傷昏迷都撞到一塊兒去了。」她說著抽噎一下，目光無意間往外一探，好奇道：「外面那人是……龍公子？」

「我已同她說過，龍小道友贈予了不少珍惜藥材。」林蘊柔眼尾稍彎，語意加深：「龍公子，不進來看看她麼？」

謝鏡辭轉頭看門外的龍逍一眼。

這會兒已近傍晚，淡黃的夕陽被他披於身後，勾勒出一道孤零零的深黑色影子。不知是不是映了晚霞的緣故，他的臉莫名泛紅。

她想起來了。

龍逍曾經說過，自己不便進入女子閨房，除非有朝一日孟小汀醒來，親自允他靠近。

「一個人站在外面，多沒意思啊。」孟小汀眼角眉梢盡是笑意，朝他咧了嘴角：「我還想當面謝謝你呢。」

龍逍喉頭動了動。

他一步步走近，向來游刃有餘的目光漸漸生出笨拙之色，走到最後，甚至成了同手同腳。

謝鏡辭輕輕一咳，林蘊柔假裝四處看風景，周圍看熱鬧的小丫鬟嘰嘰喳喳，笑成一片。

龍逍：「呃，那個……開心。」

孟小汀有些納悶地看著他。

「不對不對，『開心』是我的心裡話，我沒打算把它講出來，我原本想說的是——」

他說話不過腦子，講到一半，才突然發現把自個兒的底泄了個一乾二淨，只想當場來一出我殺我自己，圖一個清淨。

龍逍抓耳撓腮，聲音越來越低：「就是，孟小姐能醒過來，真是太好了。」

「我忽然想起，今日的藥是不是還沒準備？」林蘊柔神色淡淡，看向身側的小丫鬟：「不如我先同你們去看看藥材——就算醒過來，喝藥也不能省。」

謝鏡辭點頭：「我也來幫忙！」

龍逍猜出她們用意，滿目驚恐地瞟她一眼，啟用傳音入密：「謝小姐，妳不能把我丟在這兒。」

他說著一頓，很沒出息地開始結巴：「我我我緊張。」

雖然當初在孟小汀房前，他對謝鏡辭許諾過，會在她醒來之際表明心意。可如今當真來到這個時候——

他好慌慌慌慌。

要是不慫，龍逍哪能這麼多年過去，還只是在可憐兮兮地暗戀。

謝鏡辭恨鐵不成鋼，全然忘了自己也是這副慫包樣，面對裴渡唯唯諾諾，一旦撞上其他人，道理一套接著一套：「你當初拳打邪祟、腳踢妖魔的氣勢去哪兒了？莫非連拼一拼都不敢？」

龍逍應得很沒底氣：「孟小姐又不是什麼妖魔邪祟。」

這人還會頂嘴。

謝鏡辭被哽得一口氣差點沒喘過來。

林蘊柔身為當家主母，行事向來風風火火、毫不拖泥帶水，這會兒說煎藥就煎藥，帶著一幫小姑娘很快出了門。

於是喧囂褪去，臥房裡只剩下他們兩個人。

龍逍故作鎮定地撓頭，用餘光悄悄瞥她。

在無數個漫長的日日夜夜裡，他漸漸習慣了遠遠看著孟小汀的側影，用視線一點點描摹她側臉的輪廓。如今真真切切地靠近，彷彿一場旅行終於走到了終點，像在做夢，卻也感到無與倫比的心安。

「林姨說，龍公子送來了許多救命的藥材……多謝。」孟小汀沒他那麼多心理包袱，靠坐在床頭上，微微側過臉來：「至於那些藥，我今後會慢慢償還。」

這回龍逍接得很快，似是有些急：「不用還。」

孟小汀是他喜歡的姑娘，他不願成為她某種意義上的負擔。

大腦習慣性地開始運作，他想起那個被用了無數次的理由，一時心急，句子劈里啪啦往外冒：「妳是謝小姐最好的朋友，按理來說，也就是我的朋友，朋友之間不用講究這種虛禮，我也不——」

不對。

他究竟在說什麼啊。

明明早就下定了決心，要告訴她自己真正的心意。之前接二連三撒謊也就罷了，如今都到了這種時候，為什麼還要拿謝小姐做擋箭牌。

他想對她好，壓根就與其他人無關。

孟小汀輕輕笑笑，沒把這段話放在心上，目光悠悠一晃，落在虛掩著的門邊。

因身體虛弱，她說話沒了往日的活力，語氣卻仍是又輕又快，好似溫柔的風：「說來奇怪，不知道為什麼，我在夢裡偶爾會見到龍公子。」

龍逍胸口微震，如被一顆從天而降的蜜糖砸中，慌亂得屏住呼吸。

「在夢裡的時候，你從來都只是遠遠站在門邊，一句話也不說。我開口想讓你進來，可你怎麼都聽不見，一直動也不動立在那裡。」她說著自顧自笑起來：「很奇怪的夢，對吧？」

聽她講話的人卻並未做出回應。

右手握緊又鬆開，龍逍聽見一道掠過窗邊的風。枝頭樹葉亂顫，連帶他的心也發出陣陣悸動，在孟小汀再度開口之前，少年終於抬頭：「不是因為謝小姐。」

孟小汀一愣。

「之所以不用償還，是因為那些東西……打從一開始，就是我特地為妳準備的。」

窗外的枝葉又晃了一下。

她耳邊騰起淡淡的熱，眼睫輕顫，聽龍逍繼續道：「對於我來說，如果不能救下孟小姐，無論哪種藥材，全都和野草無異。天靈地寶也好，靈丹妙藥也罷，通通都……沒有妳重要。」

他的臉彷彿在燒。

可言語洶洶，一股腦湧向嘴邊，把理智沖刷得蕩然無存，容不得停下。

「我只是想要救妳，和其他人沒有關係。」龍逍說：「妳比任何人都重要，也比任何人，都更加獨一無二、與眾不同——在我心裡，從很久以前開始，就一直是這樣。」

作為一名所向披靡的天才修士，龍逍這輩子頭一回如此緊張，猶豫著不敢去看孟小汀神色，最後開口時，語氣弱了許多，像是歉疚，也像委屈：「對不起，瞞了妳這麼久。」

風已經停了，四周靜悄悄的，唯有他的心臟仍在劇烈跳動，撲通撲通。

目光從孟小姐臉上匆匆劃過，她的臉竟然也是通紅。

和喜歡的女孩子說話，可要比越級殺人難多了。

可惜他終究沒等到孟小汀的回應。

最後一句話音方落，本應空無一人的門外走廊裡，驟然傳來一聲尖銳驢叫。

隨後便是雞叫馬叫亂作一團，間或響起兩聲無比慌亂的「快閉嘴」，旋即虛掩著的房門被推開，嘩啦啦滾下一大片人。

最上面的小丫鬟笑聲沒停，中途被迫停下，化作一聲急促的鵝叫。

孟小汀：「……」

孟小汀紅著臉蹬被子：「妳妳妳們不是去煎藥了嗎！辭辭！我的天，還有林姨——您怎麼也跟著湊熱鬧？」

謝鏡辭強顏歡笑，咳得好似命不久矣。

林蘊柔優雅站起，繼續假裝四處看風景。

「所以——」

手再度握緊，龍逍深吸一口氣。

許是怕她害羞，他這回用了傳音入密。然而神識之間的觸碰何其親暱，字字句句無比清晰，輕輕擊打在孟小汀識海上。

這是只屬於他們兩個人的祕密，沒有其他人能聽見。

龍逍終於拿出了降妖除魔時的勇氣，背對著身後神色各異的諸位女修，獨獨對上她的眼睛。

一時間神識交匯，孟小汀感到細細密密的癢，與此同時，也聽見他的聲音：「妳醒來我很開心是真的，偷偷站在門邊看妳是真的，還有……」

恍惚之間，孟小汀對上他漆黑的眼睛。

那雙瞳孔裡沒有笑，唯獨剩下一往無前的決意，前所未有的認真：「喜歡妳很久，也是真的。」

謝鏡辭走在回程路上，把手裡的靈石往半空一拋，任它胡亂打了幾個旋兒，最後重新落在她掌心。

身邊的龍逍走一步跳三步，偶爾極快地向虛空揮拳，打出風聲呼呼作響。這個動作實在挺傻，唯有他本人樂在其中，嘴角始終揚著呆呆傻傻的笑。

謝鏡辭看得頭疼：「至於這麼高興？小汀不是還沒答應你嗎？」

他在孟家表明了心意，可惜尚未得到回應，便被在外窺視的她們攪得一塌糊塗，不得不中途停下。

於是曖昧的氣氛轟然瓦解，直到最後，孟小汀也只是訥訥點了點頭。

——畢竟她沒心沒肺過了這麼多年，從沒想過能得到誰的傾慕，由於毫無經驗，更不懂應當如何應答。

「她只要沒拒絕，就代表我還有機會啊！」龍逍心情大好，冷不防又嘿嘿一笑：「也許對於如今的小汀而言，我只能勉強算個『不那麼討人厭的朋友』。但只要後來慢慢加深接觸，說不定什麼時候，她就會覺得我還不錯——適合結為道侶的那種不錯。」

這才過了多久，「孟小姐」就成了嘚嘚瑟瑟的「小汀」。

其實對於他的反應，謝鏡辭能明白一些。

當初她與裴渡交情泛泛，前去鬼塚尋他之際，本以為後者會冷眼相待，沒想到竟意外得了他的關心。

那時的感受十足歡欣，心底一點點綻開隱祕的甜糖，彷彿多年以來的傾慕終於有了回應，沒有被全盤辜負。

這種暗暗的喜歡實在折磨人，由於猜不透對方的念頭，只能把滿腔情愫壓抑在心底，化作微不可查的線，一點點、一絲絲地傳達出來，若是得了回應，即便微小，那也能讓人欣喜若狂。

「之前猶猶豫豫那麼久，直到把心裡話全都告訴她，我才頭一回覺得，」龍逍踢飛一塊路邊石子，自喉間發出一聲笑，「早就應該像這樣了。藏著掖著算什麼事啊，不如光明正大地對她好。」

他說話沒經過思考，說者無心，聽者卻是有意。

謝鏡辭想起裴渡，無言別開目光：「……嗯。」

「以謝小姐這樣的性子，一定不會猶豫不決吧。」龍逍仰頭望向天邊，沒發覺謝鏡辭沉默的神色：「打從一開始，就不應該猶豫不決。」

「說不定，」他說著咧嘴一笑，「妳傾慕的那個人，也恰恰很喜歡妳呢。」

用孟小汀本人的話來說，從無比漫長的一覺中醒來後，她險些被自己給嚇飛。

作為一條得過且過、把及時行樂看作人生理想的鹹魚，孟小汀在昏睡期間不斷接受天靈地寶的護養，躺下時還是金丹初期，眼睛一閉一睜，一整個金丹期就過去了。

「我連識海裡的元嬰怎麼用都不知道——這玩意兒長得也太奇怪了吧！看了絕對會做噩

夢！啊啊啊它居然還會動！」

說出這句話時，她、謝鏡辭與裴渡已經坐在前往淩水村的飛舟上。

東海憶靈出世，極有可能與謝鏡辭丟失的神識有關，但此番前往東海，目的卻並非是為它。

距離裴渡在鬼塚遭到誣陷，已經過去了多日。只要白婉與裴鈺閉口不言，任誰都不可能找到與之相關的線索，如此一來，想要平反便是難於登天。

憶靈是他們唯一的機會。

當初為圍剿裴渡，各大家族都派出了眾多年輕有為的青年才俊，奈何慘遭反制、顏面無存，成了修真界人盡皆知的笑談，損失不可估量。

在那之後，憶靈是頭一個能引起轟動的邪物。為重振氣勢，對於它，不少世家門派都勢在必得。

裴府自然是其中之一。

據謝鏡辭所知，憶靈以神識為食，能引出識海裡潛藏的記憶。

如果借助它的力量，重現當年鬼塚裡真實的情景，或許能找出唯一的突破口。

孟小汀雖然昏睡許久，但日日夜夜生活在充沛靈氣的滋潤灌溉下，醒後反而生龍活虎、修為大增，聽說謝鏡辭的打算，便也一併跟隨前來。

「元嬰？」謝鏡辭笑笑：「我最初見到，也被嚇了一跳。」

修士突破金丹，會在識海凝出嬰兒般的小人。元嬰通體柔黃，蜷縮在識海角落，模樣則與修士本人有八分相似，稍稍戳上一戳，能隨之一動。

她說著彎了眉眼，望向孟小汀的眼神裡多出幾分調侃之意：「對了，關於龍逍，妳打算怎麼辦？」

孟小汀正在喝茶，差點一口氣嗆在喉嚨裡，再抬起頭，耳朵全是緋紅。

「我……我也不知道，妳應當清楚，我從沒想過那種事情。」她不自在地摸摸耳朵：「但既然他把心裡話告訴了我，等過上一段時間，明白自己的心意後，我定會給他一個完完整整的答覆。」

從小到大，孟小汀一向都不討人喜歡。

母親失蹤、父親視她為多餘的累贅，身邊有太多人明裡暗裡地嘲笑，說她是見不得光的私生子。

於是她漸漸學會無視，強裝成大大咧咧的模樣，對任何事、任何人都不放在心上，如此這般，才不會覺得難過。

龍逍太過優秀，與她像是兩個不同世界裡的人，對於他的這份情愫，孟小汀不知所措，也格外珍惜與尊重。

飛舟穿過層層雲霧，在閒談之間，終於抵達東海。

「聽說憶靈已是元嬰初期的修為，遭到圍剿後狼狽而逃，又入了琅琊祕境。」孟小汀放下手裡的《朝聞錄》，嘖嘖幾聲：「上回在鬼塚，各大家族皆遭重創，這次必定卯足了勁，要爭回一口氣。」

像是這種級別的邪物，家主長老通常不會親自插手，而是留給年輕弟子，作為一次揚名立萬的機會。因而剛下飛舟，謝鏡辭就望見幾道熟悉的影子。

首先是被好幾個世家子圍在中央的龍逍，翩翩公子，氣質無雙。

視線往另一邊，便是裴家的裴鈺和裴明川。

琅琊祕境開閉不定，他們來得晚些，趕到東海才發現入口已消失不見，如今只能靜候時機，等待下一次開啟。

「孟小姐、謝小姐！」龍逍心大，見到孟小汀的剎那兩眼噌噌發亮，哪裡還有半分矜持模樣。他向來人一一打招呼，目光落在裴渡臉上，遲疑稍許：「這位道友是？」

謝鏡辭面不改色：「我爹強塞的護衛，姓李。」

裴渡不便以真容現身，面上仍覆著易容術。這張臉平平無奇，倒也方便他四處走動。

她還未說完，便聽見不遠處一聲冷嗤：「這祕境什麼時候才開？我們不過晚到一柱香的時間，就在這鬼地方等了整整一夜。」

正是裴鈺。

他參加過圍剿裴渡一事，被參天魔氣打個半死不活，聽說在家休養了好一陣子，才總算能下床動彈。這次來到東海，必然想要一雪前恥，在裴風南眼中扳回幾成好印象。

謝鏡辭看他最是不順眼，聞言輕輕一笑：「修真界不就講究機緣巧合？自己誤了時間，卻要把過錯推在祕境身上，不合適吧。」

裴明川眼看他哥皺了眉，唯恐惹出禍端，連忙插話道：「這位小姐，兄長不是那個意思。在場各位都是為了憶靈而來，之前已有不少人隨它入了祕境，我們卻要在這裡蹉跎時間——等他們出來，憶靈早就乖乖被降伏，還有我們什麼事兒？」

哪怕憶靈死了，你們的事還剩下挺多。

謝鏡辭沒把這句話說出口，恍神之際，耳邊傳來一聲驚呼：「開了！琅琊祕境……終於開了！」

「一切小心。」

琅琊境開，海浪滔天。

謝鏡辭神色稍凝，用了傳音入密：「憶靈恐怕沒那麼好對付。」

再度進入琅琊祕境，謝鏡辭只覺恍如隔世。

在調養療傷的這段時間，裴渡曾對她說起過不久前的位面動盪。她之所以能醒過來，應當是托了另一個自己的福，神識才得以補全。

可有個問題，謝鏡辭一直想不明白。

對於修士而言，神識乃是不可拋卻的重要之物，一旦有損，修為將大打折扣。

另一個位面的她理應同樣受了傷，可對方為何要冒著識海缺損的風險，千里迢迢來到這個世界，把神識送給她？

那個謝鏡辭……究竟不願讓她遺忘什麼？

倘若找到憶靈，說不定就能知曉答案。

祕境入口隨機傳送，當她睜開雙眼環顧四周，只望見一片參天大樹，青翠欲滴。

她漫無目的走了不知多久，忽然察覺不遠處有風。

準確來說，是有人在匆忙奔跑，身體掠過林間草木，發出窸窸窣窣的聲響。

「謝、謝小姐？」匆匆而來的少女模樣陌生，抬眼見到謝鏡辭，迅速朝身後一望：「妳何時來琅琊的？祕境入口開了嗎？妳不要去那邊……必須儘快尋求支援，憶靈殺瘋了！」

許是察覺對方困惑的神色，少女蹙眉急道：「我叫孫珞，在學宮見過妳。憶靈根本不是元嬰初期，它分明已到了修為巔峰，之所以把我們引進來，是想吞食更多神識，促它渡劫進階！」

憶靈在琅琊祕境藏身多年，如今卻突然現世，細細想來，的確存有貓膩。

可陡然出現的妖魔鬼怪何其之多，哪會有人心生防備，仔細琢磨。

孫珞已快沒了力氣，渾身上下皆是血跡，抖如糠篩。

謝鏡辭將她扶穩，右手輕輕撫在背上順氣，溫聲道：「別怕。如今那邊是什麼情況？」

「我們……」孫珞咬牙吸氣，尾音發顫：「當時憶靈現身東海，我與兩名兄長恰好在這附近，於是很快趕到。起初它的實力並不算強，只在元嬰初階，來的人不在少數，憶靈在圍攻之下連連逃竄，闖進了祕境裡頭。」

謝鏡辭清楚感到，身旁的小姑娘渾身一顫。

「來到這裡之後，等祕境一關，再也沒辦法出去——」她的嗓音帶著哭腔：「我們根本不是它的對手，記憶……沒了記憶，連自己是誰都不知道，哪裡有餘力同它相爭。凡是試圖反抗的人，無一不被吃掉神識、澈底昏迷不醒，僅憑我們，絕對沒辦法勝過它的！」

謝鏡辭太陽穴突突地跳。

這是憶靈設下的局，只為把更多修士引來琅琊祕境。等祕境關合，被困於此的人們無路可逃，只能淪為籠中之鳥，被它漸漸吞吃殆盡。

按理來說，元嬰巔峰不是多麼一騎絕塵的水準。但憶靈的恐怖之處在於，它能直接摧毀識海，讓人瞬間淪為毫無還手之力的廢物。

這是絕對凌駕性的力量，有別於尋常的攻擊手段。

謝鏡辭略一擰眉：「目前傷亡如何？」

「大部分人被奪走神識，支撐不了太久。」孫珞說著落了眼淚：「大家都不知道憶靈的真實修為，察覺靈氣波動便匆匆趕來，反而如了它的願。我是因兄長捨命去擋，才能逃來此地。」

所有人只當憶靈是元嬰初期，都想由此掙得一份功勞，加之四處分散、又前前後後陸續趕到，毫無交流時間，不可能有所合作。

這樣一來，無異於一個接著一個送死。

「我逃走之前，正值裴鈺與憶靈對上，不知如今——」

孫珞話音未盡，林間忽有風聲大作。

狂風未落，劍氣乍起，待謝鏡辭回頭，竟見裴鈺提著劍倉皇逃竄，身旁跟著幾個年輕劍修。繼而一道黑影驟然襲過，不留喘息的時機，將他拍向不遠處的巨樹樹幹。

識海用力一顫。

時至此刻，謝鏡辭終於再度見到憶靈。

與記憶裡相差無幾，這是個通體灰黑的怪物，如墨團浮於半空，身上覆蓋有凹凸不平的痕跡。細細看去，那竟是一張張神色各異的人臉，嬉笑怒罵皆有之，十足瘆人。

裴鈺似是已被吞吃了記憶，雙目渙散，只記得拼命奔逃。如今被憶靈拍在樹上，噗地吐出一口鮮血，卻連擦拭也顧不上，立刻爬起身子，試圖逃得更遠。

結果自然是被當場捕獲，識海破損，澈底喪失神智。

其他幾名少年跌坐在角落，盡是滿身血汙，看樣子傷得不輕，連站立都成了問題。

「妳儘快從出口離開，尋求長輩相助。」謝鏡辭神色稍斂，看向近在咫尺的靈力衝天，手中薄紅乍現，映出一把筆直長刀：「憶靈……我來攔。」

生死之際刻不容緩，孫珞不是優柔寡斷的性子，道聲「保重」後轉身跑開。謝鏡辭手中鬼哭一晃，不敢有絲毫走神。

憶靈今日下了死手，裴鈺絕非泛泛之輩，這麼快敗在它手上，是因為輕敵。

可就算她嚴陣以待，以一人之力，恐怕也——

不過轉瞬，林中再度響起滔天嘶嚎。

憶靈來勢迅猛，元嬰巔峰的威壓四溢如潮。謝鏡辭來不及細想太多，側身躲過一道形同刀刃的黑影，反手一劈。

「謝……謝小姐！」一名少年忍痛傳音：「千萬不能碰到它的影子，那玩意兒能鑽進皮膚，順著筋脈闖入識海裡頭！」

他話語方落，以憶靈為中心，竟有鋪天蓋地的黑霧渾然四散，撩得樹枝嘩嘩作響，好似魍魎低語，牽引出瑟瑟冷風。

下一瞬，便是暗影叢生，有如天河洩洪，一齊向她湧來！

沒有猶豫與思考的時間。

同一時刻，但見長刀如龍，硬生生從漫無邊際的黑裡破開刺目的紅。

緋光似血，起初只是一道纖長的直線，俄頃嗡然一響，竟向四面八方層層爆開，宛若天光乍現，旭日騰空——

於是暗潮褪去，黑霧被撕裂巨大的豁口，唯有緋色連綿不絕，溢開流水一般的微光。

謝鏡辭僅憑一人一刀，居然破開了憶靈的全力一擊。

那可是元嬰巔峰的實力啊，不是說謝鏡辭識海受損，已經成了個不堪大用的廢人嗎？

少年們來不及驚愕感嘆，很快又聽憶靈咆哮聲聲，黑影再聚，飛速朝她靠近。

只是這一回，拔出武器的不再是謝鏡辭一人。

長劍泛了如雪的亮色，不由分說斬斷暗潮洶洶。

其中一名少年抬眼望去，認出那是跟在謝鏡辭身邊，一個似乎是姓李的侍衛。

裴渡身形出挑，即便用了張貌不驚人的臉，執劍往原地一站，也自有一番凌然風姿，惹人不由側目。

嗅到清新乾淨的木香，謝鏡辭掩下眸底喜色，用神識傳音道：「它攻勢太強，很難近身。倘若繼續纏鬥，我們會靈力不支。」

無論怎麼看，他們都是必敗的一方。

「兵分兩路。」裴渡淡聲應她：「由我牽制它，妳趁機拔刀。」

「不不不不行的！」一名少年咳出一口血，徒勞動了動右腿：「以一人之力，定不可能與它相抗太久。之前有人嘗試過了，負責牽制的那個被直接清空記憶，連自己是誰都不知道，只能站在原地發呆。」

——只要他一發呆，另一人沒了掩護，只能倉皇撤離。

「眼下沒有別的辦法。」裴渡斬去一縷風刃，嗓音雖輕，卻極穩：「謝小姐，我能搏。」

「你你你瘋了吧！絕對行不通的！」

另一人抹了把鼻血，急道：「就在不久之前，甚至有過六個人一起上去，無一例外都受了重傷。沒了記憶還能幹什麼？等死而已！侍衛小哥，謝府給了你什麼報酬，才能讓你這麼拼命啊？」

裴渡這回沒應聲。

他平日裡溫溫和和，一旦持了劍，便顯出另一種凌厲肅殺的風骨，如今黑眸沉沉，聞言望向她。

很不合時宜地，謝鏡辭心臟重重跳了一下。

裴渡朝她笑了笑。

長劍倏起之際，帶起一層雪蕊浮空。少年劍修的劍意有如風檣陣馬，一併湧向霧氣中央的怪物，一時明暗相交，靈力翻湧如潮，蕩開層層巨浪。

他的動作猝不及防，謝鏡辭根本來不及阻擋。此刻木已成舟，只能咬牙握刀，等待時機。

裴渡已經吸引了六成黑氣。

他的身法遠遠超出常人，在場幾位少年都是劍修，一眼便能看出此人實力不凡。其中一人奇道：「此人修為至此，為何甘願屈居於謝府的侍衛之職？」

另一人皺眉：「他的劍意……你們不覺得有些熟悉？」

這樣的身法劍術，放眼當今整個修真界，年輕一輩與之相似的，唯有一人。

他在豁出了性命地拯救他們。

那個名字懸在喉間，少年面面相覷，不知是誰道了句：「我有沒有跟你們說過，當初在鬼塚裡，他曾經救過我弟弟？」

又有一人面色驚變：「道友，當心！」

這道聲音出口的瞬間，周遭霧氣凝結成片，愈來愈濃、愈來愈重，以天羅地網之勢將裴渡籠罩其中。

他們都曾與憶靈殊死相爭過，明白這是它的絕技。

無論是誰，都不可能在此等攻勢下逃脫。

凝滯一瞬。

須臾之間，只見天昏地暗，山搖地動，九成黑氣彙聚凝結，好似群山重重、峰巒疊嶂，驟然閉攏的剎那，暗潮傾天。

可恨他們身負重傷，連站立起身都是奢望，只能屏住呼吸，暗自祈禱。

為了那個大家都心知肚明的、不能被提起名字的人祈禱。

濃郁如實體的黑暗裡，隱約響起一聲嗡鳴。

嗚響不在別處，竟是從裴鈺手中凌然騰起，頃刻白光出世，有人倒吸一口冷氣：「湛淵劍！」

九成的黑氣彙集，裴渡哪怕有通天本領，也無法一人獨自抗下。

少年雙眸漆黑，彷彿浸染了霧氣，緩緩渙散，一點點變得愈發朦朧。

一切都是未知。

他是誰，這是什麼地方，他在做什麼——以及，目光所及之處，那道執了長刀的身影是誰？

混沌中的少年瞳孔驟縮。

哪怕記憶不復存在，總會有記憶之外的羈絆與情愫留在心頭。譬如這一刻，世界上這樣那樣的未知全都不再重要，他所在意的是，自己終於找到了拔劍的理由。

一個被印刻在本能裡的理由。

光影明滅不定，長劍嗡鳴愈發靠近。

裴渡咳出一口鮮血，右臂微動，接過震動不休的古老長劍。

怪物尖嘯著發出嘶吼——

這是最後一擊。

卻不只是它或他一人的最後一擊。

鬼哭刀的軌跡刺破天幕，至邪至凶的殺氣一往無前。這是猝不及防的一刀，當刀尖刺入憶靈體內，謝鏡辭聽見遮天蓋地的哀嚎。

她沒理會，抬手又是一落，刺破怪物胸膛，幾乎被嘶吼聲撕碎耳膜。

受到上一刻憶靈的感召，一團白光自少年頭頂浮起。與之相悖的，是千千萬萬光團自它胸膛掙脫而出，好似漫天螢火，向四面八方渾然溢開。

在這些光團裡，悠悠向這邊飄來的那一個，最是明亮溫柔。

憶靈終於明白中了計策，一時惱羞成怒，用盡最後一絲力氣將她震開。許是為了報復，龐大身軀掙扎一瞬，徑直撲向屬於裴渡的光團。

而在不遠的角落，裴鈺的神識已快要歸位，一旦錯過，再也無法將鬼塚之事昭告天下。

謝鏡辭一向討厭二選一的抉擇，然而此時此刻，幾乎是毫不猶豫地，她將那個溫溫柔柔的光團擁入懷中，刀意凝結，擋下憶靈氣急敗壞的殘力。

清澈的氣息如水般蕩開，柔和得讓她幾欲落淚。

也正是因著這剎那的接觸，許多未曾被說出口的、深深潛藏於心的祕密，輕飄飄淌進她心頭。

神識下覆，與識海短暫相接。謝鏡辭彷彿走在羞怯的溪水中，漫天皆是霓霓粉色，抬頭之際，看見從未料想過的畫面。

荒蕪偏僻的小山村裡，男孩伶仃瘦弱，一言不發望著群山遙遙的另一側，手中握著精緻小瓶，指尖摩挲，近乎於小心翼翼。

城郊人跡罕至的廟宇裡，幾個男人哈哈大笑著離去，小小的少年徒勞拾撿地上的黑灰，脊背微弓，即便咬了牙，也有眼淚和哽咽在夜色中滿溢而出。

幽深堂皇的學宮長廊裡，一道視線安靜得悄無聲息，穿過人來人往，降落在一個姑娘精緻的側臉上，當她似有察覺地扭頭，立馬不動聲色地挪開。

一望無際的沙漠裡，巨魔蜥蜴頹然倒地，入了魔的劍修拭去嘴角與手心血跡，摘下崖邊一朵琉璃花，擦拭得一塵不染，再將它放在謝府門前。因身分所限，他不能久久逗留，離去之際，眼底卻生出久違的笑。

以及，在布滿血汙的鬼塚裡，他與天道化身靜靜對峙。

不怒自威的神明神色淡漠：「你吞食了太多不應屬於你的力量。只要將其渡化予我，你能提出任何合理的願望——譬如自行選定轉世、獲得千年萬年的功德、或是把當年的真相公之於眾，還你一個清白。」

可少年只是搖頭。

他說：「那就……讓她醒過來吧。」

她看見裴渡高興的時候，失落的時候，被魔氣入體、痛不欲生的時候。

無論哪一段記憶，他的神識始終溫和漂亮，散發著瑩瑩的、有些羞赧的光。

原來這麼多年，他一直是這樣過來的。

直到記憶散去，神識歸位，謝鏡辭才恍然發現，自己臉上盡是滾燙的眼淚。

與此同時，她終於見到自己的記憶光團。

從裴渡口中知曉三千世界的存在後，關於另一個謝鏡辭來到這裡的目的，她一直都想不通。

還有那張莫名其妙出現在她房中的《朝聞錄》，以及被做了標記的地圖。

在這一刻，所有匪夷所思的、看似毫無關聯的線索，皆於剎那間變得有跡可循。

謝鏡辭終於明白，那個自另一處位面遙遙而來的姑娘，真正想要告訴她的話。

——拾回丟失的記憶，嘗試著陪在他身邊吧。

不要辜負他的心意，不要用冷漠回應他的滿腔熱忱，不要讓他孤孤單單死去。

也不要忘記，妳曾經那麼那麼地喜歡他。

因為在他心裡，你也一直是最與眾不同的那個啊。

洶湧的狂潮漸漸消退，餘潮淡淡，沖刷著靜謐無聲的晨光。

當裴渡抬頭，逆著明晃晃的亮色，只能看見謝鏡辭緩緩靠近的模糊輪廓。

他感到難言的慌亂。

神識歸位前，曾被謝小姐親手觸碰過。

她定是知曉了那些見不得光的祕密，然而對於她來說，裴渡此人，不過是個接觸寥寥、被好心收留的學宮同窗。

更何況……如今他還聲名狼藉，在修真界毫無立足之地，以常理而言，連靠近她的資格都不剩下。

他們之間的距離太遠了。

倘若被她知道那些心思，謝小姐還會留他在身邊嗎？

裴渡看見她一點點靠近，窘迫得想要別開視線。

如煙如霧的白芒散去，湛淵輕鳴間，他見到謝鏡辭眼底的水光。

謝小姐……在哭。

他顧不得惶恐或卑怯，下意識開口：「謝小姐，妳受傷了？」

這人果然是個又笨又傻的呆子。

近在咫尺的姑娘沒有開口應答，四合的寂靜裡，唯有劍氣與刀意彼此相和。

在今日之前，謝鏡辭時常會想，要是裴渡也能有那麼一點點喜歡她，那該多好。

得到傾慕之人的中意，她能開心得飄到天上。

她原本只想要一滴雨露，或是一條不起眼的溪流，裴渡卻帶來翻湧不休的海浪，無邊無際，看不到盡頭。

這是她喜歡了十多年的人。

那些付出和委屈，謝鏡辭從來都不知道。

「對不起。」在沉重如鼓擂的心跳聲裡，裴渡聽見她說：「……我真是個混蛋。」

謝小姐分明一點也不壞。

他想要反駁，卻在下一瞬陡然睜大雙眼，唯有喉結徒勞一動。

後腦勺被猛地往下一壓。

少年的心跳從未這般劇烈過，每次的震動，似乎都能衝破胸腔。

唇邊原本充斥著未散的血腥氣，如此卻多了別的東西。

熾熱、柔軟、裹挾著清風一樣無法捕捉的清香，軟軟地一陷，如墜夢裡。

謝小姐……重重壓在了他的唇瓣上。

毫無預兆、不容拒絕。

卻也溫柔至極，十足珍惜。

裴鈺睜開雙眼，首先見到一縷瑩黃的燭光。

他意識不清，頭腦仍是昏昏沉沉，扶額之際，聽見似曾相識的女音：「那就這樣定下了。鬼塚之行關係重大，你莫要大意。」

她略作停頓，再開口時，嗓音帶著薄薄冷冷的笑：「一旦此舉成功，裴渡定是必死無疑。往後在裴家，還有誰能同你爭鋒？」

渙散的意識漸漸聚攏，雖然依舊模模糊糊，卻讓他勉強記起一些事情，隱約明白了自己的處境。

——裴鈺能確定，在他閉眼陷入昏睡之前，自己正位於琅琊祕境。

一切全怪裴渡。

那小子命大，被他爹推下懸崖後不但沒死，反而墮身入魔，在修真界裡攪起大亂。裴鈺身為世家繼承人，理所當然被派去鬼塚參與圍剿，結果慘敗而歸，得了裴風南的無數個冷眼。

他必須得到一個重新證明自己的機會，於是在聽聞憶靈現世的消息後，第一時間趕來了東海。

裴鈺萬萬沒想到的是，憶靈看似修為平平，其實遠遠凌駕於大多數人之上，特地將他們引來祕境，是為展開一場無差別的屠殺，比起當日鬼塚裡煉獄般的景象，可謂有過之而無不及。

至於此時此刻，他應當是被憶靈吞掉了神識，不知出於什麼原因，陷入往日的記憶之中。

混沌的思緒並不清晰，裴鈺定神抬頭，果然見到白婉與當年的自己。

曾經的他坐在白婉身側，打了個哈欠：「我明白。」

裴鈺靜靜地看，沒有出聲。

隨即畫面一轉，火光散去，被漫無邊際的夜色取而代之。

這回他屹立於鬼塚之上，四面陰風陣陣，裹挾著令人不適的陳腐血氣。鋪天蓋地的魔物彙聚於此，他見到裴渡拔劍迎敵，將他與白婉護在身後。

「引魔香的作用果真不錯。」在魔獸漫天的嘶嚎聲裡，白婉的嗓音顯得微不可聞，僅僅只有他們兩人能夠聽到：「如此一來，只差最後一步了。」

這已經是幾年前的記憶，如今記得不太清晰。

裴鈺莫名覺得，當年娘親似乎並沒有說過這句話，卻又無從證實，只能繼續往下看。

她所說的「最後一步」，是趁裴風南趕來的時候，把事先準備好的魔氣強塞進裴渡身體。

這樣一來，屆時呈現在所有人眼前的畫面，便是裴渡魔氣纏身、欲要將他與白婉置於死地。

劍影如龍，裴鈺看向另一邊手執長劍的人影，眼中不自覺露出冷笑。能再度重溫這段記憶，眼睜睜看著裴渡一步步墮落，由天之驕子淪為人人可欺的爛泥，於他而言實屬樂事。

眼前的畫面逐漸與記憶重合，白婉察覺裴風南越來越近的氣息，手中暗暗掐訣。於是血戰中的少年兀地吐出一口黑血，群魔趁機飛身上前。鮮血四濺、魔物狂嘯，場面一片混亂間，他看見裴風南怒然出手，裴渡被一掌震開。

裴鈺嘴角的笑愈發明顯。

裴渡曾經是多麼高高在上，如今卻連站立的力氣都不剩下，只能勉強用湛淵劍支撐起身體，狼狽不堪。

只有這段記憶裡的這一刻，他是真真正正把裴渡踩在了腳下。

即便知道這是記憶，裴鈺還是忍不住上前一步，揮拳砸在對方側臉，任由手掌穿過虛空，自喉嚨發出哈哈大笑：「讓你凡事都要同我爭搶，想鬥？你怎麼可能鬥得過我！只不過是個沒爹沒娘的野小子，也配留在我裴家？」

他愈說愈興奮，積攢多年的怨氣、圍剿被秒殺的怒火一併湧出，又拿腳一踹：「現在就傷心難過了？今後還有更折磨的時候！你怎麼還不去死！」

眼前的裴渡自然不會聽到。

如記憶裡一模一樣，少年眼中劍氣未消，充斥著痛楚、茫然與沉澱下來的黑——他明白過來這是一場精心策劃的計謀，方才自己拼死保護的人，要讓他陷入萬劫不復之地。

裴鈺心情大好，側身望向懸崖另一邊的裴風南。

接下來，就是裴渡墜落山崖的時候了。

他迫不及待想要見到那一幅景象，然而還沒等到裴風南出手，耳邊突然傳來另一道聲音：「裴道友、裴道友？」

裴鈺深吸一口氣，倉皇睜眼。

鬼塚、裴渡和白婉都消失了。

他正靠在一棵大樹上，面前站著個面無血色的少年。

「你終於醒了！方才多虧謝小姐斬殺憶靈，所有人的神識才得以回籠——你的記憶應該還好吧？」許是見到裴鈺渙散的視線，少年抬手在他面前揮了揮：「我是雲京孫家的孫天青，之前迎擊憶靈時，我們見過的。」

「他睜眼了？」另一邊的謝鏡辭從樹林裡出來，嗓音很冷：「我去之前發生亂鬥的地方看了眼，憶靈下手極狠，沒有倖存者。」

孫天青眸色一暗：「那如今……只剩下我們三個了？」

他似乎想到什麼，皺了眉頭往四周一看：「除了憶靈，祕境裡還有其他邪物吧？可如今我連站起來都勉強、謝小姐也身受重傷，只能靠裴道友相助了。」

謝鏡辭點頭：「事不宜遲，我們還是儘快離開此地，前往祕境出口吧。你們的神識都全部歸位了麼？」

「我的已經沒問題了。」孫天青咧嘴一笑，沒忍住劇痛，重重咳了幾聲：「自己把識海裡的記憶完完整整看上一遍，總感覺怪怪的——對吧裴道友？」

裴鈺目光一轉：「我倒覺得還不錯。」

他說得漫不經心，正要離開琅琊祕境，卻聽見謝鏡辭低低笑了笑：「還不錯？」

這個笑有種說不出的古怪。

裴鈺心上一動，順勢向她看去，與手持長刀的女修四目相對。

「裴道友之所以感覺不錯，是因為見了娘親……」謝鏡辭立在樹林陰影裡，瞳孔晦暗不明。許是風聲乍起，襯得她的嗓音同樣陰冷，雖然噙著笑，卻能讓人遍體生寒：「還是又能重溫一遍，當初在鬼塚陷害裴渡的情景？」

涼意從脊椎往上攀升，裴鈺兀地睜大雙眼。

「很意外？」謝鏡辭右手一動，現出一顆圓潤的留影石：「裴道友，你莫非忘了，孫家乃是幻術世家？」

他驟然望向一旁的孫天青。

她這句話是什麼意思？幻術世家？若說幻術，莫非——

裴鈺胸口轟地一震：「你們……詐我？」

謝鏡辭右手一攏，將留影石合在手心：「我們沒敢安排太多場景，倘若被你發現和真實情況大相徑庭，那就功虧一簣了。」

她有她的思忖。

利用憶靈汲取記憶，讓裴鈺的記憶展露在所有人眼前，打從一開始，就不是萬全之策。

倘若她來不及收集裴鈺的神識、倘若裴鈺並未被憶靈奪走記憶，甚至於，在偌大的琅琊祕境裡，她很可能見不著裴鈺一面。

在太多的變數之下，必須想出更穩妥的法子。

憶靈能夠奪取記憶，這是人盡皆知的事實。

裴鈺遭它襲擊陷入昏迷，倘若見到與曾經相仿的景象，定會下意識覺得，自己陷入了回憶。

然而他絕不會料到，那只不過是人為編造的幻境。

只要利用這種思維慣性，便能反將一軍。

當裴鈺承認自己見到過往記憶的那一瞬，註定滿盤皆輸。

「留影石是個好東西。」謝鏡辭揚唇笑笑：「幻境也會被一併記錄在留影石裡，一旦被其他人見到，裴道友恐怕百口莫辯吧？」

右手暗暗捏緊。

裴鈺強壓怒氣，眼底陰戾難辨：「妳想要什麼？」

「你這樣回答，就算默認了陷害過裴渡囉？」她眸光微動：「我想要——」

不等謝鏡辭說完，便有一道疾風襲來。

——裴鈺攻勢極快，竟向謝鏡辭猛攻而去！

橫生的殺意裡，少年眼底生出一絲冷笑。

他不是唯唯諾諾、任人宰割的性子，既然被謝鏡辭抓住把柄，最好的法子，便是讓她永遠閉嘴。

只有死人不會說話。

多虧憶靈殘殺了無數修士，讓這鬼地方只剩下他們三人。他方才用神識一探，謝鏡辭與孫天青的確靈力全無，想瞬殺他們二人，可謂輕而易舉。

湛淵不見蹤影，好在裴鈺仍有靈力傍身。

眼看白芒如箭，氣勢洶洶向她轟然湧去，滿林肅殺中，卻傳來另一道劍氣。

以及一道他再熟悉不過的……掌風。

劍氣將他的靈力斬為齏粉，掌風則重重打在他脊背上。

屬於上位者的威壓浩浩蕩蕩，根本容不得反抗。裴鈺噗地吐出一口鮮血，下一瞬，目光劇震。

他見到完全超乎想像的景象。

四面八方的樹林逐一消散，當最後一抹綠色不見蹤影，取而代之的，是澄淨藍天，以及一片廣袤海灘。

幻術世家。幻術師。

原來從頭到尾，他所見到的……全都是假像。

他們根本不在琅琊祕境，而是置身於東海海邊；附近更不只他們三人，放眼望去，滿是修真界裡的熟面孔。

謝鏡辭騙了他兩回。

先是誘他承認所做之事，繼而逼他動手，將過往之事暴露無遺，哪怕旁人並未見到真正的記憶，僅憑他的反應，也能明白一切。

想來其實有很多漏洞，比如孫天青靈力全無，必不可能編織幻境；又比如謝鏡辭向來謹慎，根本無需提前告訴他留影石的存在，待得離開琅琊，直接公之於眾便是。

可當時情況危急，裴鈺根本來不及細想，畢竟她騙了他一回，怎麼能接著騙第二遭？

他心心念念留影石中的影像，沒成想真實情況更糟——這一回，是他親自在所有人面前演了一場大戲。

謝鏡辭她是人嗎？

「裴前輩，方才的一切你都見到了。」謝鏡辭斂去笑意，微微振聲：「裴鈺在鬼塚陷害裴渡，如今又對我起了殺心。」

置身於幻境的時候，她同樣十分緊張。

當時憶靈身死，孫珞很快帶著援兵來到此地。裴渡的靈力與湛淵劍彼此輝映，即便易了容，也很快被輕易看出身分。

她情急之下想出了這個法子，利用兩重幻境與思維盲區，層層擊破、步步緊逼，不借助憶靈的力量，也能讓裴鈺自行暴露。

裴渡救過孫家幼子，於情於理，孫天青和孫珞都會幫她。

「爹……娘！」察覺到掌風的來源，裴鈺不自覺瑟瑟發抖：「你們、你們聽我解釋！我——」

他話到嘴邊，才發覺想不出任何解釋的理由。

「所以說，」有人遲疑道：「如幻境中那樣，裴渡體內的魔氣……是被白夫人硬生生渡進去的？那這樣一來——」

這樣一來，他們曾經的嫉惡如仇又算是什麼？一個笑話，或是諷刺？

被所有人厭惡的邪魔，其實自始至終都是無辜的受害者；自詡為正派的裴家，暗地裡藏汙納垢，將他們當作任意驅使的玩物。

而他們，成了被白婉玩弄的可恥幫凶。

這是整個修真界的恥辱。

「可是，」不知是誰咬牙道，「裴渡的確重傷了我派不少弟子啊。」

一名散修冷笑：「可的確是你們不分青紅皂白動手在先，他若是不還手，死的就是他——如果是你處在那般境地，難道甘心不明不白地死掉？」

修真界多的是殺伐相爭，若是正面對上，只能怨自己技不如人。尤其是他們多人圍攻一人，反被打得節節潰敗，實在丟人。

「我覺得……他已經手下留情了。」一個醫修小姑娘嗓音怯怯：「那日在鬼塚，他本可將我們一劍斬殺，卻中途停了手，藏進深淵不見蹤影。」

孫珞揚聲：「他還救過我弟弟！」

孫天青連連點頭：「對對對，他還救過我弟弟。」

「他手裡還拿著湛淵劍。」有人低低道：「……那可是湛淵劍啊。」

此言一出，周遭兀地靜下。

湛淵乃是生有靈智的神劍，只臣服於至純至淨之人。之前被裴鈺奪取，無論如何都不能發揮力量，如今卻心甘情願被裴渡握在手中，誰善誰惡，一眼明瞭。

裴鈺渾身上下顫抖不已，暗暗咬緊牙關，不敢去看他爹他娘的表情。

即便低了頭，他也還是能感受到來自裴風南的怒氣，如潮似海，讓他情不自禁眼眶發熱。

倘若這只是裴府一家的事，或許不會掀起滔天巨浪，可如今被牽扯進來的，是整個修真界。

那些被裴渡重傷的、在鬼塚慘遭魔獸吞食的人，成百上千的冤屈，在這短短一瞬，全部落在他們家頭上。

倘若他與娘親沒有陷害裴渡，倘若白婉沒有慫恿修士們前去鬼塚進行圍剿，許多悲劇，打從一開始就不會發生。

裴鈺想哭。

……他們完了。

「裴渡未曾做錯什麼，卻被視為邪魔、日日遭受追殺。」心裡有沉甸甸的東西輕輕落下，謝鏡辭匆匆一瞥擋在身前的少年，深吸一口氣：「裴前輩，整個裴家，是不是都欠他一句道歉？」

她說著一頓，眼底笑意漸生：「或許還有……向整個修真界道歉。」

遠處一簇海浪拍岸，碎雪般的水花層層蕩開，浪蕊浮空，惹出嘩響聲聲。

海潮翻湧不休，自有一番喧嘩熱鬧；岸邊人頭攢動，卻寂靜得能聽見風聲輕響。

謝鏡辭的嗓音擲地有聲，雖沒用上太多氣力，卻足以將裴風南震得面色慘白，一句話也講不出來。

那邊的裴鈺已是抖個不停，白婉同樣緘口不言，低垂了頭看不清情緒，唯有脊背在顯而易見地發顫。

「一、一派胡言！」沉默半晌，白婉終於咬牙開口：「那個幻境全是你們憑空臆造的假像，在場所有人，有誰當真見過那一日的情境嗎？」

她完全是硬著頭皮在說。

如今的局勢對她大為不利，就算不提周圍旁觀的諸多修士，僅憑身邊站著的一個裴風南，便足以讓白婉心驚肉跳。

外人都說裴風南此人愛恨分明，然而說白了，就是個死板執拗的一根筋。

想當初裴渡剛被誤以為入魔，他就能不顧兩人多年的情誼，毫不猶豫將其推下懸崖，完全不留一絲活路。若不是裴渡命大，早就成了具躺在深淵裡的森森白骨。

裴渡如此，那他們呢？

白婉不敢繼續往下想。

她只能徒勞辯解：「我和小鈺從未親口承認過所謂的『栽贓陷害』，你們設下這一出騙局，將小鈺從頭到尾蒙在鼓裡，能當作哪門子證——」

「閉嘴！」

話未說完，便被另一道渾厚男音轟然打斷。

聽見這聲音，白婉心臟重重一抖。

「無需解釋，只要回答我。」裴風南定是氣極，強壓怒火開口：「你們究竟有沒有做出那等齷齪之事？」

屬於強者的威壓浩浩蕩蕩，幾乎碾壓在她的每一寸皮膚。在極致的恐懼與心慌之下，白婉竟說不出一句謊話，盯著那雙眼睛動也不動。

她只知道，自己完了。

「我倒是有個算不得證據的證據。」海風迴盪間，自人群中走出一個笑咪咪的青年。藺缺微微頷首：「在下澈查過裴渡體內的魔氣，發現在他識海最深處，藏有一團濃郁得過了頭的邪息。那股氣息太濃，絕非日復一日的積攢所能形成，更像是被人一瞬間注入他體內——倘若把它從識海裡引出來，說不定能找到那人殘留的靈力。」

白婉將魔氣藏在自己身上許久，後來又催動靈力，將其生生灌進裴渡體內，理所當然會留下些許痕跡。

他說罷略微轉了視線，輕飄飄瞥面色煞白的白婉一眼，仍是笑道：「白夫人，是真是假一看便知，對吧？」

藺缺身為藥王谷裡名震天下的醫聖，此番話自是威懾不小，引得不少人連連點頭。

如今已是一邊倒的局勢，人心所向再明顯不過。白婉尚能咬牙不語，另一邊的裴鈺卻是再也沉不住氣，眼淚淌了滿臉，噗通跪在地上。

「爹，您饒了我……救救我吧爹！」他不僅渾身顫，連聲音也在不停發抖：「我、我那是年少無知，年紀那麼小，哪能明白是非曲折……而且您看，我從頭到尾其實沒幹什麼事啊！」

「你沒幹什麼事？」

他那段話剛一出聲，白婉就變了臉色：「這什麼意思？莫非要全賴上我？可別忘記當初是誰厚著臉皮來找我，要我幫他解決裴渡的！」

母慈子孝，和諧一家親，刺激啊。

謝鏡辭聽見身邊的孟小汀發出了一聲「哇哦」。

直到話音落地，白婉才明白自己情急之下說了什麼，一時怔在原地。

「這算是親口承認罪行了吧？」謝疏看得起勁，轉眼望一望身側的好友：「藺缺，既然你能探查她殘留的靈力，為何今日才說出來？」

要是能早點想到這個法子，裴渡就不必背負罵名生活這樣久。

「哪能啊。過去這麼多年，就算當初她的的確確留下過靈力，如今也早就渾然消散，不見蹤影。」藺缺笑得溫和又無辜：「我詐一詐他們而已，沒想到白夫人和裴二少爺還真信了。」

謝疏嘖嘖稱奇：「了不得了不得，還是你這糟老頭子壞心思多！」

他們的對話毫無掩飾，白婉險些聽得七竅生煙。

事已至此，無需多言。

裴風南閉眼深吸一口氣，握緊右拳：「抱歉。此事……是裴家錯了。」

修真界炸成了一鍋粥。

這幾年的大事件可謂層出不窮，一遭接著另一遭。先是裴家天賦異稟的小公子墮身入魔，以一己之力重創四大家族的青年才俊，好不容易等他隕落，沒成想又來了一出驚天大逆轉。

原來當初裴渡入魔是假，真正存了嫁禍之心的，是幾年來一直鼓動圍剿的白婉。修士們視邪魔為汙穢，本想除魔問道、造福蒼生，結果成了被白婉任意玩弄的工具。

「這誰能忍啊。」從琅琊祕境回到雲京，已過了一日。這會兒正值傍晚，謝家設了場小宴，坐在主人席的謝疏美滋滋品一口小酒，自喉間發出一聲哼笑：「裴家的門檻都快被踏壞了，上門討說法的人絡繹不絕，裴風南估計頭疼得很。」

謝鏡辭好奇道：「那白婉和裴鈺呢？」

「交給仙盟處置了。」雲朝顏吃了口點心，應得慢慢悠悠：「他們兩人犯下的不是小罪，那麼多門派世家在鬼塚裡的損失，如今全都落在那兩人身上。至於具體如何懲罰，仙盟裡意見不一，有的想要直接處死，有的覺得那樣太過便宜，需得廢除仙骨打入地牢，令其永世見不得天日。」

「不管哪一種，都挺慘的。」孟小汀打了個哆嗦：「也算是惡有惡報。」

不只他們兩人，今後的裴風南同樣步履維艱。

這件事一出，裴家名聲一落千丈，連帶他也受了不小的波及。名譽受損是一回事，最令人頭疼的，當屬賠償問題。

正因白婉裴鈺整出的么蛾子，不少修士在鬼塚裡重傷遇難，如今一切祕辛水落石出，自然要去裴府興師問罪，討要賠償。

裴風南的家底很難不被搬空。

「事情能這樣順利，也要多虧小汀的留影石。」謝疏笑笑：「一出完完整整的影像，可要比口頭相傳更有說服力。」

孟小汀有隨身攜帶留影石的習慣，從幻境開始到裴風南認罪結束，無一餘漏，全被完完整整記錄下來。

留影石中的影像一傳十十傳百，已然成了修士們的下飯開胃菜，促使風評一夜之間迅速扭轉，裴家一敗塗地。

「小渡小渡，這酒實在不錯，你要不要——」謝疏還沒說完，便被雲朝顏一把揪住耳朵：「酒酒酒，什麼酒？以他現在的身體能喝酒嗎？小渡你別聽他亂講話，老不正經。」

一直安安靜靜的少年長睫一動，淡笑著應了聲「好」。

謝鏡辭聽見他的聲音，胸口莫名發癢。

她在琅琊祕境裡，曾經毫無徵兆地吻過裴渡。

這種事情不能怪她，任誰發現喜歡多年的人也在默默關注自己，還是用那樣小心翼翼的方式，都會情不自禁瘋狂心動，想要儘快讓他知道自己的心意，不願再等。

可惜接下來，他們一直沒有單獨說話的時候。

當唇與唇錯開，緊隨其後的，是一段短暫且寂靜的驚愕。正當裴渡打算開口，孫珞已經帶著其他人匆匆趕到。

有人憑藉湛淵劍猜出裴渡身分，她竭力爭來機會，說服眾人看完由裴鈺主演的一出好戲；隨即便是歸家療傷、宴席慶祝，毫無相處的機會。

所以直到現在，她和裴渡仍是像隔著一層薄薄的紙，將破未破，最是折磨人。

啊啊啊到底什麼時候才能說清楚啊。

謝鏡辭把杯中酒釀一飲而盡，不經意間抬頭望去，恰好對上裴渡漆黑的眼睛。

在她迅速低頭的同時，瞥見他也倉促垂了眼睫。

然後碗裡被夾了塊圓圓小小的甜糕。

裴渡聲音很低，有些笨拙：「這個……很好吃。」

謝鏡辭心裡的小人一蹦一跳，快要笑得嘴裂，偏生明面上不能展露分毫，只能故作鎮定夾起甜糕，一口吞下。

一旁的雲朝顏嘖嘖：「辭辭啊，甜糕甜不甜？」

見她忙不迭點頭，女修又是一笑：「難怪妳一邊吃，一邊笑得這樣歡——吃到點心很高興啊？」

謝鏡辭一口甜糕險些全噎在喉嚨，匆匆瞪她娘一眼，又用餘光晃了晃裴渡。

他耳朵是紅的，唇角卻是在往上揚，露出圓潤酒窩。

……這人居然在笑她！

謝鏡辭往他腳上輕輕一踢。

今夜同樣被邀來做客的，還有孫家一行人。

孫珞及時叫來救援，並為裴鈺編織了幻境；孫天青在幻境裡兢兢業業演戲，順利把裴鈺蒙在鼓裡。多虧他們兄妹二人，真相才能水落石出。

除此之外，還有一道熟悉的面孔。

孫玨小朋友得以見到心中崇敬之人，整個晚上都喜不自勝，一改最初見面時的小少爺脾氣，居然顯出幾分羞赧和不好意思，扭扭捏捏半晌，才敢和裴渡說上第一句話。

「我我我叫孫玨，在鬼塚承蒙相救……裴渡哥哥是個大英雄！我今後、今後一定能變得同你一樣厲害，救下更多的人！」孫天青很久沒見混世小魔王露出這般模樣，見狀哈哈大笑：「別結巴，咱們慢慢說。」

小朋友緊張得不知所措，突然被裴渡溫溫柔柔摸了摸腦袋，當即小臉通紅，快要變成一隻煮熟的大蝦。

一場宴席結束，夜色已深。

孫天青等人有禮告辭，孟小汀也在龍逍陪同下回了家，謝鏡辭稍有微醺，動作難免發飄，起身離桌之際，被人小心翼翼扶住了胳膊。

她爹她娘不知什麼時候沒了蹤影，身邊只留下一個裴渡。

對了……裴渡。

裴渡從十多年前起，就在默默喜歡她了。

謝鏡辭心裡莫名一澀，迫切想對他做出回應，腦子裡沒想太多，順勢往少年身側一靠，隨他步步向前。

他的氣息明顯滯住。

「祕境裡……」

「祕境裡……」

兩道嗓音同時響起，又在同一時刻停下。裴渡薄唇微抿，似是笑了笑：「妳先說。」

「就是——」

她當時一股腦想要說出來，此時此刻臨近開口，卻又不知應當怎樣說起，只覺得臉上騰騰發熱，腦海亦是滾燙。

「謝小姐在祕境所見之景，皆是事實。」謝鏡辭說不出話，耳邊響起少年清澈乾淨的嗓音。裴渡沒喝酒，因而更加清醒，也更篤定：「我……一直默默傾慕謝小姐，從當初在浮蒙山的時候起。」

說起這番話時，兩人正途經一條燈火通明的長廊，所有隱祕的心思鋪展開來，沒地方躲藏。

他雖說得開門見山，其實心中更多的，還是緊張與忐忑不安。

謝小姐在祕境中親吻過他，裴渡卻沒有自信，將它當作心悅和喜歡。

——或許她是一時衝動，又或許，不過覺得他太過可憐，心生憐憫之意，試圖透過這種方式給予補償。

他寧願謝小姐對自己置之不理，也不希望被她憐憫，讓這份感情淪為束縛她的枷鎖。不喜歡，那便是不喜歡了，無法勉強。

長袖裡的指尖合攏又放下，明燈散發出點點流光，裴渡有些恍神，猝不及防地，被人拉了拉衣袖。

於是他順勢低頭。

視線所及之處，是謝小姐飛快貼近的臉。一雙柳葉眼十足漂亮，被燈火映得瑩瑩生輝，好像從天邊墜落的星點，倏地落在他身上。

側臉覆了層柔柔軟軟的觸感，帶著微微酒香，又在轉瞬之間迅速挪開。

謝小姐亦隨之站直。

她方才……親了下他的臉。

這是個無比直白的回應，如同從天而降的巨大蜜糖，砸得裴渡識海發懵。

心跳劇烈得前所未有，他忍不住想笑，卻又怕被對方察覺，只能紅著臉低頭，把臉別開到另一邊。

「為慶祝沉冤昭雪，我準備了禮物。」謝鏡辭低低地笑，嗓音裡裹挾了清淺醉意，像在講悄悄話：「在我房間，隨我來拿吧。」

她雖然有些意識不清，這麼重要的事情當然不可能忘掉。

自從一切真相大白，不少修士心生歉疚，向謝府寄來信件。信件大多是為了致歉，也有零星幾份怨毒之言，趁著裴渡在房間療傷，謝鏡辭將其一一篩選，打算在今夜一併送給他。

他這幾年在汙蔑與謾罵聲裡一天天度過，倘若見到那些話，心裡定能好受許多。

她的臥房並不算遠，裴渡自幼循規蹈矩，自認不便進入女子房間，遲疑須臾，被謝鏡辭一把拉了進屋。

她已經有些醉了，頭腦暈暈乎乎昏昏沉沉，剛進屋就坐上木椅，手指循著記憶一指：「看見那邊的書桌沒？左，右……不對，左邊的抽屜裡，拿出來自己看便是。」

裴渡應了聲「嗯」。

這是他頭一回進入謝小姐臥房，視線不知應該如何安放。屬於女子的馨香層層包裹，伴隨著漫無邊際的夜色，莫名生出絲絲縷縷灼熱的燙。

謝小姐已有醉意，他不便打攪，於是按著她的指引來到書桌前方，打開左側抽屜。

櫃子裡空空蕩蕩，正中央躺著本貌不驚人的小冊。裴渡猜不透這份「禮物」的內容，在靜謐夜色裡，聽見自己砰砰的心跳。

指尖觸碰到書頁，一片冰涼。

裴渡打開第一頁。

然後心跳聲愈來愈重。

「怎麼樣，看完了嗎？」

謝鏡辭趴在桌前休息好一會兒，等意識好不容易回神，勉強抬頭一瞧。

裴渡身形修長，被火光映下漆黑的影子，如同利劍出鞘，觀賞性十足。

真奇怪。

他沒有回答，耳朵和脖子紅得像要滴血。

那些信裡的確有人說他「天才少年」、「萬里挑一」，以裴渡那樣內向的性子，不會是被誇得害羞了吧？

謝鏡辭心裡覺得好笑，帶著點調笑的心思站起身來，步步朝他靠近：「怎麼了？你——」

她的言語盡數僵在喉嚨裡頭。

裴渡手裡拿著的……並非是一封封的信紙。

酒意瞬間清醒，謝鏡辭匆忙低頭，見到被打開的左側抽屜。

救救救命。

當初她的日記險些被裴渡發現，為確保萬無一失，謝鏡辭將本子拿回，暫時藏在自己房裡。

她是放在了……左邊還是右邊來著。

喝酒害人。

謝鏡辭總算明白，裴渡的臉為何會那樣紅。

……她如今的臉肯定比他更紅啊救命！

「不不不不是，你你你看到哪兒了？」

謝鏡辭顧不得想太多，一把將日記奪回手中，低頭一看，不偏不倚見到幾行大字。

『心想事成！夢想成真！未婚夫！激動！哦呼！』

『……他要是不答應怎麼辦？』

『管他呢！那我就再努把力！激動！哦呼！』

謝鏡辭：「……」

永別，這個美麗的世界。

她可以立刻死掉。

這是她當初訂婚後寫下的心情隨筆，往下看去，還有極度得意的一句：『謝謝爹謝謝娘，爹娘真好！先婚後愛！強取豪奪！』

謝鏡辭的心在滴血。

這本日記實在羞恥，謝鏡辭只敢悄悄將它藏好，連自己也忘了具體內容。

顫抖的心，顫抖的手，在渾身的顫抖裡，她往前粗略翻動幾頁。

鬼哭保佑，她千萬千萬不要寫什麼奇奇怪怪的東西。

『學宮大比戰勝裴渡，奪得魁首。

他朝我笑了一下。』

謝鏡辭悄悄鬆了口氣，萬幸這段話還算正常。

她好不容易放鬆一些，視線下移。

這一頁被劃滿線條，看得不甚清晰，唯一能清清楚楚看見的，是最後一排小字：『有點可愛可愛可愛可愛。他還有酒窩！可愛可愛可愛。』

救。命。啊。

這是真實存在的語句嗎？她當真能寫出這樣的話嗎？雖然的確很可愛——

但是為什麼會被裴渡本人親眼看到啊！

他一定還傻乎乎地以為，這是由她送來的禮物。

謝鏡辭整個人都快熱得炸開，腦子裡更暈更迷糊，破罐子破摔，又往前翻了幾頁。

『今天居然見到了曾有過一面之緣的人。

他看上去變了很多，差點沒認出來。本來想打個招呼，但他一句話都沒對我說……應該是不記得我了吧？畢竟只見過一次面。

原來他就是近日傳得風風火火的裴家養子，能在短短幾年間讓修為精進至此，也不知道裴風南那個老古董用了什麼法子。

有機會的話，說不定能和他比上一比。』

謝鏡辭：「……」

謝鏡辭低頭摸摸耳朵：「就……」

她一定是瘋了。

所以才會頂著天大的羞赧，當著裴渡的面親口告訴他：「就是，就是你看到的這樣。」

心裡的小人嗚哇一聲慘叫，不怎麼安詳地倒地閉上眼睛。

流光明朗，更襯得她侷促不安，臉上的緋紅無處可藏。

裴渡也沒說話，謝鏡辭心中糊里糊塗趕忙打開另一個抽屜，從中拿出一遝信封，試圖轉移話題：「還有這個，這是各地修士寫來的信，他們——」

她的話沒來得及說完。

清冷的樹木香氣驟然貼近，帶著不容抗拒的決絕。

少年柔軟的薄唇極燙，不由分說壓在她唇上，謝鏡辭兀地睜大眼睛。

她應當是羞怯的。

可心臟跳動的力度卻大得不可思議，似是喜不自禁，一下又一下衝撞在胸口上。

裴渡的眼眶隱隱發紅。

他不懂得親吻的技巧，唇瓣無聲貼合觸碰，分開的剎那微微張開，嗓音格外啞，如哭腔：「……謝小姐。」

謝鏡辭整顆心都快化掉。

「所以說，從很久之前，我們就在相互喜歡啦。相互喜歡的人，就應當要在一起嘛。」

她不擅長安慰人，笨拙地抬起右手，摸一摸他稜角分明的側臉：「還記得孫玨說的話嗎？」

像在做夢。

這樣溫柔的觸碰、如此親暱的言語，美好得宛如假像。

謝小姐……也一直關注著他。

她說他很可愛，因為同他訂了婚，高興得字跡像是在飛。

裴渡靜默無言，看她雙眼發亮，微微勾起唇角。

「因為喜歡，無論你遭遇怎樣的事，變成何等的模樣，我都會在第一時間找到你。」

例如他意氣風發時，當初在學宮的每一次祕境探險；又例如他墜入泥潭時，於鬼塚的那一次重逢。

一切的漫不經心，都是某個人千方百計製造的巧合。

「不只那孩子，在我心裡，裴渡也是永遠的英雄。」謝鏡辭說：「——很好很好的、被我默默喜歡了很久的英雄。」

一瞬沉寂。

少年眸色幽深，在此刻浮起淡淡的笑。

一隻手自她頭頂往下，很快來到脊骨，輕輕一按。

謝鏡辭順勢向前，在熾熱且幽謐的空氣裡，聽見裴渡喑啞的喉音：「辭辭，過來。」

她感到火一樣的熱，恍惚抬頭，見到眼前人紅得快要滴血的耳朵。

他一定也在害羞。

可裴渡再度覆上她唇瓣，這一回，卻用了比之前更大的力道。

番外、邪神

謝鏡辭無比鬱悶地抬頭望天。

識海裡響起她再熟悉不過的嗓音，伴隨幾聲哈哈乾笑，語氣裡有些心虛：『就當是老朋友團聚嘛！你難道一點也不想我？』

謝鏡辭義正辭嚴，不留情面：「可是你才剛剛走了兩天！」

系統回以尷尬的哈哈。

事情是這樣的。

距離她與系統告別說再見，僅僅過去了短短兩天時間。如今一切歸於風平浪靜，謝鏡辭正與幾名好友外出遊玩，沒成想剛一抵達目的地，就聽見叮咚一響。

簡直是來自地獄的足音。

隨即響起的，是系統不好意思的尬笑：『哎呀！好巧！我們倆居然這麼快就碰面了！』

謝鏡辭：「說人話。」

『之前不是有過位面混亂嗎？本來已經差不多消停，沒想到中途出了岔子。』系統乖乖應答：『好幾個位面趁著時空動盪，空間裂縫大開，裡面的人像老鼠一樣竄來竄去，因果律受損，把事態攪和得更加嚴重了。』

它說起這段話時，謝鏡辭正與裴渡並肩行在河畔。

他們一行人外出遊玩，選取了南城水鄉作為目的地。南城一年四季潮濕多雨，河道四通八達，她走在青石板路上，一邊聽腳步的踏踏輕響，一邊聽系統的小嘴叭叭：『妳也知道我的功能不太穩定，這位面一亂——』

它說到這裡便停了嘴，謝鏡辭心知肚明，隨口接話：「位面一亂，人設也得接著亂，對不對？」

系統不知為何有些遲疑，低低應了聲「嗯」。

「不過吧，」它說著一頓，似是在斟酌用詞，『這次的位面動亂更凶，受到的波及也就更大，所以在某些方面……會和之前不太一樣。』

系統故障，說白了就是一個接一個的人設變化，能有什麼「不大一樣」。

如今她與裴渡漸漸熟絡，就算出現某些奇奇怪怪的東西，應該也能臉不紅心不跳地完成……吧？

謝鏡辭還在心裡暗暗打著小算盤，冷不防又聽它道：『在這個世界裡，你與裴渡都沾染有與我相關的因果，所以他也會受到影響。而且——』

系統一向直來直往，少有這般吞吞吐吐的時候。直到它終於忍不住發出一聲「噗嗤」，謝鏡辭才後知後覺地明白，這混蛋是在憋笑：『而且，因為時空錯位太過嚴重，不僅是你們的行為舉止，就連體徵，同樣也將隨之改變。』

……體徵？

謝鏡辭一個頭兩個大，心臟突突一跳：「也就是說，假如我的人設是貓妖，身體就當真會變成妖族的形態？」

系統：『嘿嘿。』

它說罷低低一咳，語意含糊：『這會兒還沒輪到妳，多看看裴小少爺吧。』

她沒想太多，匆匆扭頭。

裴渡一直行在謝鏡辭身側，修長的身形投下薄薄一層影子，和他本人一樣，都是安靜又溫和，帶著劍修獨有的凌厲銳氣。

然而此時此刻，少年白玉般的側臉卻泛著醒目的紅。

謝鏡辭第一反應：大事不妙。

她察覺出不對勁，用了只有兩人能聽見的傳音入密：「它又纏上你了？」

系統不樂意：『什麼叫「纏」？請注意妳的用詞——人設都是隨機出現，他運氣不好又遇上了兔子精，我也很沒辦法。』

兔子精。

這三個字在心頭兀地一燙，幾乎是下意識地，謝鏡辭想起那座位於東海之畔的水風上仙神廟，以及裴渡急促的呼吸。

她耳朵有點熱。

按照系統亂七八糟的那堆設定，兔子精十有八九是在發情期。

裴渡一定是注意到她神色不對勁，長睫倏然一顫，動了動喉結，微微低下腦袋。

哪怕是後來占有欲極強的大少爺，他也能勉強接受。唯獨這個設定，無論何時回想起來，裴渡都會難以控制地面色發紅。

讓他恬不知恥祈求謝小姐的撫摸，那種事情……

之前在凌水村裡，他便被動情之時的感受折磨得苦痛難言。如今行在河畔，這種感覺居然更明顯，除了渾身上下翻騰的熱，頭頂與脊椎下方的位置，似乎正有什麼東西在悄然生出。

謝鏡辭瞧見他喉結上下滾了滾。

「裴渡。」她問得小心，隨手一戳對方胳膊：「你還好嗎？」

等這句話落下，她才意識到有些多餘，畢竟看裴渡的模樣，實在稱不上多好。

但他還是習慣性點了頭。

身為一名劍道修士，自尊心不允許他表現出絲毫軟弱，更不可能放浪形骸、搖尾乞憐。

少年脊背挺拔，腰間佩劍，端的是霽月光風、凌然清冽，卻也因此，襯得他側臉上的一抹緋色愈發明顯。

裴渡極力摒除雜念，抑住體內莫名的躁動，耳邊傳來謝小姐輕柔的嗓音：「如果難受的話，我可以幫你——就像在凌水村裡那樣。」

僅憑這一句話，便足以擊潰全部的清心訣和護心咒。

他本應該拒絕的。

可謝小姐的動作極快也極輕，不留一絲一毫抵抗的機會，伸手握住他手心。

這種淺嘗輒止的觸碰並不能讓人感到滿足，反而惹出一層曖昧的熱，身體其餘地方空空如也，蠢蠢欲動。

裴渡沒說話，呼吸亂了方寸。

「不愧是南城，久聞盛名。」孟小汀走在一行人最前端，左顧右盼，彷彿永遠都有用不完的活力：「快看，那是鷗鷺！」

「這地方的建築倒也別有一番風味。」莫霄陽咧嘴笑笑：「適合安居養老。」

「南城是出了名的景色秀美，聽說明晚日子特殊，有場一年一度的品酒盛會。」龍逍道：「在場諸位應該都能喝酒吧？」

「我記得裴渡不太行。」莫霄陽四下打量著風景，說到此處微微偏過腦袋，用著開玩笑的口吻：「到時候可別當街喝醉了。」

握在他手心的大拇指輕輕一揉，炸開團團簇簇的火。

裴渡竭力止住紊亂的呼吸：「不會。」

只有謝鏡辭聽出他尾音裡的顫抖，揚了唇暗自發笑，識海中輕輕一動，傳來裴渡無奈的低語：「別鬧。」

無論是模樣或嗓音，實在都過於可愛。

她饒有興致地抬起腦袋，身旁少年的側臉一覽無遺。

這是種極為有趣的反差，劍修風骨天成，眉目間帶著凌厲肅然的劍氣，然而裴渡面色卻是緋紅，眼睫一顫又一顫，顯然正在壓抑某種難言的衝動。

他還讓她別鬧。殊不知這樣的言語甫一出口，反而令人更想要逗弄。

謝鏡辭佯裝失落，嗓音卻是掩不住的笑：「你不願意讓我碰呀？」

她一面說，一面往回抽出右手，還沒縮回一半，手掌就被整個握住。

裴渡的手心熱得發燙。

理智讓他緘口不言，識海裡漂浮的字句卻逐漸清晰，在渾身難以忍受的躁動裡，糊里糊塗來到舌尖：「……難受。」

兩字堪堪出口，兩人皆是一愣。

他的聲音如同被火燎過，饒是謝鏡辭，也在聽見的瞬息紅了耳根。

這應該是系統安排的臺詞。

她早就有了心理準備，本以為能夠抵擋任何形式的攻勢，可乍一聽他說來，只覺暗啞低徊，竟隱約藏了幾分撒嬌的意味。偏偏裴渡仍在竭力維持清清泠泠的模樣，不讓其他人察覺端倪，兩相映襯，十足有趣。

謝鏡辭的元嬰小人悄悄打了個滾，只想立刻抱著他來一段百米衝刺。

「難受的話，」她抿唇忍下笑，「我能幫你什麼嗎？」

她分明心知肚明，卻非要他親口說出來。

裴渡向來不善言辭，撒嬌祈求更是少之又少，全部經驗都搭在她身上，臨近出聲，喉頭一動。

不知是出於緊張，還是被熱氣沖昏了頭，這回他沒用傳音，而是微微張了口，嗓音極低：「想讓謝小姐……碰。」

謝鏡辭眉眼稍彎，拿指尖戳戳他手心：「像這樣碰？」

這具身體本就格外敏銳，被她輕輕一觸，泛起電流般的癢。

裴渡眸色漸暗，嗓音低不可聞，應得吃力：「……摸。」

對於從小到大循規蹈矩、溫馴寡言的少年修士而言，這樣已是極限。

謝鏡辭不忍心繼續逗他，反手握住裴渡掌心，心下默念口訣。

於是靈力四溢，順著筋脈淌遍全身。

這回她用了更大一些的力道，氣息由以往的溫順溪流變為洶洶河浪，肆無忌憚沖刷在各個角落。彷彿當真有只手順勢而上，撫摸的卻並非皮膚，而是許許多多更隱祕的地方，勾起從未出現過的古怪感官。

真奇怪。

謝鏡辭抬眼看著他的神色，她應該用了正確的法子，裴渡的呼吸卻不知為何越來越亂。

「還是不舒服嗎?」

裴渡很快搖頭,彆扭地挪開視線,連脖子都被染成粉色。

……他真是完蛋了。

如今明日當空,其他人皆在肆意談天、觀賞景致,謝小姐心思單純地想要幫他,唯有他——

他腦子裡忽然浮起不應出現的情景,足以讓人臉紅心跳,哪怕是出於所謂的「發情期」,也能讓裴渡暗罵自己無恥。

天邊烈日越盛,他越是覺得手足無措,一切陰暗的思緒全都無處可藏。

「這裡應該有武道場,待會兒咱們一起去切磋切磋,怎麼樣?」

龍逍是個不折不扣的戰鬥狂人,眼看來到客棧,心直口快提了建議。

莫霄陽同樣興致高昂:「我覺得挺好!裴渡,我近日又練了一套全新的劍法,到時候咱倆比一比,看看威力如何——咦,你的臉好紅,沒事吧?」

孟小汀抬手扶額,暗嘆這群傢伙真是沒救。

「我沒——」

裴渡答得小心,體內一道熱氣卻轟然湧上,他迅速咬了牙,才不至於發出奇怪的喉音。

頭頂和背後莫名更癢,少年倉促低頭。

「他有些發燒,可能是馭劍受了涼。」謝鏡辭看出不對勁,一把拉過他胳膊:「我帶了藥，先帶他去房中歇息。你們去武道場便是。」

裴渡模樣的確不對，莫霄陽即便心癢難耐，也明白不能在這種時候多做叨擾，只得悻悻點頭。

挑選房間並未用上太久時間，謝鏡辭圖方便，選了幾處相連的客房。等帶著裴渡走進其中一間，房門被關上時，發出吱吱呀呀的輕響。

「還是很難受嗎？我記得上次在凌水村，應該很快就好了。」

她悉心鎖上門栓，再轉身回頭，不由愣住。

站在她身後的，的的確確還是裴渡。

可裴渡……不應當生有雪白綿軟、如兔子一樣的耳朵。

謝鏡辭胸口隱隱發熱。

系統的確告訴過她，一旦人設轉變，體征也會隨之變化。

眼前的少年瞳孔泛紅，膚色則是玉似的白，頭頂一雙兔耳雪白漂亮，透過薄薄軟軟的絨毛，清晰可見血管的紅。

猝不及防地，裴渡朝她靠近。

他們本就離得很近，裴渡的雙腿又生得筆直修長，如今他向前邁步，近在咫尺的距離被擠壓一空，謝鏡辭想要後退，後背卻貼在門板上。

她幾乎與裴渡的胸口相貼。

可供活動的空間格外狹窄，被屬於他的氣息渾然填滿，周身上下皆是灼熱，謝鏡辭看見他低下了頭。

兔子耳朵輕輕一抖。

裴渡說：「……謝小姐。」

他不會撒嬌，這聲「謝小姐」被叫得低沉喑啞，尾音不自覺下壓，並不刻意，自有一番勾魂奪魄。

謝鏡辭被撩得頭暈目眩，恍惚之間，手腕被一把握住。

裴渡定是想起了她之前逗弄他的那番話，那只是一時興起的玩笑，他卻牢牢記在心上。

少年瞳孔嫣紅，低低的吐息隱約可辨，輕輕吸了口氣：「想讓……謝小姐摸。」

救命啊。

血。條。空。了。

沒有人能受得住此等撩撥，謝鏡辭很沒出息地渾身發燙，懵懵抬起手，落在他綿軟的耳朵上。

裴渡眼睫兀地一動。

兔子耳朵與人自然不同，薄薄軟軟，覆蓋有蒲公英一樣的絨毛。她不敢用力，只能小心翼翼勾勒出耳朵的輪廓，偶爾重重一捏，用大拇指按壓著拂過。

他的氣息更亂也更重，抬手按在謝鏡辭身後的門板上，禁錮出小小一塊空間。

這是個類似壁咚的動作，卻分不清究竟誰才是真正的主導者。因裴渡身形高挑，在狹窄逼仄的空間裡，遮擋住大部分光亮。

兔耳居然能隨她的動作顫抖，如同蝶翼翕動，絨毛一股腦撫過掌心。

謝鏡辭因為這個發現好奇不已，忽然又聽面前的裴渡啞聲道：「謝小姐。」

「嗯？」

她抬頭，見對方沉默著別開視線，似是不敢直視她的眼睛。

在極致的羞恥裡，亦有極致的歡愉。

這並非系統的強制，少年劍修聽見自己劇烈的心跳聲，自口中吐露出從未設想過的言語。

他定是瘋了。

手中的兔耳重重一抖，在蔓延開的熱潮裡，謝鏡辭聽見裴渡的嗓音：「尾巴……也想要。」

抬眼望去的時候，謝鏡辭能見到裴渡微張的薄唇。

少年的唇瓣單薄柔軟，泛著淡淡薔薇色澤，無聲張開之際，露出一道漆黑的縫隙。

這張唇時常抿著，勾勒出平直的弧度，此時卻從中吐出無比曖昧的言語，伴隨著難以察覺的吐息。

不得不承認，當那句話沉甸甸落在耳邊，謝鏡辭臉上轟地一燙。

她自認定力極佳，倘若是別人當面說出這種話，定然不會多做搭理，唯有面對裴渡，方寸亂了一地。

……面對他的這副模樣，應該沒人能夠守住方寸吧。

裴渡說得直言不諱，面上卻是紅得快要滴血，想必心中羞恥至極。

與他不同的是，謝鏡辭雖然也有些害羞，等腦子裡亂七八糟的思緒逐一退下，漸漸湧現而出的，居然是情難自抑、悄悄期待。

畢竟站在眼前的人是裴渡。

她不願讓他覺得難受，如果可以的話，也想要更多地、更大膽地碰碰他。

如果她能讓裴渡舒服一些，那就再好不過了。

落在兔耳上的右手輕輕一動，順著纖直柔軟的弧度慢慢下滑，途經烏黑的發與白皙脖頸，順著脊骨繼續往下。

她沒用太大力道，指尖好似蜻蜓點水，若即若離。這種微弱的觸感尤其勾人，如同一根細細絲線，牽引著渾身上下全部的感官，偶爾用力一壓，勾出蔓延不散的顫慄。

裴渡微不可察地頓了一下。

他有些難受，等渙散的思維漸漸歸籠，再回神的剎那，整具身體都驟然緊繃。

少年感到難言的緊張，在滿室寂靜裡，聽見自己砰砰的心跳——

謝小姐手掌溫熱，輕輕一用力，便將兔尾罩在手中。

準確來說，她並沒有直接觸到。

兔子的尾巴生在脊背往下，被白衣全然裹住，隔著一層布料，只能大致描摹到它的輪廓。圓圓滾滾一團，隱隱約約之間，似乎能感受到綿軟的絨毛。

像在捏某種毛茸茸的小團子。

這樣的觸感舒適過了頭，謝鏡辭小心瞧著裴渡的反應，手裡沒忍住，將尾巴整個包在掌心，加大力道揉了揉。

她聽見面前的人吸了口氣，氣音不穩又短促，很快被裴渡堵回喉嚨。

「我不太擅長……做這種事。」謝鏡辭強忍臉紅心跳，低聲道：「像這樣的話，你會不會覺得好一點？」

裴渡沒說話。

他已經沒了說話的力氣，只能竭力收回幾分神智，含糊應一聲「嗯」。

謝小姐已經為他做了許多，然而這具身體仍然不知滿足，有道聲音在心中瘋狂叫囂，大喊著還不夠。

太奇怪了。

他的渾身上下都在著火，筋脈裡像有螞蟻爬過，唯有被謝小姐觸碰的地方生出清清涼涼的水花，將星火澆滅殆盡。

奈何她的觸碰終究有限，只能堪堪停在一處地方。身體的其餘角落仍在發燙，如同漫無止境的深淵，永不會填滿。

這層衣物實在惱人，倘若沒有它，讓謝小姐親手觸到身後那條尾巴——

裴渡被這個念頭嚇了一跳。

萬幸謝小姐不知道他此刻的所思所想，如果被她察覺這層心思，裴渡寧願羞愧至死。

然而謝鏡辭何其敏銳，見他呼吸一窒，動作稍頓：「怎麼了？」

她問得認真，似是擔心他難受，語氣乾淨柔和，不含絲毫褻玩的意味，更襯得他十足猛浪與不堪。

裴渡本打算咬牙硬生生挺過去，識海裡浮現的字句卻不容反抗。在狹窄幽暗的一隅天地裡，少年喉結無聲滾動，覆上濃濃粉色。

「……」他微微張口，意識被折磨得模糊不清，只遲疑著發出一聲氣音，隔了良久，才終於眸光一動，嗓音低如耳語：「不夠……尾巴。」

謝小姐的臉肉眼可見地變紅。

裴渡已經不敢再去看她。

不夠是什麼意思。

這四個字蠱得人心緒大亂，謝鏡辭努力擺正心態認真思考，莫不是她的力道不夠大？

但是兔子尾巴軟綿綿一團，讓她使勁捏揉什麼的……

她會心疼。

但這種想法終究抵不過裴渡的懇求，右手小心翼翼包住毛團，五指用力，整個往下一捏。

裴渡似是即將要炸毛跳起來，整個人猛地一顫。

她自認做得不錯，耳邊卻傳來他的聲音，隱忍沙啞得過分：「不是。」

不是像這樣做嗎？

謝鏡辭心下困惑，隱隱感到不對，順勢仰起腦袋，被他通紅的臉嚇了一跳。

她看見裴渡的唇無聲張合，最終也沒能吐出一個字。他定是心煩意亂，停頓須臾，微微俯了首，把頭埋進謝鏡辭頸間。

伴隨著熾熱的呼吸，謝鏡辭看不見他的神情，只能聽見低低啞啞的少年音：「……衣服。」

欸。

她眨眨眼睛。

——欸？

衣衣衣衣服是什麼意思，這一定是系統給出的臺詞對吧對吧！可即便知道這句話並非他本心，乍一聽它從裴渡口中出來——

謝鏡辭腦子裡像有煙花在砰砰亂炸。

許是怕她誤會，少年沉默一瞬，很快啞聲補充：「尾巴。」

這兩個字出口，謝鏡辭才終於明白他的意思。

手在兔尾所在的地方輕輕一點，她熱得發懵，連說話都顯得吃力：「這、這裡的衣服？」

她問得直白，裴渡哪有緘口不言的道理，仍保持俯身低頭的姿勢，輕輕應了聲「嗯」。

這短短一個字，便足以讓他羞恥得想要縮成一團。

更令人羞赧的還在後面。

謝小姐食指在他身後劃了個圈，催動刀意的瞬間，一片布料無聲落下，墜落地面。

裴渡感受到涼氣刺骨的風，兔尾情不自禁一抖。

好在這份涼意並未持續太久，不過轉瞬，圓球便被一把握住，罩進她柔軟又暖和的掌心。

親手碰上和隔著一層布料，其間感受大有不同。兔子的絨毛纖細蓬鬆，撓在手心時，會帶來細微的癢；因沒了阻隔，尾巴的形狀也顯得更加明顯，指節穿梭其中，彷彿穿過一片縹緲綿柔的蒲公英海洋。

謝鏡辭並不討厭這樣的觸感，甚至無法控制地沉溺其中。

倒是裴渡，一定羞得不願見人了。

他性子正直清冽，一身劍修的古板脾氣，與謝鏡辭相處之前，壓根沒有太多與人交往的經驗，一心只求劍道。

這畢竟是朵霽月光風的高嶺之花，如今卻紅著眼祈求著她的觸碰，甚至被削去小小一片衣物，一切所作所為，已經遠遠超出他的想像。

謝鏡辭有些想笑，抬眼瞥見裴渡通紅的脖子，忍了笑輕聲開口：「好啦，不要太害羞。」

手心裡的兔子尾巴似乎動了動。

「我們兩人是未婚夫妻，很多事情遲早要做。」其實她自己也很害羞，糊里糊塗不知道在說什麼，只是笨拙地安撫：「而且現在這樣並不壞啊——人形也好兔子也罷，不管是什麼樣的裴渡，都很可愛。」

這樣的言語宛如糖漿，美好得不甚真實，將少年包裹其中。謝小姐總是能用三言兩語，便讓他心頭震動，思緒如潮。

沒有人能拒絕毫無遮掩的溫柔，更何況說出這段話的人，是他放在心尖許久的姑娘。

比如現在，裴渡情難自抑地想要將她緊緊抱在懷中。

這個念頭一浮上腦海，還沒來得及付諸行動，耳邊再度響起她的聲音：「裴渡，既然耳朵可以……你的尾巴能不能稍稍動一下？」

這個問題完全出於好奇。謝鏡辭之前見過他的耳朵輕晃，方才握住尾巴，感受到了小幅度的顫動。

她知道這個要求極為突兀，說完有些不好意思，急忙出言補救：「如果不想的話也沒關係，我只是開個玩笑隨便說說，你不必當真。」

她話音方落，不自覺屏住呼吸。

被乖巧握在手心裡的毛團，輕輕晃了一下。

圓滾滾的小球散發著微微熱氣，拂過謝鏡辭掌心時，雪白色的絨毛往下一壓，左右輕搖，勾弄出撓心撓肺的癢。

她的心跳快要暫停，偏生裴渡沒有打算停下的意思。

他的腦袋本是埋在謝鏡辭頸間，這會兒突然動了動，取而代之的，是另一團毛茸茸的觸感。

兔子的耳朵很燙，落在側頸之上，像團軟綿綿的火，猝不及防地，靠著她緩緩一蹭。

謝鏡辭急促的呼吸，只想以手掩面，不去看他。

往上是脖頸上連綿不絕的熱，少年柔軟的髮絲與絨毛的觸感交織，一股腦落在她頸窩；往下則是不時顫動的尾巴，隨著耳朵晃悠不止，絨毛若即若離。

這讓謝鏡辭有種錯覺，彷彿局勢扭轉，反倒成了裴渡在撫摸她。

這誰受得了。

她真的真的快要羞死了。

房間裡本是無邊的靜，只能聽見兩人交纏的呼吸聲。

恰值此刻，謝鏡辭識海卻是叮咚一響。

她莫名有種不祥的預感。

『請注意！位面混亂，人設偏移。』

『正在為您進行適配，請稍候……』

『恭喜，全新人設已到賬，請注意查收——』

『人物設定：邪神。』

身為邪神的你恣睢暴戾，將所有雄性視為玩物。最新俘獲的騎士似乎不太聽話，必要的時候，不如用觸鬚給予他懲罰。

怎樣才能讓他臣服於妳？這是個需要好好思考的問題。』

謝鏡辭：？

謝鏡辭：？？？

謝鏡辭瞳孔地震。

這種東西根本就不是人設庫裡的素材吧！怎麼看都是從十八禁本子裡取出來的啊！而且後面跟著的那些臺詞……

「嘴上說著不要，身體卻很誠實」、「堂堂騎士大人也會露出這麼可愛的表情嗎」絕對絕對會被禁掉啊！已經是會被關進大牢的程度了好嗎！

還有，她不會，當真生出所謂的「觸鬚」吧。

她正兀自出神，忽然感到頸窩被輕輕一咬。

再定神，謝鏡辭見到少年猩紅的眼瞳。

「謝小姐。」

裴渡眼尾亦是緋紅瀰漫，好似春水映著桃花，勾起眸底淡淡水色。

尾巴在她手心悠悠一轉，他尚不知曉今夜會發生的事情，聽憑本能靠得更近，熱氣灑在姑娘耳邊，宛如蠱惑：「繼續，別分心。」

客棧提供的房間不算狹小，寬寬敞敞、透亮明朗，然而不知為何，此刻雖然只容納了兩個人，卻還是顯出幾分逼仄的熱。

室內氣流暗湧，猝不及防，被一道敲門聲驟然打破。

與氣流一併停下的，還有謝鏡辭指尖的動作。

她方才像被蠱了心智，一切舉動全憑裴渡牽引，如今恍然回神，才後知後覺地感到意亂心慌。

因為彼此只隔著薄薄一扇木門，莫霄陽敲門的聲響顯得格外清晰，每次叩擊都重重落在她耳膜上，伴隨著微揚的少年音：「裴渡，你還好嗎？」

之前進入客棧的時候，他們都看出裴渡身有不適，如今謝鏡辭遲遲沒離開客房，作為朋友，自然需要多加關心。

他話音方落，孟小汀的低聲嘟囔就緊跟其後：「小聲點，別吵著人家。」

「比起吵不吵的問題，」龍逍遲疑接話，「我們會不會打擾到他倆單獨相處的時間？」

不愧是幾人中唯一一個為情所困的倒楣蛋，在這種事情上，龍逍總是很容易能找到共鳴，感同身受。

莫霄陽應得正經，雖然像在說悄悄話，但隔著一扇木門，嗓音還是清清楚楚傳進謝鏡辭耳中：「裴渡那樣難受，他們應該沒有空閒的時間卿卿我我吧？」

她沒說話，凝神端詳自己與裴渡此刻的姿勢。

綿柔的兔尾仍被握在手心，似是察覺她的心思，微微一動。

……謝鏡辭耳朵又開始發燙。

「沒人答應。」龍逍道：「會不會是睡著了？」

莫霄陽小小聲：「就算裴渡睡著了，謝小姐應該還醒著吧？他們總不可能——」

他說到一半便兀地停下，遲疑著不再出聲，倒是身旁的孟小汀呆呆應了一句：「不……不會吧。」

這群人越說越離譜，再被他們繼續胡謅，說不定能從哪裡蹦出個帶球跑。謝鏡辭一個頭兩個大，迅速朝裴渡使了個眼色，等他上床躺好，胡亂摸了把臉頰。

還是有些熱，但比起方才與裴渡單獨相處的時候，已經正常了許多。

房門打開時，發出吱呀一聲響音。

孟小汀三人本打算不做叨擾地速速離去，乍一聽見門響，不約而同回過頭來。

「裴渡身有不適，已經睡下了。我正在為他配藥，耽擱了一下，抱歉。」謝鏡辭笑笑，身為一名世家小姐，言辭很容易做到滴水不漏：「不如我們先行離開，讓他一個人好好歇息，如何？」

她站在門邊，阻擋了房間裡的大部分光線。從另外三人所在的角度望去，只能見到床上一道隆起的人影，模模糊糊，看得不甚真切。

——裴渡有意把身子埋進被褥，小心翼翼藏起兔子耳朵。倘若這個模樣被其他人見到，他定是羞愧難當。

念及此處，謝鏡辭不由抿唇笑了笑。

「那我們先出去逛逛吧。」孟小汀擔心把客房裡的人吵醒，特地用了傳音入密：「聽說南城特色食物兩個巴掌都數不過來，近日又正值酒會，眾商雲集，一定有很多好吃的！」

莫霄陽摩拳擦掌：「武道場肯定也聚集了整個修真界的高手！龍兄，我們今日就去殺他個七進七出！」

孟小汀微不可察地撇了撇嘴。

這兩人是一拍即合的戰鬥狂，時常相約比鬥。要是在往日，龍逍定會毫不猶豫地應下，然而此時此刻，年輕的體修卻出現了一瞬間的眼神飄忽。

龍逍：「……」

龍逍輕輕一咳：「今日身體欠佳，頭疼腰疼肚子疼，不如暫且歇停一天，去嘗嘗城中小吃。」

這回輪到謝鏡辭噗嗤一笑。

孟小汀性子外向，最愛幾個朋友在一起熱熱鬧鬧，聞言高興得兩眼發亮：「對對對！我來之前就問到了幾家本地食鋪，待會兒帶你去吃好吃的。跟我走，保證沒問題。」

龍逍撓頭：「那就多謝孟小姐了。其實我，我也挺喜歡品嘗各地小吃的。」

莫霄陽：？

莫霄陽：「龍──兄──？」

因為要等裴渡「養病醒來」，一行人並未離開太遠，只在客棧附近轉悠了半個時辰。再回客棧，恰好撞見他開門。

他在房中打坐靜修許久，終於求得平心靜氣，兔子精的餘韻暫時退去，耳朵與尾巴也都乖乖不見了蹤影。

這是唯有謝鏡辭與裴渡知曉的祕密，兩人心照不宣，都沒當眾提及。

莫霄陽的武道館之行終究還是打了水漂，等全員湊齊，就是開始四處閒逛的時機。

品酒會乃是一年一度的盛事，四面八方商賈雲集，穿行於街頭巷尾，能聞見綿長悠深的酒香。

盛會定在明日，今晚已經有了佳節的大致雛形，不少商鋪林立而起，壇壇酒香或濃或清，各有千秋，不一而足。

南城水鄉聲名遠播，四處皆是白牆黑瓦。

小橋流水映襯了戶戶人家，門前的燈籠一亮，便有明光照在水面，團團簇簇，好似天邊明月悠然墜下，蕩開層層清波。

這樣的小城褪去浮華喧囂，與雲京是截然不同的兩種風格。漫步於綠苔橫生的青石板路，耳邊是商販此起彼伏的叫賣聲響，酒香乍起，頗得閒適。

孟小汀一早打聽好了食鋪的位置，帶著一行人東南西北各路閒逛，手裡和口中的小吃沒停過。

這樣閒適悠然的生活愜意不已，謝鏡辭心情大好，右手一抬，把手裡的糖葫蘆送到裴渡嘴邊。

他一時有些懵，很快明白這個動作的意思，下意識垂眸看她一眼，將一顆銜在口中。

謝鏡辭看他腮幫子鼓起的模樣，不由輕笑：「味道怎麼樣？」

「甜的。」

裴渡沒做多想地應聲，話音方落，裹在外層的糖衣便被破開，牙齒陷進內裡的果子，酸得他微微皺了眉，似是極為驚訝，沒料到會出現這種味道。

以他這副愕然的神色，旁人見了，或許會以為裴渡從沒吃過糖葫蘆。

這原本是個半開玩笑的念頭，等謝鏡辭細細一想，不由心下微動。

裴渡兒時連吃飯都成問題，任何甜食都是種奢望；後來入了裴家，又被裴風南鎖在府裡沒日沒夜練劍，這一輩子從頭到尾，哪有時間去品嘗街頭小吃。

那顆糖葫蘆算不上美味，他卻咀嚼得十足認真，末了稍稍抿了唇，用舌尖舔去殘餘的糖漬。

察覺到她的目光，裴渡很快側過頭來，露出一個靦腆的笑。

謝鏡辭差點沒忍住，想要碰一碰那張泛著淺粉水色的唇瓣。

除了酒與小食，當地特產同樣暢銷。

兩個小姑娘嘰嘰喳喳地駐足觀看，另外三人對此提不起興趣，在不遠處尋了家打鐵鋪，圍觀老闆鍛鐵打劍。

「這次出遊，可以給家裡人帶些小玩意。」孟小汀摸著下巴思考：「娘親喜甜，林姨最愛吃辣的，青青應該喜歡肉脯，還有小蘭阿綾……」

青青、小蘭和阿綾都是孟府中的侍女。

謝鏡辭站在貨架之前，同她有一搭沒一搭地閒聊，視線不經意一轉，瞥見街道對面的鐵匠鋪。

男子的愛好真是奇怪，謝鏡辭雖也愛刀，卻絕不會如他們一樣，駐足圍觀這麼長時間的打鐵。

莫霄陽與龍逍看得認真，至於裴渡身邊，站著個陌生女人。

修真界多的是大膽直白的女修，裴渡相貌出眾、氣質卓然，會被搭話並不奇怪。那女修本是興致高昂，不知聽他說了什麼，笑容陡然一僵，顯出幾分尷尬的神態。

「嗯？妳在看裴渡？」孟小汀向前探了身子，等看清不遠處的景象，揚唇嘿嘿笑道：「他在學宮就很受歡迎吧，只不過來者皆拒，特別難接近。當初還有人開玩笑，說這人一點也不憐香惜玉，湛淵劍才是他這輩子命中註定的道侶，活該打一輩子光棍。」

嘗試搭話的女修轉身離去，裴渡許是有所察覺，朝她們所在的方向回眸一望。

謝鏡辭看見少年耳廓上浮起的緋色。

明日才是萬眾矚目的品酒盛會，孟小汀精打細算，決定把精力留給明天，今夜先行休憩，回到客棧好好規劃行程。

龍逍自是點頭答應，莫霄陽打算去武道館湊湊熱鬧，謝鏡辭興致不錯，戳戳裴渡胳膊：「我們再逛一逛吧？」

於是五個人的出遊變成了獨獨兩個。

南城面積不大，定居的百姓卻有許多，房屋鱗次櫛比，一幢幢緊緊相依，勾畫出棋盤一般的繁複網格，大小街巷層出不窮。

裴渡行在她身側，不知為何，總覺得不太對勁。

謝小姐看上去頗有閒心，唇邊一直帶著笑，領他走過的道路卻越來越偏，等半個時辰以後，周遭已經看不見人影，也聽不見人聲。

他安靜聽她說話，抬眼打量，發現兩人走進了一條荒無人煙的小巷。

巷道幽森，往前竟是此路不通的死胡同。他心生疑惑，耳邊仍然充斥著謝小姐的嗓音：「聽說南城的溫泉不錯，明日賞酒的時候，不如一併體驗看看——兔子能碰水嗎？應該不會炸毛吧？」

想起他生出耳朵尾巴的場景，裴渡不由胸口發熱，猝不及防間，忽然聽她笑意加深：「你和那名姐姐，在鐵匠鋪前說了什麼？」

他神色微怔，恰在同一時刻，感到脊背一麻。

有什麼東西靜悄悄貼在了脊骨之上，像是安撫，也似逗弄與脅迫。

裴渡描述不出那樣奇怪的感受，只覺心頭用力跳了跳，正了色認真解釋：「我對那位道友說，我已早有未婚妻——」

他說話時注視著謝鏡辭的雙眼，待看清對方神色，忍不住呆了呆。

沒有想像中的皺眉或惱火，謝小姐望向他的視線清亮柔和，甚至噙著慢條斯理的笑。

裴渡似乎明白了。

她對他抱有十成的信任，絕不可能僅僅因為一次搭話，就無理取鬧地爭風吃醋。那名離去的女修只是一個藉口，以此順藤摸瓜，引出小姑娘心裡真正的算盤。

這條小巷有些太暗了，兩邊的居民早早入睡，距離街道很遠，只透進幾道遙遠的、模模糊糊的火光。

他正在胡思亂想，後背忽然被用力綁縛，繩索般的長鬚繞過前胸，緩緩一壓。

在這段特殊時期，兔子精的身體何其敏銳，此時被乍一碰到，將裴渡激得心跳加速。

謝小姐說過……她如今是一名邪神。

一向正直嚴肅的少年修士想不明白，邪神難道不應該以殺戮為樂趣，整日整夜奔波於生死決鬥麼？謝小姐如今是在做什麼？看她的動作，為何要將他縛於繩索之間？

「和其他雌性靠得太近，身上會沾染討厭的味道哦。」長鬚漸漸盤旋上湧，逐一貼上少年勁瘦有力的腰身，她說著笑了笑，語氣輕輕：「要不，還是把你重新關進籠子吧。」

當事人謝鏡辭：「……」

不愧是傲視群雄的霸道邪神設定，第一句臺詞就如此驚世駭俗。

臺詞只是道開胃小菜，最離譜的是，她居然真的長出了觸鬚。

說是「觸鬚」，其實是一層層漆黑的靈力。當靈力足夠濃郁，便能幻化出相應的實體，絲絲縷縷浮在半空，像極神鬼傳說中的邪神之須。

巷道昏暗，此起彼伏的黑影森然可怖，而此時此刻，已經有不少在向裴渡靠近。

對於洶湧如潮的冰冷氣息來說，年輕修士溫熱的軀體，是它們夢寐以求的蜜巢。

「謝小姐，」裴渡被縛得難受，鴉羽般的長睫輕輕一顫，灑落一片漆黑色陰影，「在這裡……會被別人看到。」

謝鏡辭何嘗不知道。

品酒會盛大非常，街頭巷尾全是從五湖四海趕來的旅客，這處巷道雖然極為偏僻，可保不準什麼時候就會被人撞見。

很不幸，對於邪神而言，這種刺激感最是美妙——

欣賞裴渡在刺激之下驚慌失措的模樣，引誘正直者步步墮落，是她反派生涯裡的一大樂事。

真變態啊。

謝鏡辭在心裡瘋狂腹誹，識海中浮現的字句卻越發清晰，如同絲絲繩索，牽引身體做出與之全然相悖的動作。

說老實話，她已經默默向裴渡道歉了無數次，因為太過緊張，整個脊背都生生僵住，不敢抬頭直視他的眼睛。

然而除了慌亂與羞怯，從心中處悄無聲息生長而出的，還有一絲難以言喻的期待。

準確來說，是讓心臟情不自禁砰砰跳動的、好似捕食者一步步靠近獵物時的……竊喜。

全都怪裴渡太過誘人。

他受了刺激，已經漸漸生出兔子精的特性，頭頂雪白的耳朵蓬鬆柔軟，噗地竄出來。紅色眼瞳倒映著遠處燈火，飄飄搖搖，不甚清晰，將瞳仁裡的緋光片片暈開，襯了點夜裡的漆黑，呈現出蠱毒般的暗色，彷佛能一口將她吞沒。

在幽深雙眼之下，是白皙精緻的皮膚。面上的薄粉恍如雲煙，蔓延至緊抿的唇邊，蕩開形如春花的瑰麗色澤，攝人心魄。

更不用說，他頭上還有兩隻毛茸茸軟綿綿的耳朵，身後亦生出了圓滾滾的尾巴。

很難讓人不去欺負他。

謝鏡辭在心裡又悄悄說了一遍，語氣卻與之前有了微妙的不同。

對不起哦，裴渡。

純黑的、長鬚一樣的靈氣漸漸收攏，由少年劍修挺拔的脊背順勢往下。

裴渡還想說什麼，卻察覺雙手手腕被陡然縛住——

兩道靈氣將手腕渾然禁錮，不由分說向上一提。他來不及反抗，變成了雙手被按在牆上、無法掙脫的姿勢。

被邪神同化的靈氣冰冰涼涼，散發著令人心悸的邪息。它隨心所欲凝成實體，頂端生有古怪吸盤，輕輕碾過手心的老繭時，壞心眼地用力一裹。

裴渡指尖輕顫，抿唇不出聲。

那吸盤好似吞噬一切的漩渦，僅僅觸碰到手心，就已經能勾起難言的感受，若是讓它去往其他地方——

這個念頭還沒結束，便不合時宜得到了答案。

源源不絕的靈力匯成漆黑浪潮，洶湧得難以抵擋。有幾縷自他側臉輕輕撫下，來到脖頸附近，有意壓了壓喉結。

於是電流溢開，脖子上的圓結狼狽滾落，引來一道不易察覺的氣音，被他扼殺在喉嚨。

……真是太糟糕了。

哪怕是在平日受到謝小姐的此等撩撥，裴渡都需要聚精會神，用上十成意志力，才能勉強止住心中渴求。

而在此時此刻，一齣戲剛剛拉開序幕，兔子本能的衝動就已經抑制不住。

謝小姐的靈力慢慢收攏，縛住他的脖頸、手臂、胸膛與腰腹。

至於體內，之前在客房裡的異樣感受再一次奔湧而出，卻被一條條漆黑的長鬚全然封鎖，舒解不得。

他自制力到了盡頭，不願做出逾矩之事，啞聲開口：「我們先回客棧，好不好？」

這是再明顯不過的推拒，換作其他人，許會心軟答應。

可邪神不同。

既是邪神，便要著重突出一個「邪」字。

按照謝鏡辭拿到的劇本，這位無惡不作的邪祟四處燒殺搶掠，將王國裡人人敬仰的騎士長擄走作了獵物。騎士身為一朵不染塵埃的高嶺之花，其間少不了拒絕與反抗，然而無一例外，都只會讓邪神感到更加興奮。

折騰死物終究沒什麼意思，獵物就應當鬧騰一些，征服起來才更有成就感。

——所以這是從哪裡搜刮到的禁忌劇情啊！

謝鏡辭收回思緒，瞥識海裡的字句一眼。

即便早就做過心理準備，她還是忍不住眼角一抽。

「想要回去嗎？」

指尖落在少年滾燙的側臉，順著弧度緩緩下滑，勾出稜角分明的輪廓。

在她開口的同時，靈力驟然緊縮，隔著一層柔軟白衫，縛進裴渡薄薄的皮肉。吸盤揉摩不止，彷彿能滲進筋脈內裡，不過重重一晃，便引出一簇炸開的火花。

這具身體正是敏感的時機，他幾乎用了全身上下所有的氣力，才堪堪咬緊牙關，沒發出任何聲音。

「真是可愛的表情。」謝小姐低低笑了笑，語氣雖輕，卻是字字重如千鈞：「原來裴小公子，也會露出這樣的神色啊。」

這段話過於糟糕，遠遠超出裴渡想像力所能達到的極限。滾燙的血流倒灌進大腦，他有些發懵，一陣僵硬之後，耳朵紅得彷彿能滴出血。

一切臺詞由系統籌備，與謝鏡辭本人無關。當時她晃眼一瞧，就覺得這些話不太對勁，如今真真切切從自己口中說出來——

救命救命救命。

謝鏡辭臉上燒得想死。

比起她，不得不承受一切的裴渡才是臉色最紅的那一個。

他對邪神的臺詞設定一無所知，想必每句話聽在耳朵裡，都是一道巨大的暴擊。更何況受人設所限，他如今仍保留著兔子精的全部習性。

比如說，發情期。

在這段極為特殊的時期，不但會渴求觸碰與撫摸，感官也會變得十足敏銳。滿身血液都在躁動不止，卻要被靈力層層縛住，動彈不得，連蹭一蹭她都做不到。

更難捱的，是靈力若有似無的撩撥與逗弄。每一次靈力下壓，都會與少年體內的劍氣彼此應和，劍氣受到波及層層蕩開，又疼又癢。

謝鏡辭看出他眼底的飛紅，只想加快進度，儘早結束這出匪夷所思的劇情，於是靈力再度收緊，向更下方滋生蔓延。

她不願讓裴渡太過難受，小心翼翼吻上他額頭，雙手捧在兔耳之上，有些笨拙地輕輕撫摸：「別怕，很快就結束了。」

這是出自本心的安撫，溫柔得過分，讓他漆黑的長睫無聲一動。

「記得別出聲。」姑娘的薄唇不點而朱，順勢來到他高挺的鼻尖，一點點吻下去，出聲念出臺詞的時候，嗓音低如耳語：「要是被別人聽見，那就糟糕了。」

被別人看見的確糟糕，但謝鏡辭覺得，世界上不會再有任何事情，比當著裴渡的面講出這種話更加痛苦。

雖然在她心裡……的確有一點點撲通撲通直跳的愉悅與激動。

她真是壞透了，看著裴渡滿臉通紅、竭力咬牙不出聲的模樣，居然會情不自禁揚起嘴角。

落在耳朵上的手指無聲向下，再停止動作時，已經觸到了兔子圓圓的尾巴。

裴渡無法動彈，只能被動接受她的撫摸，偏生這次的觸碰毫無章法，撩起越來越多滋生的火，沒辦法滅掉。

「兔子啊。」謝小姐用力一捏，吐字清晰可辨：「要是讓修真界裡其他人知道，大名鼎鼎的劍道天才居然生了這種東西，會不會很有趣？」

被黑潮吞沒的身體猛地僵住。

他呼吸驟停，謝鏡辭同樣臉色爆紅。

這這這什麼啊，這什麼臺詞啊！連她都被震驚成了這樣，裴渡他他他、他能接親得了嗎！

「嘴上說著不要，身體卻很誠實嘛。你看，雖然表現得如此抗拒，可尾巴和耳朵不都開始晃悠了？」

謝鏡辭：「……」

這又是什麼啊！裴渡連脖子都紅透了救命！要是再說下去，他一定會人體自燃吧！

謝鏡辭只想把系統拉出來暴揍一通，心裡亂七八糟的思緒千千萬萬，在這須臾之間，動作倏然頓住。

不知怎地，這短短的一瞬，似乎有些奇怪。

纏繞在裴渡身上的靈力宛如繩索，纖長連綿，理應不會中斷。當她話音落下，卻察覺出一道極其微小的裂痕。

如同春日融化的冰面，先是裂開一條不起眼的缺口，過不了多久，便會傳來轟隆巨響，象徵著冰面的全盤崩塌。

這一瞬間的感受，與之如出一轍。

謝鏡辭在意裴渡的感受，並沒用上多大力道。

她這會兒胡思亂想分了神，無論如何都不會想到，那些氣勢洶洶的靈力……居然會毫無徵兆地、像碎玻璃一樣被轟然擊垮。

耳邊傳來「砰」的一聲悶響，撫摸兔尾的右手反被用力一握。

謝鏡辭：「……」

謝鏡辭：「等、等等！」

她後知後覺，等一句話倉促落地，已經被拉著手腕猛地一旋，整個人靠在牆上。

牆面冰冷，激得她渾身發顫；握在手腕上的溫度卻是熾熱，像極一團火。

裴渡瞳色暗得嚇人，定定與她對視，惹得謝鏡辭慌亂不堪，下意識想要後退。

可她身後只有一堵冷冰冰的牆。

糟糕了，玩脫了。

謝鏡辭在識海裡狂戳系統，後者例行裝死，沒發生丁點聲音。

不知從什麼時候起，他的呼吸變得格外重。這會兒安靜下來，整個逼仄的空間裡，都是這道近乎於輕喘的氣息。

她感到越發清晰的熱，嘗試著動了動右手，得來更曖昧的回應——

雖然受了意料之外的驚嚇，但邪神的長鬚並未散去。靈力四散，其中一縷被裴渡握住，大拇指輕輕一撫。

那是她的觸鬚。

既然生出了實體，自然會擁有觸覺。靈力作為體內之物，於修士而言尤為珍貴，如今被兀地拂過，謝鏡辭低下腦袋，肩頭輕顫。

她不知道將要發生的事，只能猜出極為不妙，慌亂中急急開口：「不要在這種地方，要是被別人看到……」

……不對。

啊可惡這不是裴渡的臺詞嗎！角色突然的互換是怎麼回事！

處於被動的一方時，接下來的一切就都成了未知。以此為由，心中的恐懼感會生得更多。

謝鏡辭被禁錮在角落，甫一抬眼，便能望見幽深寂靜的小巷入口。這是種難以言說的折磨，置身於巷道深處，永遠無法知道入口何時會傳來腳步聲。

更讓她慌亂不堪的，是裴渡被暗色填滿的眼睛。

「我……」一個字出口，謝鏡辭停頓好幾個瞬息，再出聲時，嗓音恍如蚊鳴：「……錯了。」

身前的少年略微怔住。

「你要是還覺得難受，等回到客棧，我像之前那樣幫你就好。」她從小到大沒講過這種話，說到最後，居然多出幾分撒嬌的味道：「錯了錯了錯了，你別不高興嘛。」

裴渡沒有不高興，反而情難自抑地輕笑，笨拙抬起右手，捏一捏她臉上的軟肉：「不胡鬧了？」

謝鏡辭小小聲：「不胡鬧了。」

她不擅服軟，習慣性地嘴硬：「其實也不算胡鬧啊，我只不過是想和你嘗試一些……嗯，那個，比較與眾不同的事，畢竟我們是未婚夫妻。」

少年眼底笑意更深。

在她的記憶裡，裴渡似乎很少笑得這樣開心，眼角眉梢盡是薄光，紅唇宛如小鉤，漂亮得令人挪不開眼睛。

她看得愣神，再眨眨眼睛，那張嫣紅的唇瓣已然靠近。

裴渡這回用了從未有過的力氣，彷彿要將她口中輕顫著的吐息攫取殆盡。

即便是這種情境下，他仍十足謹慎地不去傷她，唇齒沉沉，蠻不講理，卻也溫柔至極。

謝鏡辭被吻得喘不過氣，迷迷糊糊之間，猛地睜大雙眼。

——屬於邪神的長鬚被裴渡握緊，一圈圈綁縛在她自己的手腕，劍修掌心的繭不時蹭在長鬚頂端。

那分明是她用來欺負人的東西，如今卻成了將她束縛的枷鎖，被對方捏在手中，實在……太羞恥了些。

裴渡定是見到她眼裡閃爍的情緒，微微一頓，抬頭把唇瓣移開，滿目盡是無辜。

雙頰緋紅的小姑娘抬眼瞪他，黑瞳映了淺淺水色，說話時仍在喘著氣。

「你、你這是犯規。」謝鏡辭努力揚高脖子，心臟咚咚跳個不停：「我可是邪神——邪神知道嗎？」

身為堂堂邪神，居然如此輕而易舉地制住，不管怎麼想，都實在是太太太太沒面子。

裴渡他明明只是一隻兔子嘛！哪有邪神被兔子撲倒的道理。

少年眼底生出顯而易見的笑，笑意太滿，從瞳仁裡溫溫柔柔溢出來。

謝小姐不會知道，她究竟有多麼討人喜歡。

近在咫尺的姑娘雙眸澄澈，紅唇因為方才的親吻，覆著層淡薄瑩潤的水光，從中吐出的話語清凌悅耳，近乎於撒嬌。

謝小姐在向他撒嬌，模樣可愛得過了頭，無論過去多久回想起來，都能讓他情不自禁地想笑。

他有那麼那麼喜歡她，怎能不感到心動。

裴渡垂眸，毫不掩飾眼底漾起的微光。

高挑的少年劍修薄唇上揚，側臉現出兩個圓圓小小的酒窩，無言俯下身去，親吻在心上人指尖。

在朦朧遙遠的燈火下，謝鏡辭聽見他低啞的喉音：「在今夜……還望神明垂憐。」

他說得正經，加上「今夜」兩個字，一整句話就全變了味道，透出朦朦朧朧的欲意。

謝鏡辭糊里糊塗地想，她的人設不過是個邪神，並非多麼高高在上、無所不能，哪裡夠得上「神明」這個稱謂，只有裴渡願意這樣叫她。

這是個臣服的動作，宛如信徒朝拜，克制且認真。

下一瞬，卻覆上更熾熱的親吻，霸道得不講道理。

吻上來之前，裴渡在毫釐之距的地方，曾對她低低說了句話。

那句話猶在縈繞耳畔，將謝鏡辭灼得耳根滾燙，此刻四下靜謐，除了兩人交纏的呼吸，還聽見自己咚咚的劇烈心跳聲。

裴渡說：「謝小姐，就算想出聲……也沒關係。」

第二日，南城的品酒大會如期舉行。

謝鏡辭與裴渡並肩離開客棧時，想起昨日種種，耳朵仍是忍不住暗暗發熱。

昨晚她被吻得暈暈乎乎，一雙腿幾乎沒了力氣。原本氣勢洶洶的靈力被他握在手裡，每每按揉撫摸，都會生出難以言喻的麻。

總而言之，面對那樣霸道的溫柔，當真異常羞恥。待得後來離開小巷，謝鏡辭的臉紅得彷彿能滴出血來——

也正是在那時，她才察覺裴渡同樣面色通紅，被她的視線一望，彆彆扭扭地移開目光。

在開放的小巷裡做出這種事，他也是有生以來的頭一遭。

休息整整一夜，便迎來了萬眾矚目的品酒大會。

好酒者多不勝數，盛會始開，八方來客皆彙聚於此，行出客棧，立即陷入洶湧人潮之中。

放眼望去人潮洶湧，販酒的商鋪在街道兩邊依次排開，吆喝聲、交談聲與嘖然誇讚之聲不絕於耳，孟小汀看得興致勃勃：「好多酒啊！」

莫霄陽哼哼笑：「今夜咱們不醉不歸！」

鬼域裡多的是讓人一杯就倒的烈酒，他從小在這樣的環境裡長大，酒量被鍛煉得出神入化。

說到一半，莫霄陽忽地頓住，與身旁的龍逍交換一個視線，再開口，語氣裡多出幾分笑：「裴渡，你可得做好準備。」

在場幾位都知道裴渡酒量不好，他與龍逍一早就打了主意，今夜要拼命灌酒，讓小少爺感受感受狂飲的樂趣。

謝鏡辭趕緊接話：「不成不成，那也得等他陪我泡完溫泉——裴渡昨晚答應過我了。」

她身側的少年聽聞此言，長睫顫了顫。

溫泉一向是有錢人的娛樂消遣，裴渡兒時沒有機會接觸，長大後一門心思求道練劍，更不會前往那種地方。要說泡溫泉，今夜是他有生以來的頭一遭。

今天更早一些的時候，他們在客棧討論過行程安排。

在白天，大家一致同意環城一周，一邊觀賞景致，一邊品嘗街邊的特色美酒與小吃。然而到了晚上，意見便逐漸出現分歧。

今夜萬人彙聚，競技場正是最沸騰的時候。

莫霄陽激動得坐立難安，下定決心要去湊湊熱鬧，龍逍同樣心潮澎湃，本想出言同他一併前往，晃眼瞥見孟小汀，又把想要出口的話憋回了喉嚨。

說來也奇怪，若是在平日，孟小汀對這種打打殺殺、人頭攢動的場景不感興趣，那時卻坐著往椅背一靠，有些彆扭地開口：「我也覺得競技場挺有意思，不如一起去看看。」

龍逍呆呆地看著她，嘴巴慢慢張成圓圓的球。

一份競技，雙重快樂。這份喜悅遠在意料之外，龍逍興奮到騰地起身：「對對對！我我我也去！我也去！」

其實謝鏡辭與裴渡都是好鬥之人，倘若沒有意外，定會毫不猶豫地前往競技場。

但問題恰恰就出在那個「意外」上。

系統的指令來得毫無徵兆，只要他們二人稍有互動，就會從識海裡彈出任務。經歷昨晚的邪神之夜，謝鏡辭實在有心理陰影。

邪神的行為邏輯不同於常人，按照設定，會竭盡所能對騎士展開羞辱。

她看過這個人設的大致梗概，其中最常見的喜好，便是在半開放性質的公眾場合動手動腳，一點點擊潰高嶺之花的自尊心。

簡直沒眼看。

單單看著識海裡的臺詞，謝鏡辭都能感到臉頰發燙。

巷道裡做出那樣的事，對於他們來說都已是極限，倘若在競技場裡出現什麼意外，引發更出格的任務……

那可是在眾目睽睽之下，裴渡一定會羞愧至死的。

於是萬般無奈地，她刻意避開人潮洶洶，選擇了更私人的溫泉。

同樣，也是獨獨屬於兩個人的溫泉。

——謝家獨女從不缺錢，一拍腦門做出這個決定後，謝鏡辭立刻包下了天字一號房。房間後院裡配有私人溫泉，避免了前往公共浴池人擠人的麻煩。另外三人決定一併前往競技場，這樣一來，整個溫泉池裡，就只剩下謝鏡辭與裴渡。

念及此處，少年心重重跳了跳。

夜晚，溫泉，水漬，兩個人，無論哪個詞語，都能令人浮想聯翩。尤其同他一起的那個，還是謝小姐。

「快看，那邊有糖人！」

謝鏡辭的笑音瞬間打破思緒，裴渡將之前的念頭丟出識海，心中暗罵自己無恥，竟在光天化日下思考如此曖昧的情景。

謝小姐嗓音清凌、乾乾淨淨，將那些卑劣的心思襯得愈發可恥，他循聲望去，果然見到一家糖人鋪。

糖人色澤晶亮，如同凝固的琥珀，被太陽映出點點流光。店鋪主人手藝極佳，右手一抖，流液便勾勒出千奇百怪、栩栩如生的形狀，獸類、花草、靈寵應有盡有，不少人圍在一旁看熱鬧。

「謝小姐，還吃啊？」莫霄陽看她手中鼓鼓囊囊的大包小包一眼：「從出客棧到現在，裴渡已經給你買了一隻烤鵝、幾隻烤蝦、桂花湯圓、糯米糰子、煎餅果子、羊肉串、牛肉串、烤蠍子、桃花釀、桂花釀、胭脂釀——沒問題吧？」

他這一連串的報菜名下來，嘴皮子沒有停過。謝鏡辭嘿嘿一笑，往裴渡嘴裡塞了個糯米團，聽他輕聲問：「想要什麼形狀？」

謝鏡辭挺直脖子：「想要大呆鵝的形狀！」

年輕的劍修稍稍頓住，出言之際，嗓音裡帶著不易察覺的淺笑：「老闆，勞煩畫一隻鵝。」

莫霄陽：「……」

你就寵她吧。

女人，只會影響他們出劍的速度。

莫霄陽伸手撫摸自己的愛劍，感受到長劍嗡鳴，心中喜愛愈甚：「龍兄，聽聞競技場裡多有法器出售，今夜不妨去看上一看。」

一旁的龍逍重重點頭：「若能尋到鬼毒針、玄陰印、九死陣法那樣的神兵利器，這一趟便是超值了。」

修士怎能被簡簡單單的糖人束縛住腳步，他們出入於生死之間，早就不適合那種甜甜膩膩的食物。

他一面應聲，目光習慣性地偏移，悄悄看向不遠處的孟小汀。

小姑娘同樣立在一家商鋪前，盯著一道小食細細打量，而擺在她面前的招牌菜名——

龍逍面無表情地上前，輕咳了聲：「老闆，買一份奶香啵啵。」

南城不算太大，好在街頭巷尾足夠熱鬧，單是在各種商鋪前閒逛，就已用去一天裡大多數時間。

等五人環城結束，已然入了傍晚。

聽說有不少化神強者齊聚南城，在城中的武道館中相約比試，就連孟小汀都被點起了興致，同龍逍莫霄陽一起匆匆道了別。

謝鏡辭進入溫泉裡時，天色全暗了下來。

天字一號房價格不菲，被建成古樹樓閣的模樣，配有一處獨立院落。

房內是雕龍飛鳳、帷帳如紗，幾間臥房一字排開。院落被高聳的圍牆渾然環繞，牆邊明燈依稀，瀉下昏黃溫柔的光，綿綿鋪陳於池水之上，宛如星河墜落，撕裂天邊月色。

溫泉上有霧，連綿的白色織成絲絲錦緞，與無處不在的熱意相得益彰。

她先行換好浴衣，踏入溫泉時，只著了一條足以裹住全身的浴巾。

泉水有些燙，朦朧白霧更是熱氣騰騰，一旦置身於其中，全身筋骨血液彷彿悄無聲息化開，所有疲倦盡數消散不見，空留一片漫無止境的綿柔，讓人不願再動彈。

除卻溫泉，店中還配有精心釀製的美酒，被放在溫泉旁側。

此酒名為「寒池白玉」，是南城聲名遠揚的特色之一。謝鏡辭從未品嘗過，只聽說味冽而冷，醇香清幽，令人回味無窮，比起凡酒，自有一番風味。

裴渡還在臥房內，一直沒有動靜。她等得無聊，乾脆先行斟了兩杯，正打算細細品嘗，突然瞥見一道頎長的影子。

謝鏡辭端著酒杯回頭。

裴渡仍套著浴袍，白衣單薄，描摹出少年挺拔的脊背與勁瘦腰身，若是凝神望去，甚至能隱隱見到大腿修長的輪廓，順著白痕往下，十足漂亮。

他還散了頭髮，長髮乖順而下，其中幾縷微微翹起，顯出微不可察的凌亂。如瀑黑髮襯著白淨精緻的面龐，少了幾分平日裡嚴謹認真的肅然，只需往原地一站，便是格外地……

謝鏡辭眸光一轉，收回心裡一閃而過的、不太好的心思。

「謝小姐。」他有些緊張，目光猝然觸碰到水中的姑娘，又瞬間迅速移開：「我的任務……改變了。」

裴渡怎麼不緊張。

他抬眼一瞧，就能與謝小姐四目相對。她面上與髮間都沾染了水漬，此刻正用白布裹住身體，露出線條流暢的頸肩與手臂，往下則是隱約的起伏，布料被水浸濕，濕漉漉貼在皮膚上。

在這樣的場景下，哪怕看上一眼，都是一種曖昧至極的逾越。

「任務？」謝鏡辭好奇：「這次變成了什麼？」

她看見裴渡喉頭一動：「……鮫人。」

鮫人，人身魚尾，傳說落淚成珠。這是種極為罕見的種族，謝鏡辭很少見過，瞬間起了興趣：「那你應該可以變出尾巴囉？」

她說得快活，另一邊的裴渡卻是脊背僵硬，緊張得動彈不得。

這只鮫人……哪是像她想像那般乖順美好。

鮫人族群生活於深海之中，為捕殺獵物，會生出尖利的齒牙。也因此，從骨子裡而言，這是種極為凶殘的生物。

有種不可言說的思緒在腦海中生根發芽。

從見到謝小姐的第一眼起，他便迫不及待想要征服這個獵物——即便那會是一場瀆神。

他想把暴虐的邪神吞吃入腹。

少年狼狽地垂下眼簾，毫無預兆地，感受到一股靈力靠近。

謝小姐的靈力受到邪神影響，變成了濃郁漆黑的墨色，這會兒化作長鬚四散，其中一條裹著杯酒，乖巧落在他身前。

溫泉裡的姑娘道：「這是名酒寒池白玉，你試試味道如何。」

裴渡道了聲謝，伸手接過，在四下蔓延的熱氣裡，唯有玉杯透著涼意。

然而送酒的目的已經達成，騰於半空的黑潮卻並未散去。他將酒杯握在手中，不知怎地，感受到難以言說的心悸。

黑潮是邪神的附屬品，謝小姐此時喚出靈氣，很可能有了新的任務。

「泡溫泉是不用穿浴衣的。」裴渡聽她笑了笑，語氣漸深：「可是端著酒杯，應該沒辦法自己脫下來吧？」

緋色瞬間侵襲整個耳朵，少年隱約明白她遞酒的原因，兀地抬頭。

謝小姐在笑。

他分不清這是任務，還是她想要做的，只知道四散的長鬢悄然聚攏，已經有些觸碰到他的衣物。

她說：「我來幫你吧。」

不容反駁的陳述句，完全沒有顧及他的回應，緊隨其後，便是衣物被輕輕摩挲的窸窸窣窣。

若是普通的動作也就罷了，偏生她的靈力並不老實，頂端的吸盤有意蹭在頸窩與手背，偶爾輕輕一動，伴隨著浴袍擦過的癢，讓裴渡脊背發顫。

他的心跳越來越重，下意識想要後退，卻聽她繼續道：「溫泉很舒服，你不過來試試嗎？」

她一定是故意的。

否則絕不會在他邁步上前的剎那，用其中一條長鬚輕輕按撫，不偏不倚，正好從衣擺的縫隙悄然探入，經過小腿內側。

裴渡本就緊張，這裡又遍地沾滿水漬，如今意想不到的地方被吸盤悠悠一勾，眼睫顫抖之時，整個人向身後摔落。

於是寒池白玉灑了滿身，酒杯落地，發出一聲啷噹脆響，順著地面骨碌碌滾落，滑到少女瑩白的足尖。

他狼狽坐起身子，直到這時，才後知後覺發現謝小姐已經離開了溫泉，安靜站在地面。

池水順著髮絲、手臂與小腿無聲滑落，如同輕撫凝脂，墜落在地上，暈開層層曖昧的水漬。

黑髮與白布皆是濕潤，輕飄飄貼在軀體旁側，勾出惹人遐想的道道弧度，至於足尖則是玉白，乾乾淨淨，一塵不染。

他自覺心慌，抿唇垂眸。

謝鏡辭只覺得渾身發熱。

系統給出的指令盤旋在識海，她雖羞赧，卻不可抑制地心臟狂跳，隱隱生出幾分期待。

如果對方是裴渡……就算沒有指令，她或許也會忍不住這樣去做。

足底踏過遍地水漬，踩出幾聲破碎聲響。裴渡想要站起身，膝蓋卻被靈力一壓。

他這才發覺，經過方才那次摔倒，浴衣已凌亂不堪地散開，尤其是膝蓋以下，竟露出兩條筆直的小腿，與衣衫胡亂交襯，露出幾道曾經受傷留下的疤痕。

「被濺了這麼多酒，應該要好好擦乾淨吧？」

她上前的須臾，靈力也隨之下覆，似手掌也似繩索，瞬間遍布渾身四處，柔而有力，依次擦過濕濡酒漬。

溫泉散發的熱氣灼灼撩人，惹得心中一團亂麻，裴渡止住喉間顫抖，重重吸一口氣：「謝小姐，不用……」

話音未落，已有一道靈力順勢上攀，裹住露出的腿肚，吸盤如同張開的薄唇，重重一旋，品去其上甘甜的水漬。

尚未出口的話語化作一聲氣音。

謝鏡辭心臟砰砰直跳。

接下來，她打算玩一玩自己的路數。

……管它羞恥與否，反正裴渡不會知道真相，無論發生何事，把一切推鍋給邪神就好。

她還是清清白白矜矜持持的謝小姐嘛。

身形纖瘦的少女俯身而下，食指抬起眼前人蒼白的下巴。

裴渡相貌生得驚豔，鳳眼被燈光映出亮色，如同灼人星火。一抹寒池白玉順著脖頸往下，暈開片片瑩白，滑落至凌散的浴衣內裡，不見蹤跡。

讓人迫不及待想要親近他。

「今夜正是品酒會。」

謝鏡辭眉眼稍彎，唇邊盡是笑，在這份輕柔笑音裡，裹挾著的低語令人臉紅心跳。

在蔓延的白霧裡，裴渡聽見她道：「讓我也來品上一品吧……裴渡哥哥。」

他的心臟猛然縮緊，連跳動都沒有勇氣。

嫣紅的唇染了水色，輕輕貼上他喉結，舌尖稍稍用力，也緩慢地向下。

騰騰烈焰包裹住他，在逐漸渙散的意識裡，裴渡按住她肩頭。

像如今這樣，已經到達極限了。

謝小姐的唇離開頸窩，恰恰貼在衣襟上面，倘若再繼續往下，定會去到……

她卻毫不理會這番抗拒，反倒是長鬢兀地收緊，又引出道道怪異的、沁入骨髓的電流，讓他在剎那間卸去力氣。

謝鏡辭目光下移。

她之前開玩笑般聲稱要為他脫去浴袍，卻並未用什麼力氣，只是胡亂撩動，惹得衣衫凌亂，生出道道褶皺。少年的胸口若隱若現，一滴酒珠順著脖頸落下，劃出曖昧不清的水痕，十足漂亮，也十足勾人。

她情不自禁地笑了笑，貼著他的身體出聲：「這酒是甜的。」

裴渡的脖子都漲成粉色。

與此同時，謝鏡辭繼續往下。

她的溫度一點點掠過衣襟，白衫如花瓣綻開，那一滴瑩瑩的酒水襯著潔白花蕊，被拭去之際，生出層層疊疊的疾電，勾人心魄。

這樣的動作太過溫柔，絲絲縷縷撩動識海中緊繃的弦。在短短的瞬息，滿腔情愫於心底轟然爆開。

裴渡聽見啪嗒一響，喉結上下滾落。

因是鮫人，他的雙腿……變成了一條生有鱗片的魚尾巴。

謝鏡辭微微愣住，抬眼與裴渡四目相對。

他彷彿成了只渾身通紅、被煮得爛熟的蝦，雙眸漆黑，沾染著朦朦朧朧的水霧，與她對視一瞬，又匆匆低頭。

被掙開的長鬚再度聚攏，逐一貼上冰涼鱗片。鮫人的尾巴最是敏銳，被她觸碰，再度顫動著彈起。

啪嗒。

水聲瀰漫，謝小姐的指尖在其中一片魚鱗重重下壓。

她定是惡趣味地笑了笑，嗓音裡噙著蜜糖，也有見血封喉的毒藥：「這裡，也想喝一喝酒嗎？」

鮫人的身體與常人不同。

修長白皙的雙腿被魚尾所代替，當謝鏡辭垂下眼眸，能見到一片片圓潤漂亮的鱗。

她只知道裴渡生出了魚尾，對於尾巴的構造，卻是一無所知。其餘鱗片皆是乖順安靜，輕輕貼伏於魚尾之上，唯有在裴渡小腹往下的地方，幾片魚鱗無聲翕動，張開一個漆黑的小孔。

他的魚尾通體幽藍，被燈火悠然相映，蒙著層薄薄的光。

在這種和諧一致的色彩之間，那道小小的空洞是唯一的暗色，即便裴渡竭力隱藏，也還是被她一眼捕捉到。

「鱗片也可以張開嗎？」謝鏡辭未曾設想過這樣的畫面，一時生出了好奇，順勢跪坐於布滿水漬的地面，低頭細細打量：「好神奇。」

她的全部注意力都放在尾巴上，因而沒有及時察覺，當目光觸碰到那幾片張開的魚鱗時，裴渡陡然睜大了雙眼。

謝小姐很少見過貨真價實的鮫人，自然不清楚其中貓膩；而他拿了鮫人的身分，被系統粗略介紹過這個種族的特徵習性，在感受到鱗片打開的剎那，當即明白了那究竟是怎樣一回事。

因為被鱗片覆蓋著整條尾巴，鮫人們自腹部往下的所有器官，都不得不縮進魚鱗之後。

這是種狹窄的禁錮，只有在遇見無法抑制的刺激時，魚鱗才會乖乖打開，讓它們久違地出來透透氣。

裴渡有意克制，在清心訣的抑制下，只有幾片魚鱗出現了小小的翕動，不至於全然大開。這已經是他所能做到的極限，腦海中緊緊繃著的弦幾欲斷開，搖搖欲墜。

他緊張得動也不動，謝鏡辭的目光卻毫不掩飾，有如實體地盤旋於空洞之上，忽地伸了手，在顫動的鱗片旁輕輕一戳。

她動作很輕，指尖觸碰到的，只有極為單薄的小小一點。

裴渡想，對啊，只不過是小小的一點。

然而這樣的觸碰卻格外清晰，彷彿能感受到來自她的全部熱度。

起初只是不起眼的一個角落，帶著灼熱滾燙的氣，下一瞬便轟然爆開，熱意湧動如潮，頃刻間包裹全身。

最難以忍受的，還是空洞之中不為人知的躁動。

他猛地深吸一口氣，手指徒勞按住地面，因為太過用力，骨節泛白。

魚尾又是一擺，與地上的水漬重重相碰。

啪嗒。

謝鏡辭有些困惑地抬頭：「像這樣，很難受嗎？」

裴渡已是心亂如麻，哪有臉面向她解釋實情，聞言低垂眼睫，喉音啞得厲害：「只是……有些癢。」

她這才放下心來，正色點了點頭，甫一低頭，視線又落在那片空洞上：「真奇怪，其他地方的鱗片全都不會打開。這是一道傷口嗎?疼不疼?」

裴渡當真快要羞愧至死了。

「謝小姐,」他努力讓嗓音不顯得太過喑啞,奈何收效甚微,「……還是去泡溫泉吧,這裡沒事的。」

噢。

謝鏡辭心裡總覺得擔心,正打算收手起身,識海裡忽然閃過一片黑字。

那串黑字並非臺詞,也不是與她人設相關的任務,開頭寫了兩個大大咧咧的『科普』,想來是系統大發慈悲,決定給她這個鮫人盲普及一下基本知識。

她滿懷好奇地看,臉色越來越白。

等……等等。

泄泄泄殖腔是什麼東西?藏在鱗片背後的器官又是怎麼回事?還有那什麼『情動之時順勢打開,探出鮫人的』——

謝鏡辭的臉像在被火燒。

與常人軀體不同,鮫人的尾巴常年寒涼如冰。她的指尖仍然落在那片魚鱗上,溫熱的皮膚與冰冷鱗片彼此相觸,如同交織的水與焰,將每一寸感官都放大到極致,觸感無比明晰。

甚至於,她還能感受到鱗片翕動的剎那,引發的陣陣輕顫。

這真的真的不能怪她。

這這這、這個地方位於肚臍下方很遠的距離，根本就與人類的位置完全不重合，更何況只有三四片魚鱗在微微晃動，空洞窄小，怎麼能聯想到——

裴渡眼睜睜看她停下手裡的動作，臉色變得古怪。

謝小姐……一定是知道了。

他下意識想要收攏魚尾，恨不得將自己裹成渾圓的球，從她眼前澈底消失；空洞上的鱗片卻不知為何悠悠一動，彷彿更加興奮，不動聲色貼上她指尖。

十足猛浪。

裴渡咬牙別開視線。

溫泉仍在溢出朦朦朧朧的熱，白霧逐漸填滿整個庭院。放眼望去，天邊清亮的月光與牆邊晃動的燈火交相輝映，被無邊無際的霧氣悄然暈開，彷彿整個世界都蕩開了一層昏黃色薄光。

他感到撓心撓肺的熱，恍惚之間，感到謝小姐指尖稍稍用力：「裴公子金口難開，這裡倒是足夠聽話，張得這樣大，也不知道想要什麼。」

謝鏡辭：「……」

救救救命啊！這是什麼羞恥爆炸的臺詞！現在已經這樣尷尬，系統你這種時候出來搗什麼亂啊！

心裡的小人哐哐撞牆，她沒臉去看裴渡，少有地支支吾吾，聲音小得像是蚊子嗡嗡：

「這、這不是我想說的話。」

裴渡對不起對不起對不起嗚嗚嗚。

近在咫尺的少年默然片刻，輕聲開口：「去泡溫泉吧。」

不得不說，裴渡轉移話題真是一把好手。

謝鏡辭動作僵硬地入了溫泉，池水熱氣騰騰，將本就熾熱的身體灼得愈發難捱。好在終於能從那幾片魚鱗帶來的尷尬中解脫，讓她悄悄鬆了口氣。

「之前奔波那麼多天，泡一泡溫泉挺舒服，對吧？」她努力緩解尷尬，一面說話，一面端起酒壺與玉杯，將寒池白玉斟滿：「這個酒味道不錯，你來嘗嘗吧。」

謝鏡辭說話時沒想太多，話音方落，才忽然察覺不大對勁——

她之所以知道這酒味道不錯，全因貼著裴渡脖頸往下，一點一點，用舌尖途經了他的整個前身。

謝鏡辭在心底狠狠給了自己一錘，面上故作鎮定，把酒杯遞給身旁的少年。

入了溫泉，自然不應該繼續穿著浴袍。裴渡乖乖脫下那件褶皺叢生、凌亂不堪的白衣，逐漸露出勁瘦挺拔的身體，當她靠近，感受到一股曖昧的熱。

不知道來源於溫泉騰騰的水汽，還是少年本身獨有的溫度。

她斟酒時兩人隔著層層白霧，一切不甚清晰，如今陡然貼近，眼前的景象便再無阻礙。

謝鏡辭曾經見過裴渡褪下衣物的模樣，無一例外皆是他身受重傷。

那時性命攸關，他渾身上下處處是血跡，任誰都不可能生出旖旎的心思，直到此刻血汙褪去，白淨柔軟的皮膚展露無遺。

因為常年練劍，裴渡雖瘦，身上卻布滿了井然有致的堅硬肌理，寬肩窄腰，手臂與身側的弧度流暢如水，好似刀鋒倏地一切。

再往下，透過瑩瑩生輝的池水，能見到他幽藍色的尾巴。長長一條，尾鰭輕如薄紗，呈現出若有似無的白，隨著水波上下搖晃。

若是尋常男子，會在腹下圍一圈浴巾，像他這樣……豈不就是不著片縷了嗎？

好像，比之前身穿浴袍的時候，更適合用來品酒了。

謝鏡辭被這個念頭嚇了一跳，手中酒杯晃蕩。

裴渡小心接過，道了聲謝謝。

他不擅飲酒，這酒又是上好的陳年佳釀，只一杯下肚，就微不可察皺了眉頭，微醺著看向身旁的小姑娘：「謝小姐，妳不喝嗎？」

謝鏡辭之前一直沒說話，直到他扭過頭去，才發覺對方正神色複雜地盯著自己瞧，柳葉眼漆黑沉寂，藏匿著說不清也道不明的暗光。

少年微微一怔：「……謝小姐？」

「裴渡。」她沒挪開視線，保持著四目相對的姿勢，語氣裡更多是小心翼翼的試探：「邪神很過分，對吧？」

畢竟全是反派角色，系統給出的人設都稱不上太好，甚至大多數全在幹混帳事兒，能讓人恨得牙癢癢。

之前在巷子裡做出那種事，謝鏡辭自認算是欺負他。

這個問題來得沒頭沒腦，裴渡聞言眨眨眼睛，滿目皆是困惑。

但他還是老老實實地答：「我知道那並非謝小姐本意，所以……沒關係。」

謝鏡辭心底悄悄綻開一朵小花。

她早就料到裴渡會這樣回答，邪神那樣逾矩，而她不過是被強制操縱的小小傀儡，千怪萬怪，永遠怪不到謝鏡辭頭上。

這是她最好的擋箭牌，頂著這個身分，就能肆無忌憚地為所欲為。

她實在太喜歡裴渡，偏生此時的他格外勾人。凌亂黑髮在水面蕩開，襯出玉一般的手臂與側臉，好似攝魂奪魄的蛇，直勾勾纏在她心上。

屬於少女的羞赧不允許她繼續往前，謝鏡辭卻別有他法。

她緊張，也在同一時刻感受到前所未有的興奮與期待。

「所以，」長髮如瀑的姑娘眉眼一彎，似是委屈，也有祈求，白霧層層疊疊，遮掩她眼底飛快閃過的狡黠輕笑，「待會兒如果做了過分的事情，你一定能原諒我吧？」

裴渡渾然不知真相，安撫般點頭：「我知道。」

他知道。

謝鏡辭眼底生出無法抑制的笑。

蔥白手指再度拿起一支酒杯，裴渡聽見她道：「那我們繼續品酒吧。」

酒水本應飲在口中，隨她話音落下，玉杯稍傾之際，寒池白玉滿滿當當，無一例外灑在少年修長的脖頸上，順勢淌下頸窩。

寒意刺骨，與溫泉的熱胡亂融合，激起無法言明的異樣感官。裴渡將手裡的杯子放在一旁，狼狽地與她對視。

下一瞬，謝鏡辭柔軟的唇瓣便重重覆下。

既是品酒，自然要細膩認真。

她的動作極輕極緩，吐息靜靜打在皮膚之上。裴渡身形勁瘦，頸窩格外明顯，如今落了醇香的美酒，當真生出幾分玉質容器般的錯覺，被她舌尖一勾，整具身體都不由得輕輕顫動。

裴渡竭力調整呼吸，脖頸微揚。

在以往的時候，這是他連想像都不敢的景象。謝小姐離他太遠，哪怕是不經意間的一次對視、一段眼神觸碰，都能讓少年心生喜悅。

也不是沒有想過能與她在一起，最大限度便是親吻和擁抱，哪裡會料到如此刻這般，與心上的姑娘置身於溫池之間，被她逐一吻過身體的每處角落。

謝小姐已經掠過小腹，勾勒出腹肌之間分明的溝壑，也依次吻過一條條醒目的舊傷疤。再往下，就是池水所在的高度。

她動作驟停，裴渡卻感到更沉重的威壓——

道道黑影自她身後探出，凝聚成與繩索無異的長鬚，浩浩蕩蕩向他襲來，猝不及防，禁錮住少年的手臂與後背。

「乖。」謝鏡辭眉眼彎彎：「上去一點。」

話音方落，便有靈力轟然上湧，好似連綿不絕、瘋狂生長的藤蔓，將他毫不留情綁縛其中，頂端輕撫，惹來一陣又一陣的癢。

隨著靈力向上，裴渡的身體隨之騰空，被輕輕放在池邊地面。

有酒輕輕灑在魚尾，鱗片冰涼滑膩，引得水流迅速淌開，有的如同溪流涓涓往下，有的滲進鱗片之間的小小縫隙，寒意透骨。

未經人事的少年雙目迷濛，低低又喚了一聲：「謝小姐……」

要論鮫人的尾巴，與皮膚自然是截然不同的觸感。

幽藍魚尾色澤黯淡，彷彿將夜空雜糅於其中，尾端的鰭在地面鋪開，舌尖一碰，反射性晃了晃。

酒與魚鱗皆是冰涼，離得近了，並沒有魚類常見的海腥味道，反而充斥著裴渡獨有的樹木清香，與寒池白玉的濃郁酒氣融合，只需淡淡一嗅，就能讓人心甘情願沉溺其中。

她的唇瓣擦過那片張開的鱗。

裴渡嗓音隱隱帶著哭腔：「謝小姐，那裡……」

他來不及把話說完，喉音卻被全盤封鎖。

愈來愈多的靈力無聲聚攏，逐一落在少年劍修身上猙獰的傷疤。大多數地方被謝小姐吻過，對於觸碰很是敏感，如今吸盤貼於其上，更是曖昧難言。

好像是輕吻一般，謝小姐的靈力在他傷疤上緩緩拂動，不厭其煩。

上身是溫柔的折磨，魚尾則響起令人臉紅的水聲。謝鏡辭力道不重，有時會惡趣味地掀開魚鱗，嘗一嘗縫隙之間的寒池白玉，隨著動作越發往下，最終來到雪白色的尾鰭。

夜色格外安靜。

裴渡聽見窸窸窣窣的水聲，以及他自己沉重的呼吸。

「邪神實在很過分，是吧？」

小姑娘抬起腦袋，雖然用了愧疚的語氣，目光卻是難掩笑意，如同剛剛飽餐一頓的食肉動物，眼角眉梢盡是心滿意足。

她本就心情不錯，見到裴渡的模樣，眼尾彎成小小的鉤。

他實在可愛，瞳色迷濛，長睫被水霧浸濕，連眼尾都生著濃濃的紅，薄唇沾了水色，微微張開，欲言又止。

「我讓你不舒服了嗎？」謝鏡辭仰頭，抬起右手，將他一縷亂髮別到耳後：「對不起哦。」

她的心臟砰砰砰一直在跳。

這真是一種極為奇妙的感受，面對喜歡的人，羞恥與愉悅都在同一時刻飆升，即便羞赧得滿臉通紅，也迫不及待想要更親近他。

這一切本該順理成章。

然而謝鏡辭抬起的右手尚未放下，毫無徵兆地，聽見識海中一道極為熟悉的嗓音。

她莫名想起一個字。

——危。

『我來了我來了！剛剛世界線出現動亂，我掉了一會兒線——二位進展到哪兒了？我看看還有沒有任務能發。』

謝鏡辭：「……」

危危危危危危。

你你你這又是在做什麼啊！她事先想好的劇本根本不是這麼寫的啊！既然系統擺明了不在，那方才她的所作所為——

救命啊。

這口鍋兜兜轉轉，終究還是回到了謝鏡辭自己的腦袋上。

渾身的氣焰銷聲匿跡，她見到裴渡漆黑的眼睛。

他生有一雙狹長撩人的鳳眼，眼尾牽引出淡淡緋紅，在聽見系統音的剎那，怔怔一眨。

他何其聰穎，自然能明白其中貓膩，再睜開眼時，瞳仁裡的水霧消散殆盡，只餘下昏昏沉沉的黑。

當面翻車最是致命，謝鏡辭臉紅得快要爆炸。

「就，就是，」她抬手摸了摸鼻尖，不敢再看裴渡雙眼，期期艾艾低下腦袋，「……喝醉了。」

該死，這是哪門子的爛理由。

她厚著臉皮撒謊的時候，分明只吞下了裴渡脖子上的一點點酒滴。

溫泉之間一片寂靜，系統看出氣氛不對勁，乖乖藏進識海深處，不再言語。

謝鏡辭立在熱意騰騰的池水裡，腦子被燒得發懵，恍惚之間，聽見裴渡低低嘆了口氣：「喝醉了？」

她決定把厚臉皮進行到底，繼續點頭。

廢話，除了點頭，謝鏡辭只剩下在溫泉池裡把自己淹死謝罪這一條路可走。

院落露天，吹來一陣寒氣逼人的風，被茫茫夜色浸透，更顯出涼意刺骨。

謝鏡辭打了個哆嗦，下一瞬，整具身體愕然頓住。

她是……當真沒有想到。

屬於少年鮫人的、冰涼而柔軟的魚尾探入水中，在淌動不休的池水裡，緩緩將她包裹。

少女腰身細瘦，隔著浴巾，能感受到魚尾上綿綿的軟肉。

她的心臟幾乎要跳到喉嚨，恰在同時，之前拿著酒杯的右手被不由分說握住。

裴渡的舌尖是薄薄粉色，探出小小一處，拭去謝鏡辭手指殘留的酒滴。薄唇時而拂過掌心，雖然細微，卻生出微妙的水聲。

她像個認錯的小孩，脊背挺直，輕顫著站在池水之中，好不容易等酒漬一乾二淨，身後的魚尾卻倏然用力，將她輕輕一拉。

謝鏡辭猝不及防，一下撞在他胸口上。

裴渡垂了眼眸，安靜看著她。

他知道謝小姐一向不安套路出牌，活得我行我素，得知方才的一切全是出於她本人的意願，驚愕之餘，心中更多湧現而出的，竟是砰砰躍動的喜悅。

她願意親近他。

謝小姐畢竟是女子，對於這種事情，難免會生出羞赧，之所以套上所謂「邪神」的外殼，自是理所當然。

是他不好，一直遲疑著不願逾越規矩，擔心太過親暱，會惹她不高興。

……這種事情，以後讓他主動便是了。

年輕的劍修長睫微動，俯身而下，籠罩出一片令人透不過氣的陰影。

裴渡吻得認真且用力，當唇與唇相觸，殘留的酒香滋生蔓延，魚尾收攏，一下又一下，力道不一地撫過她後背、腰身與小腿之間。

「不是鮫人。」謝鏡辭聽他出聲：「是我……想對妳這樣做。」

裴渡說著笑笑，薄唇摩擦而過，喉音如蠱：「謝小姐知道『我』是誰嗎？」

「裴——」她被撩撥得渾身發熱，雙手狼狽摟在他腰間，開口時吸了口氣，尾音止不住地顫：「裴渡。」

正在親吻她的人，將滿腔喜愛盡數贈予她的人，是裴渡。

他有那麼那麼地喜歡她。

尾鰭在小腿肚上無聲拂過，水波蕩開，冷與熱模糊了界限。

裴渡的舌尖在她唇瓣輕輕一掃。

「謝小姐。」少年狹長的眼尾緋紅如霞，緊張得脊背僵硬，嗓音卻噙著笑，帶著寒池白玉獨有的濃香：「酒是甜的。」

孟小汀覺得，她這幾日不大對勁。

這讓她有些慌。

他們一行人在琅琊祕境裡吃了大虧，出來後個個身上都帶著傷。

孟小汀自然也不例外，不但被如刀如刃的殺氣割出好幾道血口，識海亦在白婉的威壓下受到折損，剛回家沒多久，便患了場風寒。

得知她患病，辭辭火急火燎地頭一個趕到房間，先是從儲物袋裡抓出大把丹丸，旋即伸手來，在她額頭上胡亂摸來摸去。

謝鏡辭細細摸完，又抬手碰了碰自己腦袋：「……好像不燙。」

她說話時帶著點懵懂的茫然，一雙柳葉眼纖長柔和，眉頭十足困惑地皺起來。這樣的模樣實在可愛，孟小汀噗嗤笑出聲：「只是小小的風寒，咳嗽幾天就過去了。」

「這可不行。」謝鏡辭義正辭嚴，戳一戳她腦袋：「就算只是風寒，要是拖著遲遲不治好，指不定什麼時候就會變成發燒、頑疾，然後是燒壞妳的腦子。」

不少人都說謝家小姐桀驁冷淡，定然不好相處。以前在學宮裡見到這樣的匿名布告，孟小汀總會氣鼓鼓地奮筆疾書，用上整整一夜的時間寫出許許多多反駁的話，然後高高貼在布告欄牆頭。

她知道辭辭不過是懶於掩飾，不會刻意裝出溫馴守矩、左右逢源的模樣，從而換取更多的喜愛和關注，好讓自己完美融入人群之中。

歸根結底，褪去「天才」和「謝家獨女」的名頭，謝鏡辭只是個年紀輕輕的小姑娘，面對朋友，擁有不輸給任何人的真誠。

其實對於孟小汀而言，生病吃藥並非必要。

從來到雲京城的那一天起，她便清清楚楚明白了自己的身分，一個不被親生父親承認的私生女。

孟良澤並不愛她，若要說得更加透徹，那個男人打從心底裡地厭惡她。

或許在十幾年前，他的的確確心悅於她的母親，然而人的情愫終究比不過唾手可得的金與銀，那段荒唐的邂逅成為了不值一提的笑柄，至於孟小汀，便是由一出笑柄釀成的果。

但他不得不將她納入府中。私生的女兒已是見不得光，倘若再染上拋妻棄子的罪名，對於一位商人而言，難免得不償失。

理所當然地，孟小汀寄人籬下，境遇十分尷尬。

童年的遭遇迫使她不得不在一夜之間迅速長大，學會不再撒嬌，不再露出怯懦膽小的模樣，也不再用繁雜的瑣事勞煩旁人，即便有了麻煩，一個人解決就好。

比如生病。

吃藥不是必須，如果當真覺得不舒服，睡上一覺往往能解決大半問題，類似於如今的風寒咳嗽，根本無需多麼在意。

只有辭辭會一本正經地嚇唬她，聲稱不吃藥會變得更加糟糕。

那分明是嚇唬小孩子的手段。

「對了，妳在琅琊祕境留下的傷情況如何？」謝鏡辭把茶杯與藥丸一起給她：「應該不疼了吧？」

「嗯。」孟小汀乖乖點頭：「我回家之後，林姨特地請了大夫。」

她口中的「林姨」名為林蘊柔，乃是孟良澤明媒正娶的正妻。

當年初初見到孟小汀，孟良澤本想甩手不認，一番僵持之下，竟是身旁的林蘊柔出言嘲諷，語氣極淡，殺傷力卻是十足：「既然敢生，莫非還不敢認麼？」

孟小汀原本覺得，林蘊柔定是恨透了她。

可事實是，對方似乎從來沒有多加在意過她。

林蘊柔家中世代從商，她自幼薰陶著長大，生了顆精明至極的七竅玲瓏心。說來也奇怪，這女人無欲無求，唯一在乎的，唯有如何才能賺取更多靈石。

孟小汀漸漸明白了。

林蘊柔並不愛孟良澤，這場婚姻於她而言，只不過是用薄薄一紙婚書，去換取實力雄厚的孟家。

膩味的卿卿我我只會阻礙她繼續擴張商業帝國，至於孟良澤，林蘊柔恐怕已經忘記了這個人存在過。

正因如此，這個本應該最仇視孟小汀的女人，反而成為了待她最平等的那一個。

無論如何，會給私生女買藥治病、維持學業的當家主母，放眼整個修真界，都算是難得一見的奇人。

甚至於……林姨還在為了她娘親的事四處奔波。

念及此處，孟小汀眸光一動。

娘親識海受損，需要不少天靈地寶作為藥引，她不過是個寂寂無名的小姑娘，倘若僅憑一己之力，必然無法集齊。林姨得知此事，不但請來了城中有名的神醫，還於雲京布下懸賞令，重金搜尋藥材。

到如今，只剩下最後一味朧月幽蘭。

「林姨在家麼？」待得丹丸入口，謝鏡辭又給她塞了顆糖：「我爹娘得了幅古畫，想讓她幫忙看看是真是假。」

她話音方落，便聽門外傳來一道女音：「誰的畫？」

謝鏡辭聞聲一喜：「聽說是千年前的孤山道人。我娘還說，邀請您後日去家中喝酒。」

孟小汀好奇：「林姨，您怎麼來了？」

「本想帶妳去商行，沒成想來到院前，聽人說妳病了。」林蘊柔生了張媚意天成的臉，舉手投足間盡是恣意風流，奈何神色淡淡，看不出喜怒哀樂，被不少人背地裡喚作木頭美人：「這是專治風寒的藥，記得吃。」

謝鏡辭看她往桌上放了個小玉瓶，眉頭一挑：「林姨也用這種藥？」

修為上乘之人，自是體無雜病。

若是真如林蘊柔所言，自己是無意間聽說孟小汀生了病，以她的修為和身分，絕不可能隨身攜帶一瓶專治這種小病的丹丸。

唯一的解釋，只能是她一早便得知消息，在來此地之前，特地備了瓶風寒藥。

林蘊柔面無表情地瞥她一眼。

謝鏡辭咳了咳，忍著笑轉移話題：「不過，商行是怎麼回事？」

孟小汀胡亂揉一把亂糟糟的腦袋：「林姨說我天賦不錯，時常把我帶去那地方觀摩學習。這幾日生病，一直沒機會再去一趟。」

林蘊柔用靈力戳她額頭：「什麼『不錯』，是『天賦很好』。難道我會把精力浪費在泛泛之輩身上麼？」

她無法反駁，只得撓撓頭。

「夫人，小姐。」門外的小丫鬟叫了聲，嗓音像嘰嘰喳喳的百靈鳥：「龍逍公子來了。」

萬幸屋子裡的另外兩人都沒察覺，在聽見這個名字時，坐在床上的病人脊背一僵。

孟小汀沒說話，默不作聲把後背挺直一些，抬頭望去，一眼便見到龍逍。

在雲京城裡，「龍逍」二字可謂無人不曉。當今劍修法修平分天下，體修一派裡，他稱得上是百年難得一見的天才。

除卻過人的家世與天賦，此人相貌亦是極為出眾。少年最是鮮衣怒馬、風姿倜儻，龍逍生於富貴之家，吃穿用度皆是極佳，一襲玉白長衫襯出修長身形，眉目細長，時常彎彎勾起，有如星月。

但此時此刻，他卻沒有笑。

「孟小姐，」龍逍站在門口，看上去有些呆，目光倏地落在床頭，又匆匆忙忙趕緊挪開，「我聽說妳生病了。」

謝鏡辭與林蘊柔安安靜靜，紛紛向角落裡後退一步。

……孟小汀抬手摸了把側臉，感受到逐漸升溫的熱。

那種不對勁的感覺又來了。

萬幸，她身上的「不對勁」還沒到特別離譜的程度，只不過是看見龍逍，偶爾會覺得緊張。

真的只有非常非常偶爾而已。

謝鏡辭好奇地瞥他：「你怎麼不進屋？」

「畢竟是女子閨房，我擅闖不好。」

孟小汀移開了目光，門外的少年修士倒是一直盯著她瞧，望見小姑娘蒼白的臉色，不由急道：「我帶了些藥，有鞏固識海之效。」

孟小汀不動聲色地低頭，用手掌拂去頭頂雜亂的黑髮：「你進來吧。」

她這句話說完，龍逍才神情嚴肅地走進房屋，視線觸及到擺滿了藥瓶的木桌，下意識微微愣住。

對了。

少年體修想，這世界上願意照顧他的，並不只有他一個。

他的藥材遲遲上桌，雖然顯得有幾分尷尬，龍逍眼底卻暗暗生出笑——她本就應當被許多人在意和喜歡。

「我問過大夫了，識海受損感染風寒，一定要記得好好穿衣，千萬不能吹寒風，還要切忌使用太多靈力。只要乖乖喝藥，再在床上歇息幾日，傷病就能很快癒合——對了，千萬不要忘記多喝熱水。」

他一口氣說完，行雲流水毫無停頓，順暢得不可思議。孟小汀還沒出口，床前的林蘊柔便皺了眉頭：「你講話好像我娘。」

這位德高望重的前輩一向口無遮掩，龍逍心上狠狠中了一箭，強顏歡笑。

「我娘也說過類似的話。」謝鏡辭面露同情：「在我六歲的時候。」

這位大大咧咧的好友一向心直口快，又有一箭插在胸膛，龍逍徒勞扯了扯嘴角。

他是心裡憋不住話的性子，默默暗戀這麼多年，已經是人生中不敢想像的極限。如今被這兩人來了套毫不留情的組合拳，龍逍條件反射般仰起腦袋，目光直勾勾落在孟小汀眼前：「我……」

雲京城中的龍逍公子何其瀟灑，永遠都是眾星捧月、從不怯場的模樣，這會兒卻不知應當如何解釋，遲疑半晌，朝她眨了眨眼睛。

孟小汀本來沒打算與他對視，聽見那聲吞吞吐吐委委屈屈的「我」，眼皮不由突突一跳，彷彿受了蠱惑，迅速往上一抬。

年輕人的面頰泛著淺棕，瞳孔則是漂亮琥珀色，望著她眨巴眨巴時，映出晶晶亮亮的柔光。不知怎地，她忽然想起雙目渾圓的大狗狗。

……可龍逍分明是個殺伐果決的修士，曾經令無數妖魔邪祟聞風喪膽，不敢上前靠近。

她的心臟又開始胡亂地跳。

「不久後便是南城的品酒大會，我打算前去看看，不知二位是否有意。」龍逍道：「我聽說南城風景秀美，最適合舒緩身心，而且——」

說到此處，他眸光微動，不易察覺地加重語氣：「而且那地方四通八達，彙集了修真界東南西北的各種美食小吃，要能嘗上一口，應是人間一大樂事。」

坐在床上的孟小汀深吸一口氣，驟然睜大眼睛。

「我對美酒美食挺感興趣，只可惜找不到合適的同行夥伴。」龍逍繼續說，「如果二位不願，我不知道還能——」

「不不不！我們去！」

孟小汀察覺他的眸色漸漸黯淡，顯然是極為難過與孤單的模樣。

龍逍稍稍低了頭，一定不想讓她發現這副脆弱的神色。男孩子的自尊心脆弱又敏感，這種時候，自然需要她這個朋友義不容辭挺身而出啦！

「我和辭辭都想嘗一嘗那裡的特色菜，正好同你做個伴——大家一起玩才有趣。」

她一邊說，一邊悄悄給謝鏡辭使眼色。

可憐孟小汀自始至終被蒙在鼓裡，還以為自己演技爆發，安撫了少年可憐兮兮的自尊心，其實仔細想想就能發現貓膩——

龍逍身邊的朋友多不勝數，哪會無處可去。

這只不過是獨獨為她灑下的誘餌。

漁網正在越收越緊。

品酒會舉辦於尋仙盛會之後。

龍逍所言不假，南城繁華處處、歌舞笙簫，八方盡是人聲喧嘩。

她不是沒見過人來人往的大場面，雲京群眾薈萃，經常籌辦或大或小的宴席集會，同樣是十里長街處處喧囂，流光溢彩。

然而比起雲京城裡奢靡盛大的美景，此處的南城別有一番綽約風姿。小橋流水淌出絲絲柔意，柳樹勾連著街燈，無一不是溫婉閒適，映襯了遠處縷縷升起的炊煙。

這是一種能讓人感受到煙火氣息的美，孟小汀並不討厭。

今日正值酒會，他們在南城裡逛了整整一天。

除了各式各樣的美酒，小食餐點同樣多不勝數，只需環視一圈，就能望見金黃肥美的烤雞、黏稠醇香的桂花粥、大大小小各不相同的糖人、以及軟軟糯糯通體雪白的米糕。

龍逍簡直是個敗家子。

他儲物袋裡的靈石多到花不完，但凡見到賣相不錯的食物，就會買上整整五份，逐一分給在場所有人。

托他的福，孟小汀手裡抱了滿滿一大捧小吃。

對於她來說，這樣的場面並不陌生。

當年在學宮修習之際，因為時常切磋，龍逍與辭辭關係不錯。他出手闊綽，每次給後者買什麼，都會順道幫孟小汀捎上一份。

……可惜從來都是「捎上的那一份」。

她啃著嘴裡圓滾滾的丸子，不知為何總覺得沒了味道，思緒胡亂地飄。

孟小汀喜歡看見龍逍對著她笑。

然而在他心裡，那個從來都默默跟在辭辭身後、毫不起眼的小姑娘，一定只是可有可無的附屬之物。她不夠出色，不夠強大，出身也不夠好，與龍逍格格不入，從來不會熠熠生光。

但是……能吃到他買來的丸子，還是很開心。

像水裡鼓出一個又一個小小的氣泡，說不清具體是怎樣的感受。

辭辭與裴渡堅持前往溫泉，她、龍逍與莫霄陽一併來到了武道館。

修真界重武鬥，如今正是萬人彙聚，擂臺上自然水泄不通。孟小汀行走於人群之中，眼前雖然密密麻麻全是人影，卻出乎意料地，並沒有感受到太多身體接觸。

她後知後覺，茫然往身側一瞧，這才發現是龍逍擋在近旁，特地伸了手，讓她與來來往往的行人保持距離。

似是察覺到這道視線，少年默然低頭，視線與她在半空相撞。

孟小汀耳朵上像被扎了一下。

「那邊好像是化神期的場子。」莫霄陽完全沒發現這個小動作，在兩位朋友的一致沉默裡咧開嘴角：「今日一定有許多大能在場，我們有眼福了！」

孟小汀摸摸耳垂：「……嗯。」

龍逍輕輕一咳嗽：「……啊。」

莫霄陽：「……」

四面八方人潮不休，夏天的夜晚本就壓抑如蒸籠，這會兒熱氣渾然上湧，讓人透不過氣。

龍逍瞟身旁姑娘側臉上不自然的緋色一眼，迅速把視線挪開：「此地太過擁擠，夏夜悶熱，我去尋些涼湯。」

他說得飛快，走得也飛快，把心心念念的化神期對決瞬間拋在腦後。莫霄陽看得津津有味，孟小汀用了清心訣，卻總覺得靜不下心。

今天夜裡，那種不對勁的感覺越來越強。

昏昏沉沉的仲夏夜映著火光，人潮的熱、空氣的悶、識海裡的混沌，一併拼湊成黏稠的燙，被月光一灑，灼得她渾身不自在。

「他怎麼還不回來？已經過去這麼久了。」孟小汀聽見自己說：「要不，我先出去看看。」

她幾乎是從武道館的悶熱裡落荒而逃，直到吸入第一口清清涼涼的風，才終於聽見胸口裡砰砰的心跳。

與心跳聲一併傳來的，還有似曾相識的男音：「你還沒告訴她？龍逍，當初在祕境裡斬殺邪祟的時候，可沒見你這樣磨蹭過。」

孟小汀略一愣神。

這聲嗓音她尚有印象，正是龍逍身邊的好友之一，也是她與謝鏡辭的學宮同窗，名為韓少遊。

學宮裡傳過不少流言蜚語，大肆編造她娘親不堪的故事。韓少遊曾經幫她呵退過前來找碴的陸應霖等人，除此之外，兩人再無交集。

她循聲望去，果然見到斜斜靠在牆角的青衣少年，以及背對她站著的龍逍。

從他的姿勢看來，手裡的確端著涼湯。

韓少遊一定望見了她，眉頭微挑著勾了勾嘴角，卻並未直接點明，而是繼續懶聲道：「不過孟小汀真是有夠遲鈍，她難道一點都沒察覺你的心思嗎？」

這句話順著晚風燒到耳邊，她腦子裡砰地一炸，很快聽見龍逍的回應。

準確來說，那句話算不上什麼「回應」。

他嗓音很悶，一本正經：「你別說她壞話，我聽著呢。」

耳朵上的火順勢燒到識海裡頭。

孟小汀心臟砰砰直跳，彷彿有什麼東西在掙扎而出。

什麼叫……他聽著啊。

「對對對，差點忘了，龍少爺一直不讓別人討論她。」韓少遊的笑快要滿滿當當溢出來，做作輕咳一聲，用右手遮了遮嘴角：「當初陸應霖他們胡作非為，就被你打了好幾頓嘛——我記得當年陸應霖告訴長老，你還被罰抄了一千遍靜心咒，對不對？」

「那是他們做得太過分。」龍逍很認真地蹙眉：「靜心咒抄就抄吧。」

韓少遊眼皮一挑，望見不遠處小姑娘怔怔的模樣，沒忍住又笑了笑。

「但總是現在這樣也不是辦法啊。」他道：「兄弟們約你來南城，你非要跟著她，說了一切挑明吧，現在又開始慫——哦，還有你手裡的三碗涼湯，我的龍大少爺，你在這兒表演雜技呢？之前是謝鏡辭，如今又是莫霄陽，你難道不能大大方方告訴她，『沒別人那麼多亂七八糟的事，這些東西，我就是想送給妳』？」

龍逍一時間沒說話。

靜了好一會兒，他才低低開口：「……我怕嚇著她。」

她一向對世家子弟沒什麼好感，倘若對他無意，龍逍表明心意後繼續跟在她身邊，豈不成了死纏難打。

要是變成那樣，他定會難過得受不了。

「你就這麼篤定，孟小汀對你毫無興趣？」韓少遊咧了咧嘴，抬手拍拍好兄弟肩頭，側身一繞，勢要離開：「你不妨好好想想。他們還等著我喝酒，先走了，再會。」

他一句話說完，已經走到了龍逍側後方向。後者下意識轉身，目送好友離開：「再——」

忽有一陣疾風掠過，吹動不知何處的風鈴，叮鈴叮鈴。

下一個字被堵在喉嚨裡，隨著喉結的滾動，研磨成無聲的吐息。

在不遠處的武道館正門，孟小汀正呆呆看著他。

韓少遊發出一道雞鳴般細細長長的笑，一瞬間跑沒了蹤影。

龍逍：「……」

他要死了。

四周好像更熱了些。

他看見孟小汀眨眨眼睛，又在同一時刻，與他一道挪開目光。

她一定全都聽到了。

「我，就是——」

體修向來狠戾果決，龍逍從未有過如此吞吐的時候，奈何越說越糊塗，直到後來，整個識海都成了滾燙的水，咕嚕嚕冒著泡泡。

他的元嬰小人瘋狂打滾捶地，委屈到想哭，另一邊的孟小汀同樣不知所措，動作僵硬地撓了撓頭。

龍逍為她出過頭，揍了陸應霖好幾次。

還有那些七七八八的、總會被他雙份買來的小食和傷藥，是為了送給她。

她像在做夢，腦子裡糊里糊塗，浮起一圈搖搖晃晃的泡泡。

他……他會不會喜歡她？

這聽起來像個永遠不會實現的笑話。

然而下一瞬，孟小汀聽見龍逍的嗓音：「就是妳方才聽到的那樣，全是真的。」

他定是十分緊張，整張臉緊緊繃在一起，連呼吸也停滯在身邊，唯有神色認真，彷彿在進行某種生死攸關的宣誓：「從學宮時起，我便一直傾慕孟小姐。我……我不會關心人，也不懂得怎樣討女孩子歡心，如果妳不嫌棄，可不可以——」

說到這裡，少年滿身的氣焰漸漸消散下去。

龍逍帶著點不確定的遲疑語氣，琥珀色瞳孔悠悠一晃，黑髮被風亂蓬蓬地吹起，當真像是一隻大狗：「可不可以，考慮試一試我。」

他用了喃喃的低語：「……我很喜歡妳的。」

孟小汀安靜看著他，心中有道聲音砰地炸開。

四下寂靜，她卻被震得耳朵發懵。

她的人生其實很糟糕。

娘親遇害，爹爹不聞不問，從小到大沒什麼朋友，被私生女的身分糾纏了整個少年時代。

萬幸，孟小汀遇見許許多多的人——辭辭，娘親，林姨，莫霄陽，裴渡，以及眼前的龍逍。

正因擁有了如此之多的善意，她才能在一片漫無邊際的黑暗裡，尋得來自生路的光。

他們都是那麼、那麼地好。

「與謝小姐約戰是特地見妳，來南城是想要和妳待在一起，給所有人都買上一份小食，其實只是為了讓妳開心。」龍逍自然沒了邏輯，把腦子裡的話一股腦往外撒：「我——」

須臾之間，陡然睜大雙眼。

有道柔柔軟軟的觸感，封住了所有尚未出口的話。

咚。

心中重重一響。

咚咚。

孟小姐……親了親他。

還是嘴對著嘴。

——孟孟孟小姐嘴對著嘴親親親親了他。

元嬰小人雙目含淚悄然升天，龍逍險些當場一蹦三尺高，現場大打一套龍行拳。

這個親吻有如蜻蜓點水，很快便匆匆挪開，孟小汀面上盡是滾燙，抿著唇抬眸看他。

在短短的一剎那，龍逍並沒做出任何反應，等她再一眨眼，少年已咕嚕嚕喝掉了兩碗甜湯。

他的，和莫霄陽的。

龍逍覺得，這種時候應該要矜持。

但他還是沒忍住跳了兩下，捧著雜技般的圓碗，雙眼亮晶晶閃著光：「再、再再再來一次好不好？」

龍逍覺得自己像在做夢。

夢裡的一切格外模糊，當孟小汀靠近時，帶來一股清新怡人的淡香。香氣縈縈，悄無聲息盤旋於鼻尖，唇邊則殘留著柔軟的觸感，以及一點點琢磨不住的熱。

孟小姐主動吻了他。

這個認知來得猝不及防，如同一塊巨石重重落在心上，他被砸得緩不過氣，在砰砰跳動的胸膛裡，生出爆裂開來的狂喜。

開心。

龍逍沒忍住，又在原地蹦了蹦。

與他的模樣相比，孟小汀顯得拘謹許多。

曾經認為遙不可及的、默默喜歡著的人，竟然在多年前的學宮便對自己生出了情意，這種事情發生的機率太小，簡直能被稱作一場奇跡。

但是……她也很開心。

當唇瓣觸碰到龍逍身體時，孟小汀的心臟彷彿隨時都會跳出胸膛——更何況，他還問出了「再來一次可不可以」這種讓人不知道應該怎樣回答的話。

夏天的風悶熱如蒸籠，薰得她頭腦發懵。

低著頭的小姑娘眉目低垂，看不清具體神色，從龍逍的角度望去，只能見到她滿面的紅。

孟小姐點了點頭。

他心中的小鳥胡亂撲騰，嘰嘰喳喳竄上了天，緊隨其後，便是無比鄭重的俯身而下。這個親吻比孟小汀主動的那次更快更輕，不過輕輕一啄，龍逍便飛快挺直身板，一切與之前無異，唯有嘴角狂飆。

他下意識地想要當場來一套擒龍拳，想起身邊站著的孟小汀，只能努力把這個念頭強行壓下，整個人頂多原地蹦噠一兩下：「那、那我以後，可以叫妳『小汀』嗎？」

孟小汀停頓一瞬：「……嗯。」

「那那那！」龍逍那小子得寸進尺，聽見她的一聲「嗯」，嘴角大大咧開：「我可以牽妳的手嗎？」

……他好笨哦。哪有人會把這種問題親口說出來的。

孟小汀有些臉熱，默了須臾，本想再回答一聲「嗯」，右手手腕卻被兀地握住。

少年體修的手心寬大溫和，輕輕一合，便能將她的手腕整個包裹。龍逍不敢用太大力氣，見她沒有反抗，拇指悄悄往下一滑。

他就這樣一點一點地、悄無聲息地逐漸下移，從小姑娘纖細的腕骨，一直來到孟小汀手心之中。

孟小汀抿抿唇，試圖遮住嘴角止不住的笑意，與此同時微微側過視線，一眼就見到身邊那人毫不掩飾的笑——

龍逍眼角眉梢盡帶著彎彎弧度，許是察覺到她的視線，扭頭對視時，用空出的另一隻手撓了撓頭。

呆子，笨蛋。

「我們……先回去找莫霄陽吧？」她在心中暗自腹誹，聽見龍逍又道：「他等了這麼久，應該快累了。還有我給你們準備的甜湯——」

這句話沒來得及說完。

龍逍神色微僵，低頭看空空如也的手一眼。

對了，他方才太過興奮，只覺得腦袋裡咕嚕嚕冒泡泡，於是仰頭直接乾掉了兩碗甜湯，其中一碗，就是屬於莫霄陽的。

龍逍：「……」

兄弟，對不起。

重新買一碗甜湯，不需要多少時間。

等龍逍與孟小汀回到擂臺前，一場比賽剛剛落幕，緊接著又看了幾場，終於收到來自謝鏡辭的傳訊符。

品酒會乃是難得的盛世，修士並不缺錢，一行人早有計劃，入了南城中最大的酒樓。

「太精彩了！你們沒看見擂臺上的那一幕，簡直是人生裡最大的遺憾！」莫霄陽說得兩眼放光，抱著劍坐在桌旁：「但見墨林修客毛筆一揮，墨汁點點盡成殺氣。彼時竹林層層斷裂，掀起一片碧綠，一股腦奔向——奇怪，龍逍，自從買甜湯回來，你怎麼便一直在笑？」

「我？」

龍逍嘴快，握著酒杯的手陡然停滯，本打算一五一十全部交代，腳下卻被孟小汀輕輕踹了踹。

他心知小姑娘臉皮薄，不願太早太突兀地公開祕密，於是低低一咳：「甜湯挺好喝的，讓我想起小的時候。」

「裴渡呢？」莫霄陽點頭，頗為關心地側了側身子：「你面上好紅，莫不是患了風寒？」

裴渡握住酒杯的右手同樣僵住。

他除非瘋了才會道出實情，要是被其他人知道，自己曾在溫泉與謝小姐做出那種事……

不僅是他，謝小姐也一定會感到難堪。

「許是溫泉太熱，夜裡又受了冷風的寒。」他不擅說謊，開口時低低垂了眼睫，看向酒杯裡蕩開的漣漪：「休息一晚就好。」

這樣的場面莫名有些可愛，謝鏡辭不動聲色遮住嘴唇，稍稍別過腦袋。

莫霄陽恍然大悟，抱著自己的劍乖乖點頭。

兩個心懷鬼胎的好友同時低下腦袋，故作鎮定地喝一口杯中佳釀。

兄弟，對不起。

眾人所在的酒樓名為「皓月」，傳聞在南城大大小小的無數樓閣裡，擁有無可比擬的眾星捧月之勢。

廂房之內幽寂無聲，因為樓層極高，街邊喧鬧的人聲被夜風稀釋殆盡，變成不易察覺的雜音。細細聽去，只能尋見蕭蕭瑟瑟，晚風如哭如嚎。

一輪明月當空，自窗前幽幽落下；室內則是燭火通明，與月色遙相輝映，襯出一幅好景致。

謝鏡辭端著酒杯坐在桌前，因著天邊一縷清輝，興致也變得十分不錯。

既是品酒會，單純的一種酒自是不夠。幾大名酒被皓月樓精心收集，井然有序擺在木桌之上，酒過三巡，等她再回過神來，桌上已空了六個酒壺。

佳釀酒氣過濃，往往一滴醉人。

他們一行人雖是修士，由於體質特殊，本身不易醉酒，然而絲絲縷縷的酒氣一旦過於濃郁，便能透過筋脈滲進五臟六腑，甚至於沁入識海，讓人神志不清。

直到後來，謝鏡辭勉強能保持一些意識，在莫霄陽即將當場吞劍的前一刻，趕緊提出了打道回府。

只是莫霄陽也就罷了，她是當真萬萬沒想到，喝醉酒後的龍逍居然會拼命纏著孟小汀，一邊紅著臉傻笑，一邊拉住小姑娘的手腕胡說什麼「還想要」。

最匪夷所思的是，孟小汀破天荒沒有掙脫。

裴渡酒量不好，在席間被龍逍與莫霄陽壞心眼地灌上許多，剛被謝鏡辭帶回客房，便迷迷糊糊躺上了床。

這人平日裡性子溫和，哪怕醉了酒，居然也還是安安靜靜的，並不惹人心煩。

謝鏡辭細細施了個除塵訣，轉身離去時一個踉蹌，險些磕在桌子上。

她同樣生了醉意，雖不像裴渡那樣重，整個人難免渾渾噩噩，如同置身夢裡。好不容易把身子站直，走到門口，又頓頓停下腳步。

身後……有聲音。

窸窸窣窣的，彷彿是衣物摩擦產生的輕微細響，其間夾雜了幾道若有似無的呼吸，裹挾著一聲貓叫般的「嗚」。

她離開時熄了燈，那聲嗚咽來得毫無徵兆，在籠罩整個房間的夜色裡，重重壓過耳膜。

不得不承認的是，謝鏡辭的心像被猛地一勾。

幾乎是下意識地，她轉過身去，點燃一旁的蠟燭。

眼前所見讓她一愣。

裴渡身上本是蓋好了被子，夏日的被單又輕又薄，他輕輕一掀或一蹬，就能讓整片布料跌下床鋪。

被子凌亂地搭在地面上，仰躺著的少年面色緋紅，黑髮如綢緞鋪散而開，其中幾縷拂過蒼白頸間。漆黑的眼睫無聲顫動，之前緊緊閉著的雙眼張開了小小一條縫隙，看不清目光，只能窺見朦朧的暗色。

再往下……

謝鏡辭眨了眨眼睛。

他保持著人魚的身分，此刻意識模糊，沒有多餘靈力保持人形，修長漂亮的尾巴橫在床鋪之間，被燈火相映，顯出蠱人心魄的深藍色澤。

至於方才她聽見的窸窣聲響，是裴渡自覺魚尾將現，在半夢半醒之間褪去了長褲。

謝鏡辭望見潔白的布，軟綿綿搭在魚尾上。

房間由暗到明，裴渡似是恢復了零星的意識，竭力睜開雙目。

那雙寂靜幽深、滿含霧氣的瞳孔，倏然望向她所在的方向。

「……謝小姐。」他皺了皺秀氣的眉，魚尾一動：「難受。」

裴渡的聲音本就悅耳，如今被酒氣熏得微微發啞，帶著點睡意惺忪，被他用撒嬌般的語氣淡淡念出來，不過刹那，便讓謝鏡辭耳朵生了熱意。

「哪裡不舒服？」

她習慣性摸了摸耳垂，試圖用指尖降一降溫度，轉身回到床鋪時，聽見尾鰭掠過床單的輕響。

鮫人其實是種蠱惑力極強的生物。

生於深海、長於深海，比起人們想像中與世無爭的天真純良，更趨近於暴戾嗜殺、近乎邪性的怪物。

比如現在，裴渡眼裡除了迷濛霧氣，大多數皆是蠱毒一般森然的暗色——

少年面色茫然，目光卻帶著連自己都無法察覺的欲意，伴隨著口中曖昧的呼吸，一點一點，一絲絲地逐漸加重。

他眨了眨眼睛，眉頭仍是皺著，視線從未離開過床前那人：「……好熱。」

像是蓄謀已久的引誘。

謝鏡辭之前哪怕有六七分的醉意，這會兒也被一股腦激得煙消雲散，唯有周身的熱尚未散去，甚至愈發濃郁。

……怎麼會比酒的勁頭還凶啊。

眼看他已經開始解去上衣，謝鏡辭匆匆上前一步，按住對方右手。

她清醒得很，本打算一本正經講道理，沒想到指尖堪堪觸到裴渡皮膚，床鋪上的少年竟彎了彎眉眼，如貓咪一樣，在她手腕上蹭了蹭。

謝鏡辭的心化成一灘水，不敢去看他的眼睛。

裴渡這種樣子……叫她如何才能心平氣和嘛。

「你，」謝鏡辭腦子有點卡殼，「你還難受嗎？」

鮫人搖搖頭，軟綿綿的黑髮胡亂蹭在她的手腕和手心。許是覺得開心，裴渡臉上露出兩個圓圓小小的酒窩，魚尾似是極為歡愉，在床鋪上撲騰著跳了跳。

太過可愛，以至於謝鏡辭快要死掉。

她被這個笑弄得心慌意亂，一時彆彆扭扭挪開視線，目光一轉，瞥見一抹意料之外的顏色。

裴渡的床鋪乾乾淨淨，盡是雪一樣的白，也正因如此，那本藏青色澤的冊子才顯得格外突出。

那似乎是一本書。

以裴渡的性子，書名十有八九是《誅邪劍訣》、《高階納氣法》或《萬劍集》一類，她沒想太多，定睛望去，不由怔然愣住。

書冊嶄新，封頁上端端正正寫了一行大字：《浣紗錄：折劍傾心》。

極有韻致，乍一看來矜持優雅，唯一可惜的是，這似乎並非什麼正經書籍。

謝鏡辭後知後覺想起來，孟小汀曾給他送過一些稀奇古怪的話本子，若說眼前這本，應該就是其中之一。

聽說裴渡學得很認真。

——可他究竟在學什麼？

她一時生了好奇，將話本從床上拿入手中。裴渡睡眼惺忪，沒在第一時間發覺貓膩，等看清謝鏡辭手裡的東西，醉意與睡意立刻退了四成。

他抬手要奪，謝鏡辭卻已把它打開。

裴渡酒意退了六成。

『魔尊冷冷掐住她喉嚨，俊美無儔的面龐漸漸生出怒色。眼前是他心愛的女人，後者卻早就串通仙盟，只想將他置於死地。

他心中恨意沖天，沒有絲毫猶豫，俯身堵住了她的唇。這個動作暴烈至極，咬出滿口血腥味，魔尊卻甘之如飴，唇角顯出狂戾的冷笑。』

旁邊有行標注，字跡瀟灑，風骨天成，明顯屬於裴渡：『重一點的吻，不要弄疼她』。

這段話裡只有再尋常不過的一個親吻，謝鏡辭看他那手足無措、努力想要奪回話本的模樣，本以為接下來的劇情會越發刺激，目光下移，卻只見文中話鋒一轉，直接來到三個時辰以後。

謝鏡辭：「……」

謝鏡辭又往後翻了幾頁，清一色的摟摟抱抱，頂多親一親嘴唇——即便有了「親一親嘴唇」，描寫也是淺嘗輒止，不超過兩行字。

……這就是能讓裴渡看得臉紅的話本？

看來他是真的很容易害羞，對於清心寡欲的劍道修士來說，親吻與摟抱已經是所能想像到的極限。

她有些茫然，也覺得有些好笑，把視線從書冊上的白紙黑字移開，一眼就見到裴渡漆黑的眼瞳。

他被驚得酒醒了大半，眼底雖然仍有水汽，更多卻是清清明明的慌張，彷彿祕密被戳穿的小孩，窘迫到無地自容。

謝鏡辭噗嗤笑出聲：「裴渡，你每天就在學習這種東西啊？」

意料之中地，裴渡面色更紅。

「親親抱抱我們不是都做過了嗎？」她說著俯身，捏了捏小鮫人緋色的臉頰，感受到綿軟且滾燙的觸感：「這有什麼好學的。」

放在床單上的尾鰭輕輕一擺，很快被他生生壓下。

裴渡還是暈乎乎的模樣，所謂酒後吐真言，一旦腦子裡把不住關，應答也就格外快：「我……不知道還能做什麼。」

謝小姐曾經是遙不可及的天邊明日，如今好不容易來到他懷中，自是想把最好的一切送給她。

奈何他對男女之事一竅不通，只能透過這種法子，小心翼翼探尋能讓她感到愉悅的方式。

聽謝小姐的語氣，一定在為他的笨拙感到好笑。

鮫人心情低落，尾鰭也會有氣無力地垂下來，鋪成輕如薄紗的一片雪白。

裴渡垂下眼，猝不及防之間，聽見謝鏡辭的笑。

「這種事情有誰天生就明白，本就是要兩個人一道摸索的呀。」她說著頓住，語氣忽地壓低，在黯淡燭光裡悠悠一轉：「或者……我知道一些法子。」

謝小姐的嗓音甜如蜜糖，在距離他耳畔極近的地方響起，噙著嬌嬌媚媚的笑：「裴渡哥哥，想不想讓我教教你呀？」

那聲「哥哥」直把他心尖一勾，整個人像浸在糖罐裡，從頭到尾都是迷糊，酒意來了又去，好似奔湧浪潮。

不留給裴渡應答的時間，一縷黑氣自她身後浮起，不偏不倚，正好遮在他眼前。

謝鏡辭的靈力受到邪神影響，變為濃郁渾濁的漆黑顏色，此刻擋在雙眼之上，輕而易舉便封閉視覺。

他所能見到的，唯有一片漆黑。

視覺被封鎖，其他感官就會敏銳許多。裴渡聽見自己淺淺的呼吸與一直很重的心跳，也感受到周身湧動的氣流。

對於謝小姐接下來會做的事情，他一無所知——這是最能惹人心慌的境況，尤其還置身於無邊際的黑暗之中。

幽藍色的魚尾無聲一動，下一瞬，便驟然緊繃。

柔軟的觸感緩緩下壓，在他唇角留下溫和熱度；邪神獨有的漆黑氣息自後頸拂過，力道不重，卻足以激起道道電流。

雖然看不見眼前景象，裴渡仍能無比清晰地知曉，謝小姐的靈力正在慢慢下滑。

他之前已經脫下外衫，獨留一件雪白裡衣。如今被靈力一挑，雪色泛起層層褶皺，有如風吹海面，倏地向兩邊鬆開。

從窗外漏進的風清清涼涼，裴渡卻只覺面上無比滾燙，四周夜色更濃，而她笑著開口：「接下來要去哪裡呢？」

這也太、太刺激了。

立在床前的謝鏡辭悄悄吸了口氣。

她一直知道裴渡生得漂亮，此時的少年蒙了雙眼仰著腦袋，泛著水色的薄唇微微張開，幾縷黑髮拂過側臉，竟生出幾分迷濛的柔色，讓人挪不開視線。

她快被撩撥得受不了，心跳躍動如鼓，識海中卻不斷湧出系統的任務。

漆黑靈力劃過白皙的皮膚，留下道道飛紅。

她的觸碰稍縱即逝，找不到規律，伴隨著吸盤的用力按壓，宛如不得章法的親吻。少年劍修被剝奪全部視線，在黑暗中無處可躲，只能受下接連不斷的撫掠，脊背僵硬如竹。

這種感受遠遠超出他的認知，來不及喘上一口氣，恍惚之際，魚尾竟攏上一團柔軟的熱。

雖說雙腿變成了尾巴，在觸覺感知上，其實與之前並無兩樣。她大大咧咧伸出手來，那樣的感受，無異於落在皮膚之上。

更何況是那種無人觸碰過的地方。

裴渡心亂如麻，不願繼續去想，喉結艱澀滾落，低低喚她：「謝小姐……」

這三個字帶著點推拒的意思，謝鏡辭猜出他心裡的念頭，心跳咚咚。

但她還是繼續往下，在柔軟的魚尾上重重一捏，耳邊本是寂靜，陡然傳來裴渡輕顫著的氣音。

「有在認真學嗎？」

接連說出任務臺詞，她快要分不清那究竟是邪神的言語，還是盡數源於自己的本心。

夏日的熱氣裹挾著若有似無的風，黏膩，熾熱，旖旎至極。

被蒙住雙眼的少年抿唇不語，半晌，強忍羞赧應了聲「嗯」。

於是纖細的五指繼續向後，以托起的姿勢握住一小團魚尾巴。裴渡臉色愈紅，聽見她噙著笑的嗓音：「知道我們在做什麼嗎？」

她開口的間隙，浪潮般的靈力仍未停歇，宛如藤蔓瘋長，纏上他能感知到的各處的角落。裴渡被折磨得難受，保持著最後幾分清明神智，恍惚回她：「謝小姐……在摸尾巴。」

一團靈力在他脊骨重重咬合，如同張牙舞爪的懲罰。謝鏡辭尾音輕揚，像在說悄悄話：「誰的尾巴？」

「我——」他說著一頓，喉音更低：「謝小姐……在摸我的尾巴。」

「喜歡嗎？」

這個問題太過直白，裴渡聲如蚊吶：「喜歡。」

謝小姐定是笑了，他聽見一聲低低的氣音。

「我也喜歡。」她說：「——我最最喜歡裴渡了。」

額頭被人飛快親了一下。

他沒料到謝小姐會說出這種話，被一顆直球衝撞得一塌糊塗，與此同時，雙眼前的靈力被悄然移開。

「看前面。」

謝小姐的話語清晰傳來，裴渡依言抬頭，不由愣住。

從他的角度看去，恰好能望見門邊的梳妝鏡。那面鏡子不算大，規規矩矩立在角落，誠實映照出房間裡的各個角落。

其中最顯眼的，便是與它正對的床鋪。

鏡子裡的少年雙目迷濛，漆黑瞳孔隱隱顯出生理性的水光，披散而下的黑髮已經有些亂了，凌散披在後背與肩頭。他分明生有冷白膚色，渾身上下卻充斥著飛霞般的紅痕，再往下看去，則是一條古怪卻綺麗的魚尾巴。

這樣的景象宛如洪流，沖蕩在識海之間。裴渡微微張口，試圖吸入些許空氣，鏡中人同樣仰面張開薄唇，在愈發沉重的呼吸裡，眼尾暈開濃郁的紅。

那是他自己。

他無論如何都想像不到，在謝小姐與旁物看來，自己竟是如此狼狽猛浪的模樣。

裴渡試圖低頭，下巴卻被謝鏡辭輕輕一勾，不得不注視平滑的鏡面。鏡子裡的少年與他四目相對，在嗡嗡作響的耳邊，則繼續傳來她的聲音：「其實裴渡哥哥也不是第一次露出這副樣子啦，所以沒關係的。」

「好看嗎？」

這顯然是壞心眼的戲弄，他猜出對方心思，卻還是不由紅了耳朵。

鏡中燈火倏忽，裴渡見到顫動著的鮫人尾巴。

在明晃晃的鏡面裡，一隻手撫上前端鱗片，魚鱗之後，藏匿著難以說出口的灼熱溫度。那是最隱匿的一處空洞，此刻隔著薄薄間隙，與她的指尖悄然相對。

謝鏡辭勾唇笑笑，用了低語般的力道，靠近他耳朵：「更多的事情……想要繼續學嗎？」

之所以會說出這句話，完全出於謝鏡辭的本能。

裴渡自小練劍，未曾與其他女子有過太多接觸，在情之一事上，是個徹徹底底的新手。而她雖然看上去大大咧咧，其實與他沒什麼不同，亦是頭一回與人這般親近。

在穿梭各個小世界時，謝鏡辭固然看過不少話本子，對大多數套路全都了熟於心，但看別人談戀愛是一回事，一旦真正輪到自己，那便是另一種截然不同的感受。

一邊是滿心的喜愛快要抑制不住，滿滿當當從心中溢出；另一邊卻是緊張到不知所措，要強忍著無盡羞赧，才能說出那些話、做出那些無比親暱的動作。

她畢竟是個新手，光是看系統給出的臺詞一眼，都能一瞬間心跳加速。

可是——

柳葉般的雙眼微微上抬，餘光掠過鏡面，將滿室風光一覽無餘。

裴渡的裡衣被她粗魯拉下，胡亂搭在後背與肩頭，再往前則是一片冷白，肌肉紋理映襯著凌亂的紅。

謝鏡辭無端想起雪地裡的簇簇花色，尤其離得近了，還能嗅到他身上淺淡的薄香。

裴渡的香氣不明顯也不濃郁，彷彿一棵乾乾淨淨的樹立在遠處，葉片沾了沁人心脾的雨滴。

這分明是種清新怡人的氣息，此刻纏繞在她鼻尖，卻好似勾人心魄的迷香，催促著謝鏡辭更加靠近，也更加深入。

她已經快要忍不住了。

學宮裡人人都道謝疏之女不解風情，成天只對打打殺殺牽腸掛肚，活該與長刀過一輩子。直至今日，謝鏡辭才真真切切明白了什麼叫做「色令智昏」。

親親抱抱似乎已經不夠。

心裡的渴求猶在不停叫囂，想要知道屬於他的溫度，想要將他的氣息禁錮在懷中，也無比迫切地，想在這裡吃掉他。

她已是心慌意亂，至於此時此刻的裴渡，定然更難受——在這種情境下，苦苦忍耐的男子最是煎熬。

謝鏡辭想讓他不那麼難受。

她說得直白，裴渡怎會不明白其中深意，渙散的視線逐漸聚攏，在細微呼吸聲裡，少年劍修對上她的眼睛。

謝鏡辭的心臟驟然緊縮，看見裴渡伸出右手。

她早已做好了準備，不可抑制地感到緊張，只能乖乖坐在床前，不知應當把目光放在何處——然而與預料中背道而馳，那只骨節分明的手終究沒有落在衣襟上。

……裴渡摸了摸她的臉。

他指尖熾熱，手臂抬起的時候，把耷拉著的裡衣重新往上帶起一些，遮住大片外露的冷白色澤。

真是奇怪，他們之間並沒做出多麼親暱的動作，不需要親吻和擁抱，單是被裴渡輕輕摸一摸側臉，就能讓謝鏡辭渾身發熱。

柔軟的指尖自眼尾向下，笨拙勾勒出她面頰的輪廓，不消多時，整個手掌緊隨其後，攏在姑娘凝脂般的臉龐。

他在發抖，輕微得難以覺察，目光則是一動也不動定在她臉上。

這樣的視線太過灼熱，謝鏡辭聲音小了許多，刻意低下腦袋：「我……沒關係的。」

她識海裡的元嬰已經捂著臉縮成了一團，裴渡卻並未立即應聲。

近在咫尺的少年靜默半晌，良久，低低嘆出一口氣。

「謝小姐。」裴渡啞聲喚她，將面前的姑娘攬入懷中，彷彿在觸碰某種珍貴的寶物，力道輕如羽毛：「……我也沒關係。」

他心如明鏡，自然明白謝小姐此舉的用意。

她的「沒關係」，是察覺出他強行壓下的燥熱與難受，不忍心眼睜睜看著裴渡苦苦忍耐，即便做出逾矩之事，也義無反顧地想要幫他。

鮫人的感官比人類敏銳許多。

那些鑽心撓肺、彷彿被無數螞蟻啃咬的古怪感受固然難熬，可既然謝小姐能為他豁出去這麼一遭，與之同樣地，為了她，裴渡也能擊碎這份屬於野獸的本能。

這將是與他相伴一生的姑娘，倘若在這種時候做出越界之舉，他怎麼捨得。

……所以他也沒關係，這是對謝小姐理所應當的尊重。

鮫人一族的慾望最強烈，因著謝鏡辭方才的那一通胡來，裴渡已是緊繃到了極致。

然而野獸的衝動被生生壓下，臨近盡頭，他也不過道了聲：「謝小姐，妳先行回房歇息吧。」

謝鏡辭怎會琢磨不出他的所思所想。

坐在床邊的姑娘沉默片刻，不知兀自想著什麼，良久，裴渡聽見她起身時的窸窣響音。

他心裡暗暗鬆了口氣，有些難堪地看向那片張開的魚鱗，指尖一動，試圖用布料牢牢遮擋。

因為心中羞赧，這個動作顯得悄無聲息，然而下一瞬，便不得不半途停下。

謝小姐從床邊站起，卻並未轉身離開。

被長裙裹住的膝蓋輕輕下壓，不偏不倚，正好落在鮫尾之上。她力道不重，帶著不由分說的篤定與決絕，容不得絲毫反抗。

魚鱗柔軟，被冰涼裙擺倏然一擦，引出絲絲縷縷的癢，讓他瞬間繃直脊背。

「別動。」

謝鏡辭摸摸他腦袋，另一隻手直接往下，盤旋於張開的鱗片旁側，悠悠畫上一個圈。

腦海裡緊繃著的弦開始劇烈顫抖，彷彿隨時都有可能猝然崩塌。

裴渡胡亂吸一口氣，試圖止住她的動作：「謝小姐，妳不必——」

柔和的靈力終究還是自她指尖溢出，好似流水潺潺，劃過魚鱗之間的道道縫隙，一股腦淌進空洞之中。

此乃靈力交匯、神識相融之法。

謝鏡辭出生於仙門世家，自幼便學會了吐息淨氣的法門，靈力雖然強悍厚重，卻足夠乾淨澄澈，即便放眼整個修真界，也是不可多得的寶物。

鮫人的魚鱗受了刺激，悄悄張開一個漆黑空洞，因被裴渡竭力壓制，只能見到鱗片輕顫。

而她的靈力澄明如水，沿著道道溝壑湧入終點。屬於謝鏡辭的氣息瞬間四散，不但蔓延在這片幽暗的水窪，也順著血液逆流而上，逐一填滿全部脈絡。

某些奇怪的觸感凝成實體，重重碾在魚鱗之下、空洞之中。她的靈力強勢卻溫柔，化作條條藤蔓瘋長，纏繞住鱗片更深處的角落，卻又好似指尖輕柔的撫摸。

從這個角度，恰好能見到那面安靜擺放著的鏡子。

裴渡連呼吸都在顫抖，視線不知何時變得格外模糊，經過一番努力辨認，才瞧見鏡子裡的兩道人形。

謝小姐面對著床鋪，將他小心翼翼抱在懷中，因而看不清正面的模樣，只能望見一抹纖細影子。

至於裴渡被按在她肩頭，目光比起不久之前，竟然愈發透出令他面色發燙的迷濛，漆黑如鴉羽的長睫不時顫抖，隱隱約約，映出濕漉漉的緋紅。

自下而上的靈力沁入識海之中，他心甘情願將它接納，在須臾的恍惚後，發出曖昧不清的悶哼。

饒是身受重傷、疼痛欲死，少年劍修都不曾發出過這樣的聲響。而今悶哼在寂靜臥房裡突然響起，灼得他耳根滾燙，狼狽咬緊牙關。

「發出聲音也沒關係哦。」謝鏡辭拍拍他的後腦勺，任由指尖被柔軟的黑髮吞沒：「像這樣的力道可以嗎？」

她說得大膽，手中的魚尾輕輕一擺，竟從尾端凌空捲起，尾鰭輕薄如紗，生澀蹭了蹭她白皙的手背。

這是取悅與歡喜的意思，懷裡的裴渡點點頭：「……嗯。」

他的吐息盡數打在頸間，像是貓爪在撓，謝鏡辭聽見耳朵裡沉甸甸的心跳，以及自己的聲音：「我應該沒弄疼你吧？」

謝鏡辭：「……」

不對。

不對不對不對！這種奇奇怪怪的臺詞是怎麼回事！雖然——

心臟跳動的頻率更快了一些。

雖然……他們的確是在做那種事，只不過換了種形式。

隨著靈力逐漸深入識海，溫和清凌的氣息緩緩擴散，如同仲夏落雨，攜來將炎熱一掃而空的涼。

靈力如絲，輕撫過識海的各處角落，猝不及防之際，有另一道氣息悄然凝集，纏繞住屬於她的絲線。

神識與靈力皆是修士的珍惜之物，常日裡不得外露，更不用說兩兩交匯、彼此相融。

在此之前，謝鏡辭一直是主動的那方，這會兒被他用力一繞，自己的識海同樣泛起酥酥麻意，忍不住瑟縮了身體。

房間裡太安靜了，她只能聽見裴渡愈發綿長的呼吸。

裴渡的回應極為笨拙。

他體內殘留著鮫人的暴戾，獸性未消。這種本能即便被強行壓下，也仍能從潛意識裡勾起層層欲意，他自己無法察覺，唯有神識越來越濃，越來越重。

鋪天蓋地的林木香氣將她吞沒，謝鏡辭快被壓得喘不過氣，來不及反應，忽然感到身體一輕。

裴渡伸了雙手，不由分說將她一把抱起，最終目的地，竟是他放在床上的幽藍鮫尾。

她整個人……倏地坐在了尾巴上。

尾鰭無聲上揚，悠然探入裙擺，比蝶翼更薄，好似撫掠而過的羽毛。

謝鏡辭心跳如鼓。

與此同時，裴渡的神識再度下壓。

兩道截然不同的氣息重重相撞，無論邪神鮫人，或是謝鏡辭裴渡，都絕非逆來順受的脾性。

神識襲來的剎那，靈氣同樣向四面八方綻開，帶著勢如破竹的力道，試圖包裹住他；前者察覺她的意圖，亦是更烈更凶。

識海之內驟雨疾風，謝鏡辭緊緊攥住他衣襟，目光一晃，見到那面澄明的鏡。

……她的臉好紅。

那種近乎迷眩的神色，當真會出現在她身上嗎？

她只看了一眼，就一言不發地匆匆挪開視線，想起鏡中兩道模模糊糊的人影，腦子裡不由更燙。

這場稱不上博弈的「博弈」究竟何時結束，謝鏡辭已經記得不甚清晰。當兩道混雜的氣息消弭殆盡，她已沒了多少力氣，只能堪堪伏於裴渡肩頭，不願動彈。

裴渡心跳飛快，每次的躍動都像要衝破胸腔，謝鏡辭餘光一瞟，見到少年被染成緋紅的頸窩。

這副模樣實在可愛，她忍不住笑出聲：「你好些了嗎？」

裴渡沉默半晌，似乎終於從餘韻裡脫身而出，喉音又低又啞：「妳不必這樣。」

他說罷頓住，忽地正了色：「謝小姐，我會——」

「嗯嗯，我會對你負責的。」謝鏡辭兀地將他打斷，蹭蹭少年溫熱的頸間：「是我先下的手嘛。」

她心知裴渡正經，不願過早做出逾越的舉動，好在修真界無奇不有，除卻人身，還剩下神識可用。

換句話說，花樣百出。

「而且啊，」謝鏡辭不知想起什麼，眼尾輕輕一勾，每個字都不重，卻無比清晰打在他心頭，「裴渡是香香甜甜的，好喜歡。」

她眼睜睜看著面前那人眨了眨眼，本就滾燙的面頰肉眼可見地變紅。

「我方才……是不是嚇到妳了？」裴渡垂眸，目光落在微微張開的魚鱗之上：「那處乃是汙穢之地，倘若今後再有此事，謝小姐不必管我，由我自行……自行便是。」

這番話最初嚴肅認真，越往後，便越發顯出幾分慌亂。他甫一說完，耳畔響起謝小姐的聲音：「還記得我曾對你說過的話嗎？」

她開口時後退了些，雙眸直勾勾望著少年漆黑的眼睛，眉梢微舒，染了層淺淡笑意：「裴渡是我最最珍惜的、獨一無二的寶物——我從來不會騙你的。」

既是寶物，哪能讓他傷心難受。

裴渡輕輕張了唇，話語尚未吐出，倒是眼尾先行染了薄薄緋色。

從出生起，他就註定是個不討人喜歡的小孩。

娘親早逝，父親酗酒成性、暴虐無度，兩人雖說是相依為命，但大多數時候，裴渡更像是那個男人發洩情緒的工具。

不能遲遲起床，因為要準備一日三餐；不能去學堂念書，因為家中一貧如洗，有一大堆家務活等著去做；被打罵時不能哭出聲音，否則會被訓斥「晦氣」，得到愈發不留情面的折磨。

沒有人喜歡他，更誰有人願意接近他。

父親將他視作可有可無的出氣筒，附近的孩子都嘲笑他是個怪胎，生得骨瘦如柴，性子也陰沉得讓人噁心。

沒有人天生便孤僻獨行，人與飛蛾無異，哪怕置身於陰暗沼澤，還是會下意識尋找一線光明。

在最初的時候，單薄瘦小的男孩會嘗試著交朋友，向身邊同齡的孩子們笨拙搭話。有人笑話他打著補丁的衣裳和臉上紅腫的傷疤，也有人心生同情，送他療傷用的膏藥，如同照顧一隻無家可歸的流浪狗——可無論是誰，都不曾平等地看待過他。

身為一個可憐兮兮的怪人，裴渡始終都被隔離在世界之外。

於是男孩漸漸學會沉默寡言，把所有情緒壓在心底，與身邊的一切保持距離，不會期待意料之外的驚喜，也不會奢求他人無端的親近。

正因如此，當初在血與火中第一次見到那個小姑娘，裴渡心底更多的情緒，竟是淤泥仰望太陽般的憧憬。

隨之而來，亦有漫無邊際的自卑。

他沒想過謝小姐會對自己那樣好，當她看著他開口出聲，裴渡終於能被看作一個堂堂正正、不討厭也不可憐的人。

可隔著那麼遙遠的距離，當初的他自知無望，甚至不敢做一場與她有關的夢。

後來便是進入裴家。

想來他的一生實在可悲，兒時在打罵聲裡長大，好不容易長大一些，又成了裴風南手中聽憑擺布的傀儡。裴家上下所有人，看他如同看一場笑話。

從「孽種」到「替身」，似乎從沒有人真正在乎過他。

謝小姐不會知曉，這番話於他而言，究竟有多麼重要。

他是無人問津的泥，哪怕窺見一縷天光，也從來不敢生出奢望；何其有幸，天邊的太陽有朝一日落在他身邊，熾熱且直白，毫不吝惜親吻與擁抱。

因為有了謝鏡辭，裴渡才終於得到靠近她的勇氣與力量。

腦袋被他生澀摸了一下，謝鏡辭輕笑著瞇起雙眼，仰頭蹭蹭少年柔軟的掌心，視線一掃，見到裴渡眼底快要溢出來的笑意。

……可他的眼眶分明泛著淺淺的紅。

她心下一動，抿唇止住笑意，摸摸他狹長的眼尾：「怎麼了？還是很難受嗎？」

裴渡回以無聲的輕笑。

他雙手用力，再度將小姑娘擁入懷中，在滿室靜謐裡，嗅到她髮絲間清新恬淡的香。

不關乎天道，亦與鮫人、雪兔、陰戾孤僻的大少爺無關。

摒棄許許多多雜亂無關的因素，作為裴渡，他虔誠地愛著她。

這是被他刻在骨子裡的本能。

「辭辭。」裴渡的下巴抵在她頭頂，謝鏡辭聽見他清凌微啞的少年音，帶著溫溫和和的笑意，宛如夜語呢喃，亦似撒嬌：「快些嫁給我，好不好？」

番外、ABO學園

一、

謝鏡辭一直偷偷喜歡一個人。

用通俗點的話來說，大概叫做「暗戀」。

暗戀這個詞，其實與她並不相襯。在大多數人看來，身為雲京一中我行我素、風風火火的混世魔王，謝鏡辭要是有了中意的人，一定會如狼似虎地將他拿下，不帶一絲半點的猶豫。

但她慫啊。

從小到大沒有戀愛經歷也就罷了，關鍵她的暗戀對象還是年級裡出了名的高嶺之花，別說談戀愛，連和女同學說話都少之又少。

要是她搶先一步告白，結果被那人毫不留情地當面拒絕，謝鏡辭的臉立刻能丟到姥姥家。

——雖然在整個雲京一中，向他表白卻慘遭拒絕的受害者不在少數，久而久之，大家已經從最初的看熱鬧變成了現在的習以為常。

無論如何，出現此時此刻的這種情況，謝鏡辭是萬萬沒有想到。

這會兒已是傍晚時分，其他學生都早早放學離開，唯有她閒來無事，和好朋友孟小汀相伴去了圖書館。

孟小汀性子散漫，對於學業並不太上心，不過小小年紀便已在經商方面嶄露頭角，儼然是個小富婆。

她對大道理和大學問全都不感興趣，來圖書館沒別的事可做，興致勃勃挑了幾本漫畫，在二樓的閱覽室乖乖就坐，留下謝鏡辭在學術區繼續轉悠。

雲京一中全是高中生，被語文數學英語折磨得快要禿頭，學術區的內容與教科書大不相關，因此越往裡走，越是人跡罕至。

她便是在這個時候，猝不及防遇見了裴渡。

……裴渡就是那個被她偷偷摸摸喜歡了好幾年的暗戀對象。

在整個雲京城裡，謝家與裴家都算有頭有臉的大族，兩家人之間時有來往，她和裴渡也就理所當然有了交集——

聽上去像極了青梅竹馬的套路，但實際情況是，因為謝鏡辭一遇到他就會緊張，兩人即便見了面，也只會禮貌性打聲招呼，一年到頭說不上幾句話。

在外人看來，他們更是完全不可能有交集的兩個極端。

謝鏡辭做事我行我素，是學校裡人盡皆知的散漫頑劣；裴渡則一向遵規守距，占據了好學生應該有的全部因素，為人亦是清清冷冷、進退有方。

她是一團張牙舞爪的火，後者就是高山上未融的雪，兩兩相撞，不知道會惹出什麼化學反應。

更何況，年級第一總是在這兩人之間換來換去，任誰見了都得真心誠意道上一聲：宿敵啊！

呸呸呸，宿敵個大頭鬼。

此時天色昏沉，圖書館中的白熾燈映出一道道暈開的亮光，透過不遠處大大的落地窗，深紅色的霞光落進來。

謝鏡辭見到裴渡時，少年的整個身體都被緋色渾然包裹。

他身形高挑，校服的黑西裝褲襯出腿部修長，背對著她靠在書架旁，脊背微不可察地輕輕顫抖。

謝鏡辭一眼便認出他的身分，心頭驟動的瞬間，嗅到一股若有似無的清香。

像是雨後樹林的香氣，並不濃郁厚重，帶著春夏之交的淺淡氣息，飄飄然縈繞在鼻尖上。

這是……裴渡的費洛蒙。

按照慣例，到達一定年紀後，每個人都將迎來分化。

說來也有趣，她是個吊兒郎當的 Alpha，以裴渡那樣正經嚴肅的性格，卻成了 Omega——謝鏡辭絕對不會承認，當年她究竟是怎樣費盡心機千辛萬苦，才終於打聽到了裴渡費洛蒙的味道。

簡直像癡漢一樣嘛。

少年乖乖穿著校服，純黑外套勾勒出勁瘦的腰身，如今斜斜靠在書架，似乎正在竭力忍耐著某種痛意。

謝鏡辭不傻，很快覺察出他身有不適，再念及那股外溢的費洛蒙，頓時明白發生了什麼事情。

每個Omega都會出現發熱期，通常會使用抑制劑進行緩解，但圖書館不允許攜帶外物進入，書包全都寄存在一樓正門口。

裴渡在學術課業上所向披靡，然而面對這種突如其來的身體反應，饒是他也沒轍。

處於發熱期內，倘若得不到及時舒解，不僅會熱意難當，有如烈火燒身，甚至引來蔓延整具身體的刺痛，實打實地折磨人。

不知怎地，在靜謐的圖書館裡，謝鏡辭感受到自己心跳加劇。

她的腳步很輕，但還是被裴渡敏銳地察覺，當他猝然回頭，謝鏡辭瞥見少年鳳眼眼底的一縷薄紅。

雖然不願意承認，但她的心跳的確更快了。

「你……」這樣的情境難免有些尷尬，謝鏡辭努力克制住想要捏一捏他臉頰的衝動，道貌岸然地正了色：「要不要我去幫忙拿抑制劑？」

不對。

心裡有個小人氣衝衝地竄出來：「不對不對！妳怎麼能這樣措辭？還要當縮頭烏龜嗎謝鏡辭！」

縮頭烏龜自然是不想當的，可她總不能趁人之危。

謝鏡辭心中亂成一鍋粥，抿著唇打量裴渡臉色，下意識握緊衣擺。

他應該在這裡堅持了很久，面上盡是洶湧如潮的紅，雙眼帶著點迷濛的色彩，為了不發出聲音，正死死咬著下唇，隱隱滲出血漬。

這本該是幅令人臉紅心跳的景象，可看著裴渡這樣難受，謝鏡辭心裡只剩下悶悶的疼。

裴渡自尊心強，甫一與她對望，便陡然挺直脊背，渾身顯而易見地一僵。

發熱期的訴求必須儘快解決，裴渡已經在這兒熬了許久，要是再等她下樓尋找抑制劑，中途損耗那樣長的時間，一定會對他的身體造成損傷。

謝鏡辭沒報太大希望，不過隨口一問：「或者，我可以幫你。」

她原本已經做好了被拒絕的準備，隨時打算轉身朝著一樓飛奔，然而在暮色湧動的落地窗下，靜默無言的裴渡倏然抬眸。

他說：「……好。」

一瞬之間，像有什麼東西在耳邊爆開。

謝鏡辭愣了半晌，才勉強把他的那個字消化完畢，許是見她沒有動作，裴渡長睫微動，竟然手扶著冰涼的長架，朝她身邊邁開一步。

因是背對著窗戶，霞光與燈光彼此交融，盡數披在他身後，將漆黑的瞳仁也一併染作緋色，隱隱透出幾分惑人心魄的蠱。

瘦削的影子被逐漸拉長，再一眨眼，已經將她全然籠罩。

黑暗的壓懾力太強，謝鏡辭快要喘不過氣，下意識屏住呼吸。

雖然她一直想要標記裴渡，可是他——

他居然是會主動湊上來的類型嗎？還是說已經被折磨得神志不清了？那那那她算不算是趁人之危，做了對不起他的事？之後還能好好解釋嗎？

謝鏡辭很沒出息地後退了一步。

這完全不是 Alpha 該有的行為，她在心裡狠狠給了自己一個巴掌，試探性問他：「你喝醉了？」

呸呸呸，這又是哪兒跟哪兒。

她果然還是一和裴渡說話就緊張。

裴渡顯然被發熱期折騰得有些恍惚，聞言皺了皺眉。

兩人之間的距離不到一公尺，他身量很高，微微垂眸凝視謝鏡辭的眼睛，眸底霞色散去，只留下空蒙的黑。

謝鏡辭聽見他隱隱約約的呼吸，以及模糊不清的低語：「算了，妳要是——」

「臨時標記，對吧？」她止住狂跳的心臟，對上他狹長的眼睛：「我……我是第一次，可能不太，那個，你懂的。」

啊啊啊可惡她又在糊里糊塗說什麼！

不遠處的少年抿了唇，沒說多餘的話，俯身露出後頸。

謝鏡辭差點跳著飛到他身邊。

但她終究還是勉強保住了最後一絲矜持，故作鎮定邁步上前，目光一轉，無意間瞥過裴渡放在書架上的左手。

他定是忍得厲害，五指蜷縮著壓在長架上，骨節透出蒼蒼的白。少年的後頸則是白皙修長，乾乾淨淨，散發出沁人心脾的香。

胸腔裡咚咚跳個不停。

她仰起腦袋，屏住呼吸。

牙齒刺穿腺體，溢開滿室清香。

近在咫尺的裴渡發出一道低低氣音，很快又被竭力壓下，餘韻迴旋於耳邊，宛如滾燙的火，燒得她渾身發熱。

他們幾乎從未有過肢體接觸，頭一回相互觸碰，居然是唇頸相貼，脆弱的腺體被輕輕咬開。

木息四溢，雖是清凌，卻有暗香襲人，映了薄暮之下的淡淡疏影，莫名顯出些許異樣的色氣。

裴渡似乎渾身卸了力氣，腿下一軟，險些倒在她身上。

好在他瞬間穩住身形，將書架按得更緊。

他之前獨自忍耐那樣久，早就被折磨得渾身發疼，謝鏡辭順勢撫上少年腦袋，低聲開口：「坐下來，好不好？」

裴渡沒剩多少氣力，只能聽憑她的擺布。

當眼前人順著書架緩緩坐下，謝鏡辭才後知後覺發現，他的面頰早已通紅一片，眸中更是溢出了生理性的水光，長睫隨著呼吸輕輕顫抖。

偏生校服上的西裝領帶還穩穩當當繫著，一副一絲不苟的好學生模樣。

感受到她的目光，裴渡似是覺得羞恥，把視線垂得更低。

他有意克制，體內酥酥麻麻的痛意卻奔湧如潮，如同利刃一次又一次落在血脈之間，又一道倉促的呼吸從喉間淌出，少年面色更紅，把頭別到另一邊。

謝鏡辭半跪在地面，膝蓋冰冰涼涼，其餘部位則是熱得發燙。

她小心翼翼上前，膝蓋無意擦過裴渡腿側：「那……我繼續了。」

相距不遠的地方，便是那扇大大的落地窗。

從裴渡的角度看去，抬眼便能見到四合的夜色，視線再往下，則是圖書館前那條長長的鵝卵石小道。

他看不見人影，卻始終提心吊膽。只要有人站在那裡抬頭，就能毫不費力望見他們的影子。

——在寂靜莊嚴的一行行長架之間，緊緊張貼的影子。

「去……裡面，這裡——」

他開口時裹挾了輕顫的尾音，低低如蚊鳴，然而謝鏡辭未做理會，尖銳的齒盤旋片刻，直接下合。

不久前還是木香橫生，此時此刻，被更濃郁的桃花香氣瞬間包裹。

裴渡感受到從未有過的氣息，正從腺體緩緩匯入，似要侵蝕整具身體，但它卻又柔和至極，恍若水流瀰漫，滌蕩於渾身上下的各處角落。

懷裡的人兀地一顫。

在寂靜的圖書館裡，謝鏡辭終於聽見一聲貓叫般的嗚咽。

二、

謝鏡辭標記了心心念念很久的暗戀對象。

這簡直是上天賜予的奇跡——不對，神跡！

她整個腦子都是懵，等夜裡獨自躺在床上，忍不住化身旋轉小陀螺，接連十多分鐘都在滾來滾去。

雖然臨別之際，她與裴渡說好了「都不會把這件事放在心上」，但是——

啊啊啊她真的好激動！

謝鏡辭翻滾好一會兒，從床頭拿起手機，在驟然亮起的螢幕裡，看見一張嘴角翹上天的癡笑臉。

她努力抿了抿唇，打開連絡人的一欄，從中找到裴渡。

之前他倆不熟，加了好友後便再無交流，雖然現在還是不怎麼熟，但總算有了可以搭話的方式。

好事啊！

謝鏡辭給裴渡的備註是『好可愛好可愛的甜甜供應商』。

她琢磨好一會兒，斟酌詞句半晌，到頭來只不過發了一句：『你身體還有不舒服嗎？』

裴渡回得很快。

好可愛好可愛的甜甜供應商：『沒有，謝謝關心。』

好套路，好冷漠。

謝鏡辭習慣了和朋友們插科打諢開玩笑，從沒和男孩子正常聊過天，更別說對象還是出了名難以攻略的裴渡。

她正思忖著應該怎樣回應，耳邊叮咚一響，又來了一則訊息。

好可愛好可愛的甜甜供應商：『謝同學想要什麼答謝嗎？』

好可愛好可愛的甜甜供應商：『如果明天有空，我請妳吃頓飯。』

謝鏡辭騰地從床上坐起身，又轟地迅速躺下，軟綿綿打了個滾：『不用不用。』

不對，哪能說不用啊笨蛋！

謝鏡辭刪掉重新打字：『好啊。我是第一次臨時標記，沒讓你覺得難受吧？』

好可愛好可愛的甜甜供應商：『沒有。』

聊天畫面停頓了一下。

謝鏡辭很快看到下一則訊息。

好可愛好可愛的甜甜供應商：『桃花的氣味，很香。』

手機啪嗒一聲砸在臉上。

仰面躺在床上的小姑娘用力打了個滾，一時沒忍住，又咧著嘴咕嚕嚕滾了一遭。

她本想回復『木香也很討人喜歡』，但這樣談論 Omega 費洛蒙的味道，未免顯得太過親暱。

一番猶豫之下，謝鏡辭瞥見手機螢幕上蕩開的淺淺粉色。

聊天介面有個小彩蛋，當聊天內容提及某個特定事物，對話欄就會出現事物的卡通圖形。

裴渡之前打出『桃花』兩個，這會兒花雨四蕩，暈開滿目淺紅。她覺得新奇，乾脆借機轉移話題：『打「桃花」能出現彩蛋，不知道「樹」可不可以。』

聊天程式有夠智慧，一瞬待機之後，很快落下了圖形。

居然是一棵棵開滿桃花的樹。

桃花樹本身沒什麼問題，但兩個要素彼此結合為一體，再聯想到他們兩人的費洛蒙——實在過於曖昧了。

好可愛好可愛的甜甜供應商：『彩蛋？』

彩蛋聊天介面最新推出的功能，他或許沒更新版本，見不到這滿屏的花花綠綠。謝鏡辭沒做多想，迅速截了張圖發給他：『喏，就是這樣。』

這回裴渡沒有秒回。

他之前應得都很快，這會兒卻出現了半晌的空隙，好一會兒才遲遲傳來幾個字：『很漂亮。』

暗戀時的小心思總是格外多，即便是毫不相關的事物，也往往能被無限腦補，強行與兩人扯上關係。

比如現在，看見裴渡誇那片桃花樹漂亮，謝鏡辭快樂得像只哼哼小豬，彷彿結合在一起的不是桃花與樹，而是她和裴渡的費洛蒙。

晚回訊息有許多原因可以解釋，或許是中途有事，或許是在思考如何回答。謝鏡辭沒有生出太多的在意，本想繼續打字，後知後覺想到什麼，整個人僵在床頭。

她感到自己的臉正在迅速發熱發紅。

顫抖的食指點開那張聊天畫面的截圖。

謝鏡辭似乎終於明白，裴渡為什麼會出現那麼久的沉默。

視線所及之處是被桃花樹環繞的聊天框，而在框頂，大大咧咧顯示著對方的備註。

她死了。

屍骨無存的那種。

框頂沒有太多花哨裝飾，因而襯得那幾個大字格外顯眼，謝鏡辭用視線一一掠過，兩眼漸漸喪失高光。

救命啊。

她給裴渡的備註是，『好可愛好可愛的甜甜供應商』。

三、

圖書館與那夜的烏龍事件沒掀起任何水花。

要說生活與之前相比有什麼變化，大概是謝鏡辭終於和裴渡脫離了「普通同學」關係，稱得上朋友。

時間一晃而過，在一張接一張的試卷裡，不知不覺來到了高二下學期。

畫重點，校慶的大日子。

說是校慶，其實與藝術節沒什麼兩樣，每個班級都會推選一個節目，在晚會上當眾表演。

謝鏡辭班裡籌備了一出話劇，很老套的《勇者鬥魔龍》。

公主被惡龍擄走，國王在整個王國頒布懸賞令，只要救出公主打敗魔龍，就能得到黃金萬兩。無數應徵者慘死於魔龍的烈焰之下，千鈞一髮的絕望關頭，一個英勇少年挺身而出。

這是個人盡皆知的故事，要說有什麼推陳出新的亮點，唯一一處，或許在於參演人員的配置。

勇者由正氣凜然的龍逍扮演，孟小汀是被他拿在手裡的劍，莫霄陽穩坐老國王之位，至於謝鏡辭，成了那條作惡多端的龍。

這還不是最離譜的。

最離譜的是，裴渡是那名可憐兮兮的嬌滴滴小公主。

這不是鬧著玩嗎。

「大家別緊張，一切放鬆就好。」班導師顧明昭嘿嘿一笑：「等表演完了，我請大家吃燒烤。」

「別聽他胡說八道。」英語老師白寒在幫孟小汀補妝，她是個典型的溫婉美人，說起話來溫溫和和，很容易令人心生好感：「大家放開去演，明天我給每個人送本《升學考模擬試題》作為獎勵——尤其是龍逍和孟小汀，一定要把英語水準提上去。」

這簡直是個魔鬼。

孟小汀肉眼可見地抖了一下。

「不過人還真多啊。」謝鏡辭從後臺悄悄探身，望黑壓壓的觀眾一眼：「大部分都是家長吧？」

「那可不。」她的狐朋狗友之一莫霄陽探頭探腦，忽地挑了眉：「我看見妳爸媽了！還有旁邊──那是裴渡家裡人吧？」

謝鏡辭點頭。

四個大人不知交頭接耳聊著什麼，白婉與她老媽似乎在交流新做的美甲，謝疏斜斜靠在雲朝顏身側，有一搭沒一搭地插話。

至於裴風南是個出了名的居家好男人，正手捧一盒巧克力，往他老婆嘴裡喂。

裴渡是他與白婉從孤兒院收養的孩子，好在視如己出，從沒讓他受過欺負。

「哇塞，楚箏和江寒笑也來了。」龍逍道：「我聽說當年上學的時候，他們兩個是勢同水火的死對頭，為年段第一快要殺破頭──結果畢業沒多久，居然結婚了。」

「這你就不懂了，相愛相殺嘛。」

莫霄陽說著咧嘴一笑，朝某處地方揮了揮手。

謝鏡辭順勢望去，見到周慎、付潮生、以及武館裡的一大幫親友團。

「好啦，快到我們班上場了。」白寒幫孟小汀整理好衣領：「大家加油吧。」

老實說，謝鏡辭覺得這齣話劇很無聊。

角色由班級抽籤決定，她之所以沒有當場拒絕，是因為裴渡的公主身分。

更重要的原因，是惡龍有場強吻公主未遂的戲。

雲京一中是所私立學校，學生們大多放得很開。親吻當然會有借位，更何況她還是可憐兮兮的未遂，但無論如何，能和裴渡一起排練上臺，就已經足以讓人高興。

之前的所有劇情都按部就班，八卦群眾大有人在，觀眾席上的笑聲和歡呼聲從沒停過，沒過多久，便到了惡龍瀕死、用最後一絲力氣挽留公主的時候。

可惡。

為什麼她抽不到勇者的角色。

背景是傾頹的城堡與高樓，火光熏天，蕩開層層血一樣的紅色。她穿著象徵惡龍的玩偶服，啪嗒一下倒在地上。

可惡。

為什麼她抽不到勇者的角色。

裴渡戴著金色假髮，瞳仁則是如海的蔚藍。歐風長裙旋出漣漪般的褶皺，他本就生得漂亮，如今乍一看去，無端顯出幾分澄澈單純的媚色。

許是見到她的目光，少年倉促垂眸，竟是覺得不好意思，從耳根浮起連綿的紅。

好可愛。

所以為什麼！為什麼她抽不到勇者的角色！

「你……難道從來沒有愛過我？」謝鏡辭面無表情地背臺詞：「我傾慕你那樣久，難道只因為我是條不被世道所容的龍，就不配得到你的喜愛嗎？」

這龍老舔狗了。

她莫名生出一絲絲感同身受的心酸，下意識看向裴渡湛藍色的漂亮眼睛：「我於高塔之上無數次地眺望你，公主殿下卻從未發覺。如果你答應跟我走，乘上我的翅膀，我能帶你去遙遠的雪山、荒漠與所有被遺忘之所——為什麼即便如此，還要拒絕呢？」

投影屏上的火光更濃，四處皆是搖搖欲墜。

謝鏡辭準備好迎接殺青，說出最後一句臺詞：「公主殿下，你能送我一個吻嗎？」

她說著努力坐起身子，朝著裴渡所在的方向前傾。按照既定劇情，公主會毫不猶豫拒絕惡龍，一把推開它。

緊隨其後，就是勇者毫不留情的長劍迎面而來。

大大的惡龍玩偶服籠罩出厚重影子，將裴渡包裹其中。從場外觀眾的視角裡，只能見到她的影子。

然而預料之中的推拒並未到來。

在濃郁的光與影中，謝鏡辭見到少年瑩亮溫柔的眼睛。

胸口不知怎地，重重跳了一拍。

她沒有繼續往前，裴渡的臉卻在不斷放大。

軟軟的觸感，有些燙。

這是劇本裡規定的內容嗎？在眾目睽睽之下，從這個角度不會被發現嗎？而且裴渡……

裴渡這是在，主動吻她？

她的臉一定紅透了。

唇與唇的觸碰只在短短一瞬間，裴渡很快退開，面上是同樣的紅。

他是那樣靦腆內向的性子，此刻卻直直看著謝鏡辭的眼睛。

樓閣傾頹，火星四濺，在故事的尾聲，公主對惡龍說：「我跟妳走。」

四、

夜半，校園匿名論壇。

《kswlkswl！激情818高二兩名學神的愛恨糾葛！相愛相殺，入股不虧！》

一樓：救命啊！謝鏡辭和裴渡的惡龍公主！太敢演了太敢演了！這不就是虐戀情深、強取豪奪、暗戀成真、外加一點點的人外因素！！！

太配了太配了！

二樓：之前還在吐槽他們的劇本老掉牙，下一秒被現實狠狠打了臉，他們班誰寫的劇本？反轉把我們給笑趴了。

三樓：同笑趴。最後勇者尷尬拿著寶劍，彷彿一個局外人哈哈哈哈！居然還說什麼「祝你們幸福」，你可是前半部分的主角，爭點氣啊我的勇者！

四樓：這就是咱們今天要說的點了！樓主這裡有內部消息——聽說他們班上最初的稿子，壓根沒定這個結局。直到最後一次彩排，劇情都在走常規套路。

五樓：樓主什麼意思？不會吧，不會真是我想的那樣吧。

六樓：主演臨時修改劇本？

我的天，而且你們發現沒有，當時惡龍懇求吻一吻公主，裴渡整個被玩偶服擋住了。如果他那時真的親了謝鏡辭，也不會有人發現吧？

七樓：不至於吧？裴渡不是出了名的高嶺之花嗎？在那麼多人面前強吻女生，我的媽，這要是真的，我生吞一車鍵盤。

八樓：嗚嗚嗚不管怎樣我都滿足了，他們好配我好愛，站在一起就是顏值盛宴，媽媽永遠愛你們！

九樓：兄弟姐妹們，樓主不可靠，這事兒還得靠我來。接下來，和我一起念出那句臺詞：真相，只有一個！他們表演的時候，我們班正在後臺候場。後臺你們懂吧？在整個舞臺的側邊，角度跟你們都不一樣。家人們，現在我是用顫抖的手在打字，千言萬語匯成一句話，嗑昏了。

十樓：我靠我靠！樓上看到了什麼？不會真的——不會吧！

十一樓：求求別賣關子了！之前還有個人等著生吃鍵盤呢。

十二樓：讓我平復一下心情。我覺得吧，謝鏡辭應該也是按照劇本走的。公主不是應該要推開惡龍嗎？她演出了強吻的意思，到一半就停下了，顯然是在等裴渡的拒絕。但是！但是！誰能想到，裴渡他居然直接A上去了啊啊啊！我和我的小姐妹，全都瘋了！

十三樓：我作證，我是和她一起目睹全程的朋友。如果大家還有印象，接下來的民族舞，那些集體失誤的蠢貨就是我們：）太激動了真的。

雖然但是，我還是覺得。

嗑瘋了姐妹們！太甜了太甜了！他還說「我跟妳走」，這就是真情告白吧！誰受得了啊！

十四樓：哈哈哈我記得！當時我還納悶，表演的姐妹們怎麼那麼興奮！原來！這什麼影視劇情節，求求老天賜我一個這樣的男朋友！

十五樓：我已經想好他們在一起的場面了。裴渡一定是雙眼泛紅、不時呼出熱乎乎軟綿綿的氣，習以為常的矜持讓他感到無比羞恥，身體卻情不自禁想要更多，只能在她耳邊小聲說：「標記我。」

啊啊啊啊啊啊啊啊！謝鏡辭上啊！

十六樓：我是裴渡初中同學，看你們說完才想起來，當時不是要寫畢業同學錄嗎？我給他遞了一份，其中有個問題是：說出你最喜歡的氣味。

知道他當時寫的什麼嗎？桃花。

不就是謝鏡辭費洛蒙的味道嗎。

十七樓：他們的確應該認識很久了。所以從那時起，裴渡就——？這都過去多久了啊！

十八樓：嗚嗚嗚嗚嗚嗚大家細品，謝鏡辭沒有推開裴渡的親吻，說明她並不反感，這明明是場雙向暗戀啊啊啊啊啊啊！

十九樓：啊啊啊啊啊啊啊啊啊啊啊啊啊啊救命太甜了！！！謝鏡辭給我上！！！嗑瘋了，我瘋了！

五、

裴渡一直偷偷喜歡一個人。

用通俗點的話來說，大概叫做「暗戀」。

暗戀這個詞，其實與他並不相襯。準確而言，在大多數看來，身為雲京一中的模範好學生，他整個人都與「戀愛」兩個字格格不入。

而事實是，早在好幾年前起，裴渡心裡就已經有了默默喜歡的女孩。

那場圖書館裡的偶遇，其實是他的蓄謀已久。

前往學術區，是謝鏡辭長久以來的習慣。他在盡頭等候許久，在發熱期帶來的無邊疼痛裡，安靜期待著她的腳步。

她心地那樣好，果然問出了「需不需要幫助」。於是在謝同學不知道的地方，隱形的蛛絲悄然結網，慢慢緊縛。

他的性格內向靦腆又古板，這是豁出全部勇氣的一場引誘，事後每每想來，都會面紅耳赤。

後來便是那場夜談，他很久沒收到過謝同學的資訊，打開對話方塊的時候，心臟不受控制地緊緊一縮。

她說了些關心的話，僅僅看著那些字跡，都能讓裴渡情不自禁露出笑容。

視線掃過下一行。

『好啊。我是第一次臨時標記，沒讓你覺得難受吧？』

他被那句「第一次」灼得耳根發熱，心臟彷彿蘸了滿滿當當的糖漿，在床上翻滾一圈，透過淩亂碎髮，極認真地打字向她回話。

與謝同學的第一次臨時標記。

少年頰邊生出小小的酒窩，右手向後，在腺體上輕輕一撫。

那裡彷彿仍然留存著屬於她的氣息，夜色靜謐，骨節分明的手指來到唇邊。

指尖綿軟，舌尖舔舐而過，伴隨著少年喉結的上下滾動。

裴渡垂眸，輕輕打字：『桃花的氣味，很香。』

番外、大婚後的他們

今日是謝鏡辭與裴渡的大婚。

宴席過後，待得回房之時，已然入了深夜。

謝鏡辭的心臟在砰砰亂跳。

方才裴渡對她說了那麼多話，少年的聲音輕軟似玉，和朦朦朧朧的燭火一併落在耳邊。火光是熱的，於是連他的嗓音也帶著灼灼氣息，從耳朵一直蔓延到心上。

無論是誰，都不會對那些話無動於衷。

如今謝鏡辭斜斜躺在床上，裴渡修長的食指落在她頸間，她只需甫一抬眼，就能見到對方漆黑沉靜的眼瞳。那雙眼睛漂亮得不像話，有淺淺火光漂浮其中，彷彿落了漫天星河的湖泊，只倒映出她一個人的影子。

她能像今日這般與裴渡在一起，其實並不容易。

世界上總是存在許許多多的巧合，亦有數不清的陰差陽錯。倘若謝鏡辭丟失的記憶沒有回籠，倘若與白婉決鬥之際沒有夥伴及時趕到，倘若她沒有遵循內心的願望，前往鬼塚尋找裴渡，所有事情都會變得截然不同。

萬幸,一切在朝著越來越好的地方慢慢前行。

除了孟小汀之外,林蘊柔、雲朝顏與龍逍都在悉心為她娘親尋找治療所需的藥物。三大家族的實力雄厚非常,經過數日搜尋,已經湊齊了全部藥草——聽說最後那一株,是林蘊柔在拍賣行花重金買下的。

如今孟良澤已被逐出家門、關入仙盟大牢,林蘊柔對當年之事一清二楚,知曉他是個唯利是從、拋棄愛人與孩子的小人,對江清意並未生出任何責難,甚至應允她在孟府住下治療。用她的原話來說,是:「好心?這個詞同我有半點相襯嗎?不過是想留下她女兒幫我賺錢,江清意只是順帶——順帶懂嗎?孟小汀妳別哭!你們怎麼這麼麻煩!」

只可惜江清意在昨日醒來,因臥床多年身有不適,不能親自來參加婚禮。

謝鏡辭特地去孟府探望過,女人雖然憔悴不堪、受盡折磨,神色卻是柔和至極,宛如拂面春風。因異獸附體,江清意的相貌停在了二十多歲的時候,只需匆匆一瞥,便能看出幾分曾經的傾城之色。

莫霄陽足夠爭氣,在玄武境裡一路過關斬將,爬到了整個元嬰境界的第五名。

修真界一向與鬼域交往不多,對於魔修,更是頗有微詞。他憑藉一己之力掀起狂風驟雨,如今旁人再看莫霄陽,已不再是最初不值一提的古怪邪魔,而是實力強勁、值得竭力相抗的修士。

等鬼域裡的周慎等人重整家園,再與他見面的時候,定會十足驕傲。

至於孟小汀和龍逍……

想起他們兩人，謝鏡辭眼皮一跳。

未婚夫妻之間的打打鬧鬧怎麼能叫打打鬧鬧，那是他們這些俗人不懂的情調。

除卻這幾個身邊的朋友，在今日婚宴上，她還收到了雲水散仙寄來的信。

自從祕境一別，後者便恢復了「楚箏」這一名姓，遊歷於大千山水之間。

對於楚幽國的那段歷史，她心頭始終懷著股難以言明的情愫，即便過去千百年，也未曾有消退的時候。

在信裡，女修輾轉數地，憑藉無比久遠的記憶，終於找到了楚幽國故土。

山川如舊，土地之上卻是面目全非。

那段故事過去得太久，連她這個唯一的見證者，都已快要記不清晰。

楚箏說，她在商鋪買了最貴的桃花糕，以及一壺祭奠用的陳年釀酒。

宮闕樓閣都化作了土，曾經的城樓銷聲匿跡，被繁華街道取而代之，唯有一棵古樹立在盡頭。

楚幽國尚在時，它不過是被太子江寒笑種下的小小樹苗。

在祭奠之前，她幾乎把整個城鎮翻了個遍，始終沒感應到任何與太子相似的氣息。

投胎轉世本就無跡可尋。莫說六道輪迴循環往復，哪怕再度投生為人，非但不會再有以前的記憶，轉生之處，亦與原本生活的地方相距天涯。

他定是尋不到那裡的。

酒釀滴下，桃花糕香氣散開。那封信裡端端正正地寫，在那一刻，忽然襲來一道輕柔的風。

從楚箏身後而來的風。

當她回頭，見到盛夏之際綠陰如蓋，枝葉交錯的縫隙間，點點光斑迴旋悠蕩，映亮一雙烏黑的、無比熟悉的眼睛。

少年身形有些模糊，如同半透明的煙霧，向她微微勾了唇：「這酒太烈，妳祭奠的人受得了嗎？」

楚箏呆呆地看著他。

她極少露出那樣怔忪的神色，少年亦是生了侷促之意，勉強露出一個笑：「抱歉，我是不是嚇到妳了？我是寄生在樹裡的古靈，對妳沒有惡意。只是妳、妳長得很像我曾經喜歡的姑娘——」

太子殿下可從沒當著她的面，坦坦蕩蕩說過這種話。

楚箏轉身，直勾勾看他：「江寒笑。」

謝鏡辭想像不出太子當時的心情，只知道楚箏在信裡寫了一句：『怪哉，原來形同魂魄的古靈也會臉紅。』

總而言之，江寒笑當年殉國而亡，血液浸在城牆邊的小樹，因心願未了，靈魂被禁錮於一方土地，不得入輪迴。

如今千百年過去，他雖仍沒辦法離開，魂魄卻融合了天地靈氣。說來也是幸運，身為一介凡人，江寒笑竟然沒在漫長時光裡慢慢消逝，反而逐漸成形，後來見到楚箏，枷鎖隨之破碎，得以脫離故地。

楚箏正是為了助他固神化形，才遲遲沒來參加婚禮。

至於太子殿下當年未了的心願，已是不言而喻。

混亂的思緒逐一回籠，謝鏡辭眼睫微動，看向近在咫尺的裴渡。

他坐在床邊小心翼翼躬下脊背，修長的影子遮擋了光線，而修長的食指，有了向下滑落的趨勢。

謝鏡辭很不合時宜地想，之前都是她見到裴渡褪去上衣的模樣，如今風水輪流轉，這種事終於還是輪到她自己頭上。

於她，於裴渡，都是頭一回。

「謝小姐，」少年指尖一動，因為緊張，居然又叫回了最初的稱呼，「我……開始了。」

裴渡低頭時，散落的黑髮軟綿綿往下搭，隨著他的動作左右拂動，掠過下巴、脖子與更下面一點的地方，攜來止不住的癢。

極致的黑與白混成一片，謝鏡辭感到些許臉熱，側目之際，見到兩人交織的髮絲。

她聽見窸窸窣窣的輕響，來自身著的鮫紗。夜風的觸感越來越濃，自脖頸蔓延到身前，勾弄起連綿不絕的涼。

輕紗似薄霧，霧氣退下，便顯露出落滿白雪的山峰。尚未散盡的霧盤旋在山腰之上，少年的目光安靜澄澈，自下往上依次流連掠過。

……看到了。

裴渡耳根驟然湧起熾灼的紅，不知應當把視線放在何處，倉皇間與她四目相對，更覺心跳不休。

他原本想繼續的。

可眼前忽然騰起一道纖盈的影子，鼻尖幽香更濃，裹挾著溫和的熱。

——謝小姐竟驟然起身，手掌壓在他脖頸之下。

一時間視線相撞。

謝鏡辭今日算是豁出去了。

裴渡看過的話本子裡，親親抱抱就已是極限，他自小陪著劍長大，哪會明白這種事情的具體內容。

她好歹、好歹看過一些影視資料。

指尖牽引著雪色雲錦，夜風尚未襲過身前，便有另一道滾燙溫度倏然覆下。

「——！」

裴渡下意識張口，卻只發出無聲驚呼。眼前的一切遠遠超出他的想像，謝小姐……居然靠在他身前。

面頰的熱氣逐漸湧向眼底，他暗暗咬牙，長睫輕動如鴉羽。

有什麼東西不由分說地靠近，裴渡低頭，單薄雙唇順勢張開。

經過不少練習，謝鏡辭已然趨於熟練。柔紅肆意拂掠，將樹木的淡淡香氣逐一攫取，也是在同一時刻，柔荑微動，探向他身後。

裴渡被當成一把劍養大，受過的傷不計其數。當柔軟的手心撫過脊背，感知到那具身體上，布滿了交錯傷疤。

謝鏡辭眸色一暗。

他不敢張口，竭力咬著牙，卻聽見謝小姐的低聲絮語：「沒關係……我想聽聽裴渡的聲音——裴渡聲音很好聽。」

一句話，就讓他緊張得脊背僵硬。

裴渡下意識地做出回應，在一片恍惚裡，察覺到身後不斷移動的溫度。

這樣的溫度太溫柔，他彷彿被包裹在暖熱糖罐，茫然地眨了眨眼睛。

在呼吸紊亂的間隙，謝小姐繼續向前。

撩開層層雲霧，黑沉沉的密林顯露於夜風之中。

晚風帶著透骨涼意，耳邊盡是綿綿散開的水聲。

少年彷彿連心臟也一併化開，止不住眼眶薄紅，忽地用了力氣，將謝鏡辭倏然按下。

潔白的雪色鋪陳在眼前，濃郁如水蛇的漆黑同樣四溢，除此之外，裴渡見到蠱人心魄的紅。

謝鏡辭看著他的雙眼，微微愣住：「怎麼了？不喜歡嗎？」

裴渡沒做任何應答。

少年劍修再度俯身，堵住她未出口的話。

他小心翼翼地下行。

褪去薄霧，在幽謐黯淡的深夜裡，山頂與月光相映，透出瑩亮漂亮的白。積雪簌簌，因有外客途經，隨風蕩開並不明顯的弧度，山間清泉悠悠，水波層層溢開，漣漪顫抖不休。

眼前是他追逐了半生的太陽。

謝小姐這樣好，讓他如何不愛她。

他動作笨拙，攜來的觸感卻無比清晰，謝鏡辭即便抿了雙唇，也還是忍不住發出低低呼吸。

心臟亂跳，震耳欲聾。

輕紗般的霧氣消散更多，幾乎見不到蹤影，只有些許掛在山腳之下。

積雪連綿，即便入了深夜，也能見到月光下的白。

謝鏡辭見到裴渡上下滾落的喉結，夜色瀰漫，勾勒出漂亮的剪影。

落雪的高山被柔柔一壓。

她險些用手臂擋住自己的臉頰。

雖然曾在話本裡看過類似橋段，可一旦落在自己身上，實在……

「我聽說，」裴渡本是緊張得說不出話，談及此事，卻認認真真正了色，「會難受。」

謝鏡辭不知道如何回應，腦子裡迷迷糊糊，環上他的後背。

她眼睜睜看著少年眼底兀地變暗。

裴渡當真像是一把劍。清俊、挺拔、殺伐果決，面對魔物邪祟毫無猶豫。

然而長劍入鞘之際，往往不帶絲毫猶豫，與刀鞘相撞，發出錚然響音。他的性子卻截然不同，溫溫柔柔，小心翼翼，彷彿擔憂著會破壞什麼東西。

謝鏡辭微微皺眉，得來一串笨拙的、類似安慰的吻。

只可惜這些細碎的安慰不得章法，好似雨點密密麻麻落下，沒辦法讓她獲得平靜。謝鏡辭說不出話，屏息半晌，不過低低道出一句：「……好奇怪。」

這句話裡帶著若有似無的推拒，裴渡力道卻是更重，呼吸也愈發綿長。

積雪翻覆，暗湧如潮。

他的聲音似是響在耳邊，又像是從更下面一點的地方傳來，凌然如冬雪，卻也帶著撒嬌般的柔。謝鏡辭暈暈乎乎，聽不清晰：「謝小姐教的那些……我有好好學。」

於是利齒極輕極輕地一咬，少年的垂眸用力，拾起一捧熾熱的雪。

熱血一股腦湧上她識海，轟然炸開之後，咕嚕嚕冒著泡泡。

謝鏡辭恍然抬頭，望見裴渡通紅的眼眶。

他沉默著沒再說話，眸底泛起湖光般的水色，黑髮散亂，勾勒出雙肩與手臂的弧度，以及緋紅的側臉。

她定定與他對視，半晌，自唇邊勾起一抹笑。

「好喜歡你。」姑娘的手臂環住他後頸，謝鏡辭撫過少年五官的輪廓，柳葉眼一彎，便成了一輪新月：「能嫁給裴渡，好開心。」

見到她開心，裴渡亦是揚起唇邊。

「不過，當初你曾對我說，會成為我的劍。」她有些壞心眼地笑了笑，在他臉上一捏：「我想不太懂，那是什麼意思？」

這自然是句玩笑話，裴渡一時沒有聽懂。

但他很快便明白了。

與劍相配的……分明是劍鞘。

他哪聽過這般明目張膽的戲弄，好不容易緩和一些的面色再度通紅，竭力想要解釋：「不——不是，我——」

夜色越來越濃。

裴渡對她的小心思瞭若指掌，很快明白過來謝鏡辭的捉弄之意，稍稍垂下眼睫，聽不出語氣：「……謝小姐。」

謝鏡辭難以控制地輕笑，將他環得更緊。

好在裴渡沒生出報復她的心思，自始至終都沒用太大力氣。然而溫柔同樣能成為枷鎖，有時癢比痛更難忍受，好似藤蔓攀爬而上，將所有角落逐一填滿，不留空餘。

「叫叫我的名字，好不好？」他像在做夢，低頭蹭蹭謝鏡辭下巴，只有這樣真真切切的觸碰，才能讓裴渡重獲些許真實感：「……想聽妳的聲音。」

這分明是她之前教給他的東西。

謝鏡辭本是咬了牙，不願發出令人臉紅的聲音，聞言微微頓住，深吸一口氣。

……誰讓她那麼中意裴渡，就當哄一哄要糖吃的小孩。

於是帶著氣音的聲音自喉間滾落，恍惚的不真實感轟然散去。

裴渡抬眸，見到她通紅的耳尖。

這是他的大婚之夜。

眼前人是他心心念念許多年的小姑娘。

「喜歡妳。」劍氣湧動，翻覆而入。謝鏡辭咬牙的瞬間，少年在她耳邊落下輕輕的一吻，笑意如微風拂蕩：「好乖。」

——《反派未婚妻總在換人設》系列番外完——

——《反派未婚妻總在換人設》系列全文完——

高寶書版集團
gobooks.com.tw

YE 090
反派未婚妻總在換人設【第二部】嬌氣包與大魔王?!（下卷）
作　　者　紀　嬰
責任編輯　吳培禎
封面設計　單　宇
內頁排版　賴姵均
企　　劃　何嘉雯

發 行 人　朱凱蕾
出　　版　英屬維京群島商高寶國際有限公司台灣分公司
　　　　　Global Group Holdings, Ltd.
地　　址　台北市內湖區洲子街88號3樓
網　　址　gobooks.com.tw
電　　話　(02) 27992788
電　　郵　readers@gobooks.com.tw（讀者服務部）
傳　　真　出版部(02) 27990909　行銷部 (02) 27993088
郵政劃撥　19394552
戶　　名　英屬維京群島商高寶國際有限公司台灣分公司
發　　行　英屬維京群島商高寶國際有限公司台灣分公司
法律顧問　永然聯合法律事務所
初　　版　2024年09月

本著作物《反派未婚妻總在換人設》，作者：紀嬰，由北京晉江原創網絡科技有限公司授權出版。

國家圖書館出版品預行編目(CIP)資料

反派未婚妻總在換人設. 第二部, 嬌氣包與大魔王?!/紀嬰著. -- 初版. -- 臺北市：英屬維京群島商高寶國際有限公司臺灣分公司, 2024.09
冊；　公分. --

ISBN 978-626-402-092-3(上卷：平裝). --
ISBN 978-626-402-093-0(中卷：平裝). --
ISBN 978-626-402-094-7(下卷：平裝). --
ISBN 978-626-402-095-4(全套：平裝)

857.7　　113013845